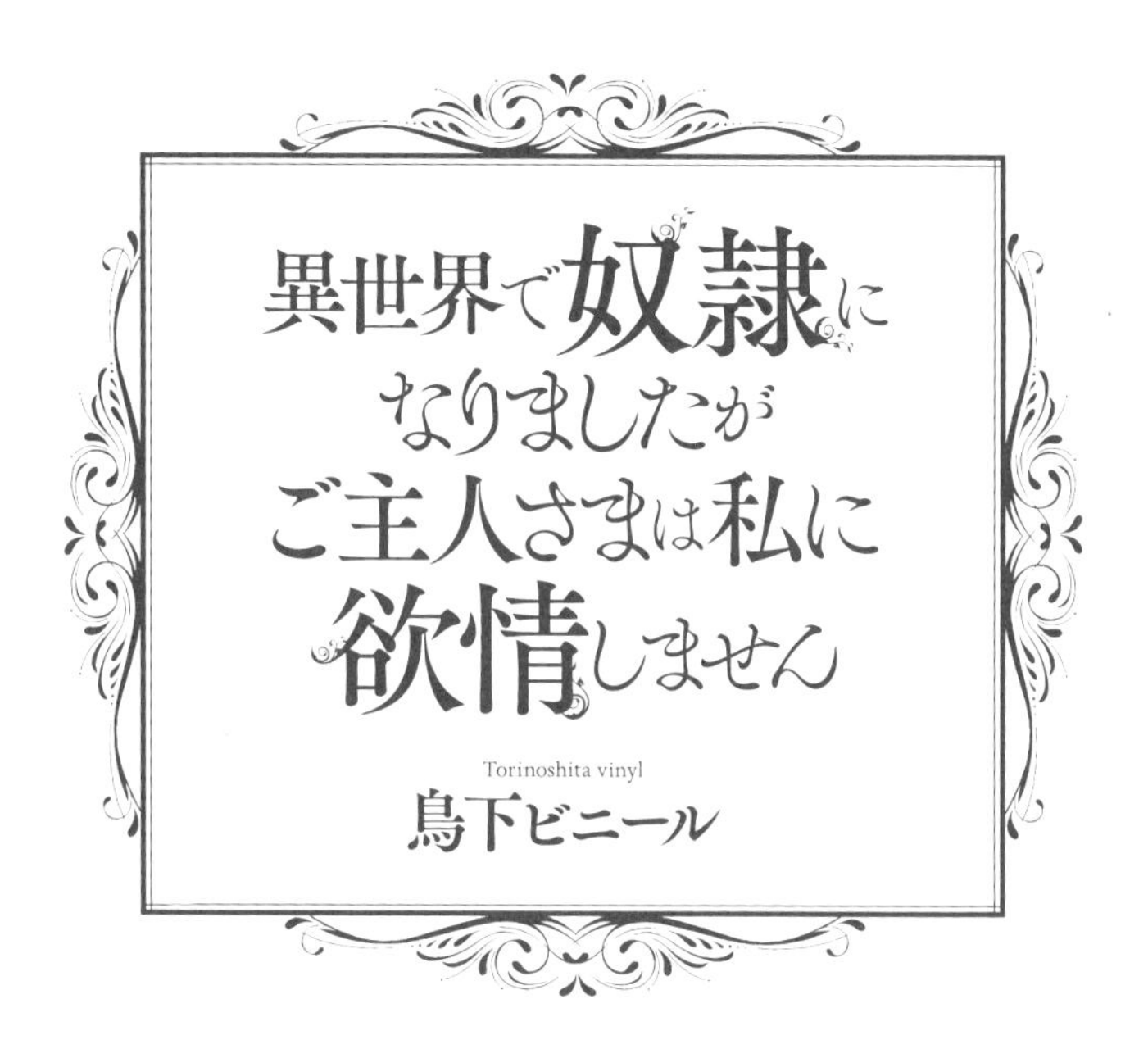

異世界で奴隷になりましたがご主人さまは私に欲情しません

Torinoshita vinyl
鳥下ビニール

eR
eロマンス ロイヤル

Contents

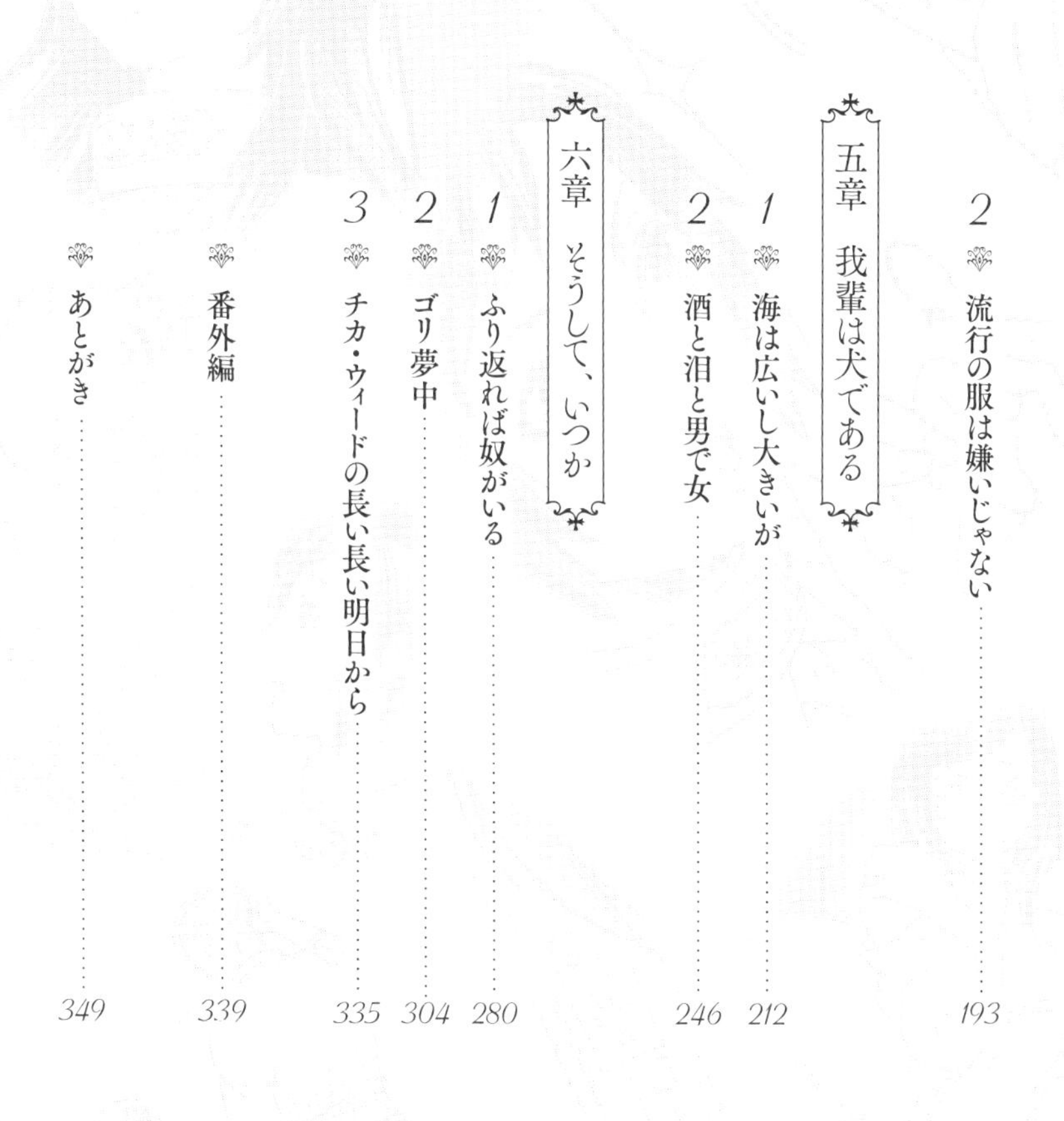

Isekai de dorei ni narimashita ga goshujinsama ha watashi ni yokujo shimasen

キャラクター紹介

Isekai de dorei ni narimashita ga goshujinsama ha watashi ni yokujo shimasen

ダグラス

王家にも近しいといわれる貴族・ウィード家の五男。王城騎士団第三部隊の強面隊長。かつては数々の美女と浮名を流したという噂だが、このところ女性の噂が途絶えて久しい。

チカ

ダグラスに〝愛玩奴隷〟として買われた少女。実は六年前に日本からこの世界に落ちてきた。見た目は幼いが実年齢は十九歳。ダグラスには決して言えない秘密を持っている。

ジルドレ

ダグラスの忠実な部下。庶民の出ではあるが有能で、上司からの信頼も厚く、なにかとチカの見張り役などをさせられたりと苦労性。意外とロマンチストな面も？

少年

チカと瓜二つの少年奴隷。数年前、敵国の捕虜になったダグラスを調教しまくり、ダグラスの今日の不能の要因となった。

森番

ユニコーンのいる神居の森を管理する狼の獣人。ウィード家とは縁が深く、現当主とは飲み友達だという。

コール夫人

チカの家庭教師となる貴族のご婦人。チカには教養を教え、チカからは性のテクニックを教えてもらうという良好な関係を築くことになる。

リーリア

リーリア・コットン、ダグラスに想いを寄せる恋する乙女、十八歳。見た目ゴージャスな完璧美女の貴族のご令嬢。処女。

マリー父&マリー

王都の外街と中町の間にある商業地区でパン屋を営んでいる親娘。奴隷であるチカにごく普通に接してくれる元気娘のマリーと、寡黙だがとっても優しい店主の父。

ディーク

ウィード家の六男、ダグラスの弟。海軍の特務中尉を務める。時々世間話をしにダグラスのもとを訪れるという。

ラッド

ディークに忠誠を誓う副官。武力、知力ともに優れるがディークより出世することをよしとせず、全力で仕えている。

一章　初めて会った気がしない

［1］恥の多い人生を送らせてきました

夜も深まり、魔術灯（まじゅつとう）のごく淡い光だけが光源として存在する寝室のベッドの端で男女が睦（むつ）み合っている。

男は寝間着を脱がず、ズボンの前だけをくつろげ、足を床に置くかたちで腰掛けている。見せるためではない実用的な筋肉と死線を幾度もくぐり抜けたことがわかるたくさんの傷跡。グレーの短髪に、曇り空から見えるような鈍い青の瞳。精悍（せいかん）な顔つきの彼を市井（しせい）の女性たちは放っておかず、一夜限りの約束でたくさんの女と関係を持った。

ある日を境に、彼はそれに応えることはできなくなってしまったが。

そしてその向かい、ひざまずいた少女が彼の股座（またぐら）に顔をうずめ、卑猥（ひわい）な水音を響かせている。年のわりに小柄な彼女は長い黒髪を耳にかけ、一糸まとわぬ姿で男に奉仕している。彼女の伏せられた瞳もまた黒く、闇夜を具現化したようだと男は思う。

女性らしい曲線を描いているが細く、ささやかな胸に小ぶりな尻。

あまり肉のついてない、若い雌鹿のような身体。

細く白い首には、見目よりも実用性を優先したであろう無骨な金属の首輪。男の所有を示す紋章が刻まれている。

小さな頭を気まぐれになでてやると、黒い瞳が問いかけるように男の顔を見上げた。

（恐ろしく似ている。だが、あれはもっとこう……）

男の脳裏に『少年』の姿が浮かぶ。

細く繊細な体、まだ声変わりを迎えていない声で紡がれる言葉、まるで生娘のようにきめ細かく白い肌、艶やかな黒の短髪に黒の瞳。

悪夢のような屈辱と悦楽の数日間。

こちらを蔑（さげす）みながら楽しそうに笑い、己の身体を翻弄（ほんろう）した少年。

あれはまぼろしだったのだろうかと思う日もあるが、あまりに鮮明な記憶を否定はできなかった。

男の身体は、あの日を境にはっきりと変質してしまったのだから。

「……もういい。ありがとう、チカ」

「はい、ダグラスさま」

終わりを告げると、少女が小さな口を彼自身から離す。

まろびでたそれはくたりとしてやわらかいが、欲を放出できたからというわけではない。

少女に奉仕させてもまったく熱を持たない自身に今夜も失望する。少女の口と自らの鈴口をつなぐ唾液の糸も、なめらかな白い身体も、恐ろしいほど扇情的だが男のモノはぴくりとも反応しない。

ダグラスのモノをあらかじめ用意していたお湯と布で清め、仕事を終えた少女が服を着るのを目の端にとらえながら、『少年』のことを思い出す。

あの嗜虐的な微笑み。意地悪く端の上がった口。

痩せて起伏のない身体。

細く頼りない首についていた無骨な首輪。

自分の意思に反していいように翻弄された己が身体。

それらを鮮明に思い出せば、自身のものがぴくりと動こうとする。

(違う。俺は同性愛者じゃない。少年趣味なわけでもない)

かぶりを振って灯りかけた熱をかき消す。

ダグラスが好きなのは、肉づきのいい豊満な肉体。

やわらかく甘い香りのする肌。

そういった女体を愛していた。

一年前までは。

いま、彼の頭の中を占めるのは――。

「どうしてこうなった……」


頭を抱えてうめいたダグラスは、彼を静かに見つめる少女の視線に気づかなかった。

一年前、騎士のダグラスは功をあせり、隣国の敵軍に捕虜として囚われた。

最終的には仲間の助けもあり脱出したあと、内部にいたときの情報を使い、その部隊を殲滅し手柄としたが。その武勲が評価され、いまは王宮騎士団第三部隊の隊長を任されている。

囚われた数日間のことは、いまでもありありと思い出せる。

敵軍の男たちは徹底的にダグラスをいたぶった。

うしろ手に枷をはめられ、地下牢の固い床に転がされたときの屈辱。

薄暗い牢で殴られ、罵られ、最低限とも言えない食事を与えられるだけの毎日。

虜囚が死なないようにと、世話係として置かれた『少年』にダグラスは人生を狂わされた。

数日間、世話ついでに『少年』の鬱憤ばらしに使われたダグラスは仲間と共に自国、ウィステリアに帰り、褒賞金で娼館に行き、女を抱こうとしたときに自身の変化に気づいた。

女を、抱けなかったのだ。

娼婦が持てる技の限りを尽して彼をあおりたてたが、ダグラスのそれが熱を持つことはとうとうなかった。

最初は疲れからだと思った。いつにない展開からの帰還で、うまく乗り気になれなかったのだと。

だが、その後、何度挑戦しても彼は女を抱けなかった。どんな女でも、何をされても。

ある晩にやけくそになり酒に溺れ、部屋でひとり自慰に励んだ。

なんでもいい。興奮できるものはないのか。

豊満な胸？　違う。

やわらかい肌？　違う。

甲高い嬌声？　違う。

金髪よりは暗い髪色のほうがいい。

そうだ、黒髪で、肌は白くて、細い。

髪は豊かに長くなくていい。

むしろ短くて、たとえば——あの『少年』のような。

脳内で『少年』の像が結ばれた瞬間、ダグラスの手の中で欲望がはじけた。

「あはは、お兄さん、男相手でも興奮しちゃうんだー。ねぇ見える？　ここ、すごいよ？」

「黙れ、クソガキ……！」

少年の華奢(きゃしゃ)な手がダグラスの陰茎を握り、乱暴に上下する。

決して巧みではないその動きにも昂(たか)ぶりを見せる青年の分身を眺めて、少年はせせら嗤(わら)った。

「あ？　むしろ男が好きな感じ？　こんな乱暴にされて悦(よろこ)びっぱなしとか、素質あるよね」

両手をうしろ手に枷で拘束され、ひざのあいだに入り込まれた状態では少年を蹴り飛ばすこともできない。

上半身を壁にもたせかけて歯を食いしばって耐えていると、少年が片手でダグラスのモノをしごきあげながら空いた左手で服をめくり、腹筋をやわやわとなでる。

態度とは裏腹にやわらかいその動きにダグラスの熱はいっそう昂ぶった。

「ふふ、すごく鍛えてるんだね。なのに、こんな貧弱な俺ひとり突き飛ばせないんだ」

にまにまとこちらを見上げる黒い瞳。どんな悪態を吐(つ)いても、事態はいっこうに解決しないことだけはダグラスにも理解できた。

「……お前こそどうなんだ。そんなもん喜んで握って……とんだ変態野郎じゃねえか」

それでも黙り込んでしまうのは癪(しゃく)だった。

快感にもだえながらも、吐き捨てると少年の目が愉快そうに細まる。まるで機嫌のいい猫のようだと場違いな感想がうかんだ。

それと同時に手淫のペースが一気に速まる。

「ぐ……ぅ……やめろ……！」

遠くない絶頂の気配を感じ、反射的に拒絶する。

「はーい」

あと一歩のところで白い手はあっさりと離れていった。

「な……!?」

軽い調子で行為を中止され、思わず驚きの声をもらす。

その瞬間、絶頂を期待していた自分をいやがうえにも自覚し、深い絶望に落ちる。

「やめてあげたよ？　嬉しくないの？」

こちらを笑いながら見る少年に、はめられたと気づくがもう遅い。

何を言うべきかを見失い、口をぱくぱくさせることしかできないダグラスに、少年がいっそう深く微笑みかける。

「いやぁ、さすがにお兄さんがかわいそうだもんね。捕虜になって、男に触られてイっちゃうって、仲間に顔合わせられないよね」

胸板に手を這わせ、さり気なく胸の飾りを冷たい指でかすめられ、意思に反して腰が揺らめく。

「やめてあげたいけど、お兄さんの『ここ』はぜんぜんやめてほしくなさそう。こういうの言動の不一致って言うんだよね」

ねぇ、どっちを信じたらいい？

小首を傾げて笑いながら、指先だけで陰茎をなぞるそのなまめかしさにめまいがする。

少年が身を乗り出して耳元に顔を近づけてくる。

それを拒む気力はもうないことを、完璧に見抜かれているのだろう。首にかかる吐息にすら熱をあおられる現状だ。

声変わりを迎えていない幼い声が吐息まじりにささやいてくる。

「ここにはいま、お兄さんと俺だけしかいないよ。仲間にも、敵にもお兄さんが何言ったってわからないさ。……ねぇ？　どうしてほしい？」

それを口に出してしまえば、もう戻れないだろう。

だが熱に浮かされた脳では歯止めが利かず、ダグラスは口を開いた。

◇　◇　◇

小鳥の鳴き声が聞こえる。

今日も縄張り争いお疲れさまです。

「夢か……」

私の朝は早い。

愛玩奴隷として買い取られた私ではあるが、やっぱり人様に養われている身分には違いない。

できるかぎりの家事はさせてもらうことにしている。

異世界に紛れこんでもう、六年くらいだろうか。

学生時代のある日突然この世界に落っこちた私は、当然ながらパニックに陥った。日本とはあきらかに異質な町並みに、あちこちに書かれた見たこともない文字。さらに道行く人たちの言葉は日本語でも英語でもなかったんだから。それだけなら「海外かな？」と思えたかもしれないが、知らないはずの言語をなぜか理解できてしまうという、人知を超えた現象に私の心は簡単に折れた。

結局あっさりと奴隷商に捕獲されてしまい、貧相な身体と短い髪でざっくり男の子どもだと判断されて、砦（とりで）で小間使いとして生きてきた。

あとでわかったことだけど、子どもはすぐ死ぬから値段があまりつかないらしい。それでいい加減な感じであつかわれたみたい。

五年ほどそこで働いていたけれど、ある日その砦が他国に攻め落とされてしまった。

そして主人を失った私たち奴隷は、戦利品として奴隷商にまとめて売り払われた。いくらか成長して女っぽくなってたらしい私は、次の奴隷商には女だと看破（かんぱ）され、愛玩奴隷として仕込まれた。

愛玩奴隷ってのはつまり、〝ご主人さま〟をいろんな意味でお慰めしたりするのがおもな仕事の奴隷のことを指す。若い女はだいたいそういうあつかいを受けることが多いらしい。

処女だと値段が高いだとかで、相手に行う性技だけを教えられ競（せ）りに出され、そこで奇跡の再会を果たしたダグラスさんにお買い上げされてしまった。

何が奇跡って、ダグラスさんは私が少年奴隷扱いだったときに陵辱（りょうじょく）し倒した人なんですよ。

あのときほど、こっそり読んでたエロ小説たちが役に立ったことはなかったね。

おませさんな私バンザイ。

そんな少年奴隷を死ぬほど憎んでいてもおかしくないダグラスさんが私を買い取ったときには、さすがに人生終了だと思いました。

仕返しにとんでもない目に遭わされるのかと危惧したのもつかのま。

ダグラスさん、どうやら私のことを覚えていない。

というか気づいていない。

そのうえ、不能。

それが悩みで愛玩奴隷（つまり私）を買ってみたらしいけど、回復の兆しはいっこうに見えない。

これを奇跡と言わずなんと言うのだろうか。

私は〝愛玩奴隷なのに処女〟という謎のステータスを持ちながら、この世界で生きていくことにします。

「いい奴隷なら、いいところでいいあつかいが受けられるから、せいぜい頑張るんだな」とは私を売っぱらった奴隷商の言葉だ。

「ダグラスさま、おはようございます」

「おはようチカ。今日も早いな」

私から一時間ほど遅く、ダグラスさんが私室から出てくる。

じつは早く起きてるらしいんだけど、こちらの準備が整うまで部屋で待っててくれているようだ。

いい人なんだよなぁ、本当に。

「今日はオムレツを作ってみました」

「おお、それはいい」

さわやかな笑顔を浮かべながら、大きな手で私の頭をなでてくれる。

いかつい系イケメンの笑顔ごちそうさまです。

夜は自分の不能に悩んで暗い顔ばかりなので、朝、この笑顔を見るとホッとする。

異世界に来て、奴隷の身分に落ちて不安でいっぱいだった私を養ってくれている彼には、本当に感謝している。無理強い(むりじ)をされることもないし、愛玩奴隷としては望外(ぼうがい)の待遇をされているのだ。

できればこの暮らしをずっと続けていきたい。ダグラスさんには何も気づかないまま不能でいていただきたい。

いやほんと、お願いします。

衝動買いだったのは認める。

そもそも、奴隷など悪趣味な存在だ。

本人の意思を無視して隷属(れいぞく)を強(し)い、給料も与えずに過酷な労働を行わせる。

愛玩奴隷など、その最たるものだ。

うら若き娘、時には少年に無体を働く。本人に責はないというのにだ。

俺は奴隷や奴隷をあつかうヤツらを、ずっと好きになれなかった。

その日奴隷市場などに訪れたのも、引ったくりを追いかけて入り込んでしまっただけにすぎず、まったくの偶然だった。

　衛兵に不届き者を引き渡し、辺りをぐるりと見渡す。

　奴隷市場も街の中にある。街の、ひいては国の治安は我々騎士が守るべきものだ。国民に対して好き嫌いなどあってはならない。あくまで彼らは（俺の眼の前では）合法行為しか行っていないのだから。

　奴隷競売では、体型のわかる薄衣のみを着せられた奴隷たちが競りにかけられていた。

　下卑（げび）た視線が女奴隷たちに注がれ、彼女たちは不安そうに立っている。

　胸クソの悪い光景に、ただでさえ険しい顔がますます険しくなる。

　見回りをすませたらすぐさま立ち去ろうとしたところで、歓声につられて競りに目をやってしまい『商品』を認識したとたん思考が停止した。

「さぁ本日の目玉商品！　なかなかいませんよ？　処女の愛玩奴隷だ!!」

　黒い髪、黒い瞳、白い肌。

『少年』をほうふつとさせる彼女を見て、電流が身体を駆け巡るような心地になる。

「処女だからと甘く見ることなかれ！　あらゆるお楽しみをばっちり仕込んであります。清らかで淫（みだ）らなかわいい愛玩奴隷!!　さあ、旦那さま方いかがです！」

　よく見れば身体は小柄ながらもまるみを帯びて、紛れもなく女のかたちをしている。長い髪は丁寧（ていねい）にすいたのかまっすぐに整えられていて、顔も化粧を施されていた。そして不安げに揺れる瞳は『少年』とは違う要素だ。

　だというのに、あまりにも似ている。

愛玩奴隷をあつかうのは見下げた行為だ。

だが、もしかすると彼女であれば、俺はふたたび女に興奮できるかもしれない――。

それからあとはよく覚えていない。

競りに参加し、無我夢中で彼女を競り落とした。

手続きをすませて彼女を連れて帰ると、ひどくおびえた様子でこちらを見ていたが、『少年』のことは伏せて自分の事情を説明すれば、少し安心したように表情をやわらげた。

「では、ご主人さまの助けになれるように精一杯頑張りますね」

邪気のない微笑みは『少年』の笑顔とまったく違うものだったが、俺は彼女を好ましく思った。

「できれば名前で呼んでくれ。ご主人さまと呼ばれるのは慣れないんだ」

「では、ダグラスさまと」

「うん、それでいい」

物置に適当に入れていたメイド服を渡して、風呂に入ったあとに着替えてもらう。

奴隷商に施されていたらしい化粧を落とした顔は、市場で見たときよりもさらに『少年』に近く驚かされた。

夜のほうも、性技を仕込まれただけあり技術面に問題はなかった。残念ながら、俺のほうに問題しかなかったので本番はまだしたことはないが。

愛玩奴隷として買われたにもかかわらず、

「ダグラスさまのお役に立ちたいのです」

と言って、我が家の家事までしてくれるけなげさには驚いた。

家事の要領をつかんでからは、忙しい俺を慮って弁当まで持たせてくれる。

うまくやっていけそうじゃないか、そう感じた。

「あ、隊長。今日もお弁当ですか？」

「ああ。やらんぞ」

お調子者の部下が、俺の昼食をのぞき込みながら話しかけてくる。

昼食にとチカが用意してくれた弁当には、野菜や肉がバランスよく入れられている。

栄養バランスにも彩りにも配慮しているであろうそれを食べるのが、ここ最近の楽しみだ。

「ちぇー、いいなぁ隊長。そんなん作ってくれる愛玩奴隷、聞いたことないですよ」

衝動買いだったのは認める。

だが、彼女はなかなかいい買い物だったのではないだろうか。


「そういえば、チカの民族はみんなそんな感じなのか？」

「そんな感じ、とは？」

晩御飯を食べながらなにげなくかけられた問いに、チカは緊張する。

疑われているのだろうか？

平素は奴隷と食卓を囲むような心の広いダグラスではあるが、目の前でパスタを巻き取っている
チカが以前彼を陵辱した人間だと気づけば、何が行われるか想像もつかない。

手放されるだけならまだマシだ。

恐ろしいのは報復。

拷問のような性行為を強いた自覚はある。

彼がチカに害意を持てば、肉体的にも社会的にも対抗する手段はない。

「黒髪黒目で、肌はきめ細やかで、小柄な感じだ。それに勤勉で温厚だな」

「そうですねぇ、みんなだいたい黒髪黒目で小柄でした。肌は……人によりますが。争いごとも嫌いで、おおむね平和な人々だったと思います」

あと変態大国って呼ばれてましたとは、口が裂けても言えない。

探るような視線を受けて、パスタの味がわからなくなってしまった。今日のソースはお肉屋さんから分けてもらった牛脂(ぎゅうし)を少し入れたこってりしたやつで、自信作だったのに。

「すばらしい民族だ。どの辺りから来た？　西のほうか？」

この国から西の方角は、行き来の難しい地形がある未開の地だ。

この辺りで見ないなら、西から来たのかとダグラスは当たりをつけた。

「……わかりません。でもともかく、ずっとずっと遠くのほうです。それに私の民族がほかに生きているかどうかも……」

方角どころか、どうやってここへ来たか、見当もつかないほど遠い。

この世界でほかの日本人を見たこともない。

きっとこれからも出会わない。

というか、いま同胞に会ってもちょっと困る。

この国の戸籍も何もない異世界人は、正直まともに生きていくのは難しい。

現代日本人が、ここでひとりで生き抜く力はなさそうだし、私のように人買いに捕まって奴隷としてあつかわれるのがせいぜいだろう。

男なら過酷な肉体労働。

女であればみじめな愛玩奴隷。

どちらにせよ地獄だ。

そんな苦労しまくっているであろう同胞に対して、私は愛玩奴隷とはいえ三食昼寝つき。

いまだに貞操は無事。

しかも、ご主人さまはイケメンでやさしい。

どんな面(つら)を下げて会えばいいのか。

「……すまない、無神経なことを聞いた」

「ふふ、大丈夫です」

言葉を途中で止めて考え込むチカに、ダグラスが痛ましいものを見るような視線を注ぐ。

どうやらこの話題はここで終わりだろうことを感じ取って、チカは笑ってごまかそうとにっこりと微笑んでみせた。

チカのような容姿の人間はこの国ではなかなか見ない。

というか『少年』とチカ以外に、ダグラスは見たことがなかった。

誰よりも濃い黒の髪に黒の目。実年齢は十九歳だと言っていたが、正直もっと下に見える。

実際買取証明書には十四歳と書いてあった。

愛玩奴隷なら若いほうが高く売れるので、奴隷商がサバを読んだのだろう。

異民族はさして珍しくないが、彼女はそのどれとも少し違う。

好奇心で故郷のことを聞くと、ほかの同族も同じような感じらしい。温厚だというのは『少年』には当てはまらなかったが。

おそらく『少年』と同じ血族の彼女を見ながら、気楽に故郷を聞いて後悔した。

場所もわからないほど、遠くから奴隷として来たと言うチカ。

自分の民族がほかに生きているかもわからない。

導き出される答えはひとつだ。

他民族に滅ぼされ、生き残った彼女は奴隷として売り払われたのだ。

奴隷になった少女が辛（つら）い過去を持っているだろうことなど、少し考えれば思い至っただろうに。

軽い気持ちで彼女の心の傷をえぐった自分に、嫌悪を感じる。

無神経な己の言動を謝罪すると、彼女は微笑み返してくれた。

無理をして浮かべたであろうその笑顔が、なぜか『少年』の嗜虐心に溢れた笑顔とかぶる。

そうか、チカが滅んだ民族だとすれば、『少年』もまた何もかもを失った人間だったのだろう。

俺の痴態を嘲笑（あざわら）った『少年』。

彼の残虐さの理由が思い当たり、心臓をつかまれた心地になった。

◇　◇　◇

砦の兵士たちになぶられた傷が痛む。殴られ、蹴られ、つばを吐きかけられた。

そのあいだ浴び続けた罵倒と嘲笑のせいで、腹の中はぐつぐつと煮えたぎっている気がする。

己の短慮のせいと自覚はあるが、身じろぎするたび響く痛みに運の悪さを呪わずにはいられない。

何かないか、ここから脱出できる手段が。

仲間たちは俺を見捨てないだろう。いまごろ救出作戦を練ってくれているはずだ。

ならば俺はできるだけここの情報を集めよう。

俺を痛めつける兵士たちは幸い手柄に高揚して口が軽くなっている。逆に情報を引き出すのも不可能ではなさそうだ。俺を生かし、なぶったことを後悔させてやる。

拘束された状態でなお闘志を燃やすダグラスの耳に、軽い足音が届いた。

重たいものを持っているのか、ゆっくりと近づいてくるそれを忌々(いまいま)しい気分で待つ。

ちくしょう、今度はなんなんだ。


「あ、生きてる」


牢の扉を開け入ってきたのは、年端もいかない幼い子どもだった。

細い首を囲む首輪にはこの砦の紋章が刻まれている。

ここの少年奴隷だろう。見た感じでいえば十四歳くらいだろうか？

ぱちくりと目を瞬(またた)かせながら入ってくるそいつは、本人にとっては大きすぎるだろうタライにお湯をはった物をもってこちらにヨタヨタと近寄ってきた。

顔つきだけを見れば女のようだが、まるみのない痩せた身体と短い髪がそれを否定する。


「なんだ、おまえ」

「今日からお兄さんのお世話をします。よろしく？」

なぜ疑問系。

「手ひどくやられたなー。清潔にするから動かないでくれよ？」

「……やめろ、触るな」

なれなれしく話しかけながら布を絞る子どもに、つい八つ当たりする。

身動きを取れないまま、奴隷に世話をされる自分がひどくみじめに思えるが、抵抗したくても腕はうしろで固定され、なぶられきったあとで身体は限界を超えている。

「まぁそうおっしゃらず」

俺の気分を知ってか知らずか、『少年』はどうでもよさそうに言葉を流して温かい布で体を清めていく。その感触に無意識に固まりきっていた身体が、じんわりとほぐれていくのを感じた。

小さな身体が俺の肉体をせっせと拭いていく。傷やアザの部分を認識しては、小声で「うわ～」とかなんとかもらしている。

虜囚を相手にしているときに当然あるべき敵意や緊張がまったく感じられない。

懸命なその動きは、傷をなめる小動物のようだ。

黒い髪とのコントラストで、こんなに暗い部屋なのに肌が妙に白く見える。

俺に暴れる気がないと悟ってからは、身体を顔、首、肩と順番に拭き始めた。

白く細い手がはだけさせられた胸の上を行き来し、一度お湯で布を洗ってからふたたび身体の上へ戻ってくる。丁寧な動きは俺を気遣っている様子がありありとうかがえ、敵地にそぐわないそのしぐさの不可思議さにじっと見てしまう。

奴隷のわりには身綺麗にしている。短く雑に切られた髪にはフケなどの老廃物は見当たらず、体臭も嗅ぎとれない。薄汚れた服に痩せた身体でわかりにくいが、よくよく見れば悪くない顔立ちだ。

　このまま順当に成長していけば、男娼としてあつかわれるようになるかもしれない。

　よどみなく腹を拭いてからズボンに白い手が差しかかり、ほぐれた身体に一気に緊張がよみがえってきた。

「そこはしなくていい！」

　低くうなるように青年が拒絶を示す。まぁ股間を他人に弄られるのは、誰だって嫌だろう。

　でも、

「こっちだってしたくない！」

　私も全身拭ってやれと奴隷頭に厳命されているのだ。

　間違っても感染症などにしてはいけない。抜き打ちチェックされたときに手落ちを見つけられたらどんな目に遭うか……うう、考えたくもない。

　うら若き私が、なぜ泥と血に塗れた青年の股間を拭いてやらねばならんのか。

　シモの世話もご飯のお世話も私。

　このやさぐれて感じの悪い男の世話をみんな嫌がったが、奴隷の中でも下っ端の私は断れやしなかった。嫌な仕事はさっさと終わらせたほうがいい。

　ここ五年の暮らしで私はそう学習したのだ！

　決意を固めてズボンを思いっきり下げる。あ、靴も脱がさなきゃ。汗や泥、それに血なんかの汚れでひっかかってしまい意外とたいへんだ。

「くそっ、マジでやめろガキ！　……殺すぞ！」

弱りきった身体をよじって男が抵抗する。

そんなありさまでも私より力が強いらしく、なかなかうまく服を剝ぎ取れない。

「動くなよ、俺だってさっさと終わらせたい」

仕事を邪魔されていらだちがつのる。女だとバレないためにわざと粗野にふるまっているんだけど、そうしていると気まで短くなっている感じはある。

「クソガキ……！　いいから離れろっ！」

長い脚で蹴り飛ばされ、床に尻もちをつく。反射的についた手が痛む。お尻だって痛い。

奴隷は毎日は風呂は入れず洗濯もできないから、汚れないように気を使って生きてきたのに、汚い床についたせいで身体と服に汚れが移った。不潔な床の汚れは、ちょっとやそっとじゃ落ちなさそうだ。

……頭きた。

「お兄さん、あんだけいじめられたのにまだたりないの？」

剣呑な眼光がこちらを貫くが、かまいはしない。私だっていまとっても怒っている。

こっちだって嫌々仕事をしてるのに、これが終わらないとおちおち休むこともできないのに。

立ち上がってあちこちについた汚れをはたいて落とす。

彼の世話が私の仕事のひとつだけど、病気にするなと言われただけでやさしくしろとは命じられていない。どうせしばらくはこの感じの悪い男を世話しなければいけないんだ。

ここでしつけといたほうが今後のためだろう。

「じゃ、お兄さんが満足できるまで俺が遊んであげるよ」

にっこりと笑って男を見下ろすと、男が息を飲む音が聞こえた。


「何をする気だ」

ダグラスは、様子の変わった『少年』を見つめる。光を通さない黒い瞳からは、彼が何を思っているのかうかがい知れない。

「元気がまだ余ってるのが問題だよね。でも俺が殴ったり蹴ったりしたって、たいしてダメージにならないでしょ？」

口調は先ほどよりやわらかいのに、妙なすごみを感じる。口の端を上げてダグラスを見下す態度は、たたずまいだけならば奴隷のそれにはまったく見えなかった。

「だから、心のほうをいたぶろうか。――たとえば、こんなふうに」

身がまえて身体を起こしたダグラスの脚のあいだに入り込む。すでに少しずり下げられていたズボンに手を入れ、無造作に陰茎をつかんだ。

「ぐ、何を…！」

荒れて筋張った手が、しなだれたダグラス自身をぞんざいに弄りだす。

「暴れたらこっちにお仕置きするから、いい子でいてね？」

言いながら空いた左手で、陰茎の下に下がったダグラスの弱点を力を入れずにつかんでみせた。

「ふざけるな……！」

なおも暴れようとする姿に、『少年』の目が不機嫌に細まった。

「えい」

容赦なく陰嚢を握りしめられ、声にならない悲鳴がダグラスの歯を食いしばった口からもれる。

「暴れないでってば。ここ、ぶん殴って気絶してもらってもいいんだよ？」

同じ男とは思えないような恐ろしい宣言をされて、思わず身体が固まる。

先ほども思いきりやられた。

黒い目はいらだちもあきらかに、ダグラスを睨みつけている。この子どもは本気でやるつもりだ。

にわかに呼吸が浅くなる。

「うん、いい子。そのままじっとしててね」

動きの止まったダグラスを見届け満足げに微笑む顔は、いっそ場違いなほど無邪気だった。

小さな手でやわやわと揉みしだかれ、お湯で温められたらしい体温がダグラスの中心を溶かすように染み込んでくる。心情とは裏腹に自身に血が巡ってくることに絶望を感じた。

「お、硬くなってきたね。よかったー、ダメだったらなめるとかするべきかと思った」

……なめるだと？

しゃべる子どもの口元を見て、無意識に感触を想像する。その小さな口の中に自分のモノを押し入れて、やわらかく温かいであろうそこで喉の奥まで蹂躙するイメージが浮かび、

「あれ？　思ってたより元気」

己の分身が臨戦態勢に入った。

「嘘だろ、おい……」

興味津々といった感じでダグラスのモノを触る少年を見ながら、自分の節操のなさに絶望する。

小さな手の中でそそり立つそれは、いまの『少年』が知る由もないが一般的な大きさよりさらに太く、長い。いまや明確に熱を持つそれの表面には血管が走り、かすかに脈打っている。

少年がなんとなくで想像していたものより凶悪な様相だ。内心で冷や汗をかくがそれを悟られるとだいなしなので、かわりに馬鹿にしたような笑顔を浮かべるにとどめる。

「なんのつもりだクソガキ……」

「それはこっちの台詞だよ。ちょっと触っただけでこのありさまとか、いじめられてるヤツの態度じゃないよね？」

「な、これは……ぐっ……！」

嘲笑まじりに男を謗りながら、言い返そうとこちらを睨んだ男の陰茎を強めにこすり上げる。強制的に与えられる快感をこらえようとするが、それはむしろ感覚を鋭敏にしていく結果に終わった。

「でも素直なのはいいことだと思うから、ごほうびをあげないとね」

甘さを含んだささやき声に、脳が直接犯されているような錯覚に陥る。

速度を上げていく手に翻弄されながら、快楽に飲み込まれまいと歯を食いしばって天井を見上げると頬にやわらかな手が触れた。

「ダメだよ。自分が何をされて興奮してるかちゃんと見て」

そのまま髪をつかまれて強制的に下を向かされる。次いで視界に飛び込んだ光景を認識した。

小さな手が己の欲望をあおりたて、黒い前髪の下からのぞく真っ黒な瞳が快楽に弄ばれる自分の顔を見ている。

両端の上がった口からのぞく赤い舌と、それを囲う色づいた唇。

『少年』から視線をそらせないまま、ダグラスは絶頂を迎えた。

欲を吐き出した陰茎が、白い手の中で小さく震える。

己が腹にかかった白濁の多さに自分が追いやられた高みを知り、その高さの分だけ絶望に落ちる。

「あははは！　本当に出しちゃったねお兄さん！」

荒い息を吐きながらぼう然としていると、『少年』がダグラスの痴態（ちたい）を眺めながら嘲笑い、心をさらに辱（はずかし）めた。


日本にいたころの知識を動員して、やってみると案外うまくできた。

言葉もないといった様子の男を見て、自然と笑みが浮かぶ。

ひとまず吐精してもらったが、体力的にはまだ余裕がありそうなので責めを続けてみよう。

男の腹にかかったそれを手に絡めて、ふたたび彼のものを握り直す。

「何を……!?」

すべりがよくなった手を上下させると、にちゃにちゃと卑猥な音が響いた。

気を抜いてたらしい男が、達したばかりのそこに与えられた刺激に目を見開く。

「お兄さんが満足するまで遊んであげるって言ったよね？」

「……は？」

一発出しただけでは、まだ体力が余ってそうで安心できない。

「ちゃんと出なくなるまでやってあげるから、頑張って」

笑いながら先端の穴を人差し指でひっかくと、男の腰が思わずといった感じで浮いた。

「お前……正気か……」

先ほどまでは怒気と屈辱で燃えていた薄曇りの瞳に、恐怖の色がちらつくのを見て取り浮かんだ笑みがますます深くなる。

機嫌を取らなくていい相手なんて、何年ぶりだろうか。自分よりもみじめな姿をさらす男に、内心で高揚する。何度も何度も絶頂を与え、身じろぎすらできなくなった男の全身を清めてやり、部屋をあとにした。

［2］良く言えば野草のサラダ

ダグラスさんの家は、収入のわりにはけっこう狭い。

本人曰く、

「ただ寝るだけの場所を広くとっても無駄だろう」

だそうだ。

そんなわけで、この家は城下町の一等地、お城の門まで徒歩三十分という位置に、貴族にしてはこぢんまりした風情でたたずんでいる。生活に必要最低限な物しか置いていない屋内は散らかる余地もなく、エリート騎士さまとしてそれはどうなんだという生活な気もしなくもない。

名家の出でも、五男坊までいくとけっこう自由にさせてもらえるそうな。

基本的に、毎日朝から晩まで働いてから帰ってくる。どこかに寄っている気配はない。

私これ知ってる。社畜って言うんだよね。

というわけで、日中の私はけっこう暇だ。

ちゃんと仕事している愛玩奴隷なら昼間は体力回復のために休んでいるか、愛人待遇として自分磨きに精を出しているらしいけど、なにせ私のご主人さまはアレだ。毎夜の挑戦も短時間であきらめるし、そもそも欲情していないらしくて私の身体に性的に触れることもない。

基本、紳士なので虐待もいっさいない。

家事をして余った時間は、食材などの買い物ついでに外をうろついてみたり、図書館でレシピを探したりする毎日を過ごしている。

奴隷の首輪さえついていなければ、これただの主婦だ。

というか、町のみなさんは誰も私のことを愛玩奴隷だと思っていない。女関係のうわさがいっさいない社畜ダグラスさんが、私のような子どもに手を出すわけがない。若すぎる愛玩奴隷に同情して買い取り、メイドとしてあつかうことにしたのだろう。

それが、みなさんの認識だ。

ダグラスさんからいただいたメイド服も、そのうわさにひと役買っている気はする。

服がない私に、昔雇っていたメイドさんの服をくださったのだ。

ロングスカートでフリルも付いていない堅実な衣装は、ちょっとぶかぶかなので自分で詰めた。

まぁともかく、これはあんまり奴隷ぽい服装ではない。

働きやすいので愛用してます。

町の人たちの誤解は、正直、助かるのでそのままにしている。

私のご近所付き合いのためにも、ダグラスさんの名誉のためにも。

私はいつか愛玩奴隷という歳でもなくなるだろう。

どうにかしてお金を貯めて市民権を買い取るか、もしくは歳をとったときのために家事奴隷としてのスキルを高めるか。そうなったときにできることは多いほうがいい。

内心で決意を新たにしながら、ふたたび歩き始める。砂利道を歩く視界のはしに、みずみずしい緑色のものがよぎった。

「あ、食べられる野草」

——そう、できることは多いほうがいいのだ。

たとえば買い手がつかず野生で生きていく可能性も、視野に入れておくべきだろう。


道の草花を見つめて調理法を考える奴隷を、ひとりの騎士が見つめていた。

所用で街を歩いていた彼の名前はジルドレ。

ダグラス・ウィードの部下のひとりだ。

赤い髪に緑の目を持つ彼は庶民の出ではあるが有能で、ダグラスからの信頼も厚い。彼自身も、貴族でありながら危険の多い王宮騎士団第三部隊の隊長を務めるダグラスのことを敬愛していた。

女性の気配が途絶えて久しい上司が、衝動的に落札したという愛玩奴隷。

――ちなみに、これは隊長が弁当を職場に持ってきたことから、部下たちが執拗に行った事情聴取の末に判明した。

いったいどんな美女だというのか。

ジルドレの頭の中でダグラスが浮名を流した数々の美女が流れていく。

豊満な肉体。

香りたつような色気。

美しく派手な顔立ち。

誰もが生唾を飲み込むような極上の女性たち。

そんなダグラスのお眼鏡に適った少女だ。

ジルドレの中の彼女への期待は高く高くへと登っていった。

しかし目の前にいる、しゃがみこんで真剣に草を検分している少女は、なんというか、その――。

「なんだこのちんちくりん」

思わず声に出して言ってしまった。

「はい?」

草をつんだ少女がこちらを見上げる。異国情緒のある顔立ちは少し珍しい気がするが、飛び抜けて顔がいいとかスタイルがいいというわけでもない。

これを隊長が衝動買い?

胸はほぼなく小柄で起伏に乏しい身体。

長い黒髪は艶やかで美しいが、若い娘で身なりに気を使っていればだいたいそうだ。

しかし、首輪にはウィード隊長の家紋が刻まれている。

隊長が所有している奴隷はひとり。

間違いなく目の前のこの娘がそれだろう。

しかし着ているものはメイド服。たしかウィード家の本邸の制服だったか。

王家に重用されているウィード家の制服は、王都で働くメイドたちの憧れの的だと聞く。

「あの……？」

不審者を見るような目で、少女がこちらを見つめる。

その姿に先ほどの失態を思い出し、慌てて取りつくろうことにした。

女性に向かって『ちんちくりん』などと言ったのがバレれば、騎士道精神溢れるダグラス隊長にどんな罰を下されるかわかったものではない。もう執務室の雑巾がけはこりごりだ。

「その野草、まさか隊長の弁当に入れるの？」

「いえ、食べたことはないので、おいしい調理法を見つけるまで入れません」

おいしかったら入れるのか。

「……どなたですか？」

遅まきながら警戒心をにじませ問うてくる姿は飼い主にしかなつかない犬のようで苦笑が浮かぶ。

「俺？　俺はね、ジルドレ。ダグラス・ウィード隊長の部下」

名乗るとようやく納得したようで、少女が深々と頭を下げてくる。

「私はチカと申します。ご存じのようですがダグラスさまの奴隷です」

知性を感じさせるふるまいに少し評価を改める。育ちのよさを感じさせる言動からすると、身分の低さゆえに奴隷に堕ちたわけではないのかもしれない。

「野草だけどさ、街にあるやつはあんまり衛生的によくないんだよ。食べる用のものを取るとすれば、外の森とかに行くべきだろうね」

とりあえず、ここの野草を隊長の弁当に入れるのは阻止せねばなるまい。

砂ぼこりとか犬のマーキングとか、ほんとやめてあげてほしい。

職場で弁当を広げ、常は厳しい顔の上司がわずかに顔を綻ばせる光景を思い出し、なんだか切ない気分になる。

「そうなんですね、勉強になりました。ありがとうございます、ジルドレさま」

少女がふたたび深々と頭を下げる。

うん、なかなか素直でいい子じゃないか。

「いいよ。じゃあ俺は行くから、気をつけてね」

「はい。ジルドレさまもお気をつけて」

にこりと微笑んでこちらを見上げる瞳に温かい気持ちになる。

ダグラス隊長が愛玩奴隷を買ったと聞いて、心配にならなかったわけではないのだ。愛玩奴隷の多くは尊厳を踏みにじられ虐待を受けるものだから。

隊長に限ってないだろうが、万が一、買い取った少女を手ひどくあつかっているようであれば、隊長をいままでのように崇拝できていたかわからなかった。

目の前の少女にそのような陰りは感じない。

顔色はよく、笑顔は春のひなたのように温かい。

きっと大事にされているのだろう。

「そうか、街の外に出ればいいのか。その発想はなかった……」

チカのつぶやきは、心温まったジルドレの耳には届かなかった。

捕虜の男の『躾（しつけ）』を始めて三日ほど。

少年はこの遊びをすっかり気に入ってしまった。

何せこの五年間、この世界に来て奴隷となってから他者に軽んじられ、苛（さいな）まれ続けてきた。

身体が小さく力も弱い子どもの奴隷は目立たず、馬鹿にされても反抗せず、空気のようにふるまって生きていくことで身を守ってきた。

普通の学生としてのアイデンティティーなど、とっくに消し飛んだ。

軽んじられてもいい。目をつけられるよりよっぽどマシだ。

もしまわりの人間に女とバレたら？

意地の悪い奴隷頭や砦の兵士に、弱り死ぬまで慰み者にされてしまうかもしれない。

なら静かに、逆らわずに生きていこう。

いずれ成長して判明することでも、少なくともいまは。

そんな『少年』でも、この虜囚の前ではまるで暴君のようにふるまえた。

彼に屈辱を強いるたびに、少年のすり減ってひび割れた心に何かが満ちていく気がする。

彼の瞳に自分が映るのを見るのが少年は好きだった。弱りきってなおその鈍青の目にぎらぎらと怒りを宿す青年に、己を刻み込むように陵辱を重ねた。

「お兄さんさ、ずいぶん素直になったよね」

「お前は言ってもやめんだろう」

暴れる青年の弱点に何度か『罰』を与えた結果、最初のころとは比べものにならないほど従順になった。減らず口はあいかわらずだが、少年を跳ねのけたりする心はすっかりなくしたらしい。

しかし目にはあいかわらず怒りを宿し、歯を食いしばりながら少年のことを睨みつけている。

何かの機会をうかがっているのだろう、そう少年は判断した。

脱出できる勝算があるのか、はたまた自分の隙をついて復讐に出るのか。

――事実、彼は体力の消耗をおさえて反撃に備えていたのだが。

どちらにせよ、あきらめることのないその態度に少年は満足する。

その光をもっと見せてほしい。

たとえ、どんな目に遭っても。

「うん、やめないよ。じゃあ今日も頑張ってね？」

クスクスと笑いながら座り込んだ身体にまたがる少年に、青年は顔を歪(ゆが)める。

身体の上で座りこまずに腰を上げていることだけが救いか。

「今度は何をする気だ」

上着をはだけられ、胸板を布でやさしく拭かれる。

男が意識を失う前にそうされるのは、初日以来だ。

「ん、いい子にはごほうびをあげないと」

イタズラを思いついたかのような笑顔を向け、男の胸にしなだれかかる。

ひざに乗って甘えるようなしぐさの子ども、こんな状況でなければ微笑んでしまったかもしれない。残念ながら、いまのダグラスは嫌な予感に身体を硬くするだけなのだが。

「ここ、使ったことある？」

『少年』が笑いながら青年の胸の飾りを指でつつく。

言葉が見つからずに睨みつける青年を見て少年が笑顔を深くする。

「何を言って……」

「やっぱないよね。ふふ、今日は気持ちいいとこ増やしてあげる」

機嫌よく笑って、指でかすめるようにそこをさする。いつもの下半身への直截的(ちょくせつてき)な刺激と違い、かすかなくすぐったさ以外何も感じないその行為にダグラスが余裕を取り戻す。

「何をする気かしらんが、そうそうおまえの思いどおりにはいかん」

鼻で笑ってやると、ダグラスの胸の乳輪を指でなぞっていた少年と目が合う。

「いいよ、今日はごほうびだから。しばらくやってみて、お兄さんのツボがここじゃなかったらそれで勘弁してあげる。……拭くときに暴れたら、またいつもどおりにやるけど」

えらく機嫌のいい少年だが、最後に恐ろしい釘を刺していく。

だが、いまさら全身をくまなく清拭されることなど、反抗して陵辱されることに比べればもはや屁でもない。ダグラスはあぐらをかいたひざの上で遊ぶ少年に、今回ばかりは好きにさせようと思考を放棄した。

男に胸を触られたところで、何も感じはしない。触られることにもいまは耐えてやろう。いつになく穏健な態度の少年から目を離し天井をあおいで、ダグラスが小さくため息を吐いたそのとき、温かく湿ったものがダグラスの胸先を包む。

「何っ……」

動揺したダグラスが胸元に視線をやると、『少年』が己の乳頭に口づけている。

驚いたダグラスを視線だけで見ながら、少年はそこを口で責める。

「しばらくして、気持ちよくなかったらやめてあげるから」

にこにこと笑う顔からはもはや邪気しか感じない。

細まった目に仄暗く宿る意思は、捕食者のそれだ。

「……どのくらいだ」

「ん、あと十五分くらいかな」

明確な時間を提示されて拍子抜けする。

必要なことはすべて言ったと判断したのか、『少年』の遊戯が再開された。

小さな口で何度もダグラスの胸に口づけを落とし、軽くだけ吸う。空いたもう片方の胸にも手を添えて、やわやわと揉んだりなでたりする姿は親に甘える子猫のようにも見える。

日中の肉体的な拷問に比べると、それはずいぶんとマシに思えた。危害を与える気のない動きに安堵し、身体の力を抜いた瞬間、尖らせた舌先で乳頭を強めに刺激される。

「っ……！」

鈍い快感に、意思に反して腰が小さく揺らめいた。

それがダグラスにまたがる『少年』に悟られないはずはない。

少年がダグラスの顔を見て笑う。三日間彼をひたすらに陵辱したときと同じ笑顔で。常ならば言葉でいたぶられただろう。だが『少年』は何も言わない。ご機嫌に微笑みながら児戯のようなそれを再開する。

なめて、ついばんで、吸って、舌先で転がす。

牢屋の中にはぴちゃぴちゃと、その水音だけが響く。

少年は何もしゃべらず、ダグラスもこの甘ったるい責め苦をやりすごそうと口をつぐむ。

静かな部屋に響く卑猥な音を、意識せずにはいられない。

胸を這い回る赤く小さな舌が目に焼きつく。

黒髪の狭間から見える伏せた目を飾るまつ毛は長く、幼さの中に色気を孕んでいるように感じる。

その光景にめまいを覚えたころには、ダグラスの息はごまかせないほどに荒くなっていた。

「……よかったみたいだね」

胸に添えていた手がいつのまにか少年の股の下、少しばかり熱を持ったダグラス自身をささやかになぜる。硬さを確かめるように指で遊ばれ、先ほどまでかろうじて布を押し上げずにこらえていた陰茎が立ち上がった。

「……やめろ」

うめくように制止の声を絞りだせば、やさしい顔で微笑み返される。

「今日はごほうびだから、意地悪はしないよ」

やさしい音色でささやいて、白い手が下ばきの中にすべり込んだ。

そのあとのことは、あまりよく思い出せない。

いつものような嘲笑も愚弄もなく、ただひたすらにやさしく甘く、何度も何度も高みへと追いやられた。

ダグラスが甘さを含んだ責め苦から逃れようと、必死で罵倒を重ねても『少年』の言動だけはあくまでもやさしく、彼を快楽へと導いた。

全身に力が入らなくなったころにようやく解放され、全身をくまなく清拭された。その心地よさを、安堵を、ぼんやりした頭で必死に否定する。

「よしよし、よく頑張ったね」

穏やかな声音で短い髪をなでられたところで、ダグラスの意識は途絶えた。

◇◇◇

ジルドレの助言を聞いた次の日の昼下がり、チカは街のそばの森に野草摘みに来ていた。

街の門を出るときに門兵にとがめられそうになったが、首についたダグラス・ウィードの紋章を見て彼らは言葉を飲み込んだ。

王宮騎士のダグラス・ウィードは数々の武功を立てた英雄であり、彼の所有物である奴隷の扱いもそれに準ずる。ダグラスが許しているのであれば、この少女奴隷を止めることはダグラスの意思に反することになるのだ。

実際にはチカはダグラスに何も言わず王都を出ているので、止めるのが正解ではあったが。

王都から歩いて行ける距離に、こんな森があるとは知らなかったな。

ジルドレさんが言っていたとおり、そこには青々として立派な野草がたくさん生えていた。

なるほど、ここの野草と比べれば街中の草なんか雑草みたいなものだ。

心の中でチャラ男って思ってごめん。

道から森へ少し分け入るとハーブのいい香りがして、ついつい深呼吸してしまう。

ついでに香草も摘んで、いろいろ試していこう。

迷子にならないように方向を確認しながら、少しずつ木々のあいだを縫って歩いていく。

木もれ日がカーテンのように降り注ぎ、蝶々がひらひらと舞っている。

絵本の中のような光景にテンションが上がった。ここに自分のお昼ご飯を持ってきてピクニックも楽しそうだ。持ってきた籠(かご)の中にもいろんな草を入れてみたので、あとで図書館から借りている『発見！　意外と食べられる世の中の野草』で調べてみよう。

ご機嫌で歩いていると、美しい湖が現れた。

日差しの反射が水面をきらきらと覆っていて、神秘的な光景に感嘆する。

「わぁ……綺麗」

ひざ立ちでのぞき込んでみると、私の影の中を小さな魚たちが群れで横切っていく。

……この水は飲んでいいのだろうか。

いや、もと日本人として生水は飲むわけには……。

あぁでも、綺麗でおいしそう……。

澄んだ水を眺めて逡巡していると、横からひづめの音が近づいてきた。

視界の端にふたつに割れたひづめが入る。

「え？」

顔を上げて確認すると、すぐ側に真っ白な馬。

いや、馬なのだろうか？

私の世界にいた馬とも、この世界の馬とも少し違う。

ぱっと見は綺麗な白馬なんだけど、ちょうどこの湖のように光をたたえた碧の両眼のあいだ――

つまり額に、一本の角が生えている。

こんな感じの架空の生き物のことを大昔に聞いた気がするけれど、なんだったか思い出せない。

なんだっけ……ニ……うに……うにコーン？

違う、それは回転寿しで見た攻めた巻き寿司だ。

この世界に来てから、ずいぶん経った。いまはもうたくさんのことを思い出せなくなっている。

ちなみにまっさきに忘れたのは、中学入りたてに習った歴史の授業内容だ。

年々過去は遠くなっていって、いずれ日本のことは思い出しもしなくなるんだろうか。

毎夜見る故郷の夢もおぼろげになって、毎朝この世界にいるという絶望をかみしめる。

せめてどこかで読んだ物語みたいに、勇者として呼ばれたとか、世界の危機のために召喚されたりとかなら納得できたんだろうか。

散歩中に瞬きしたら荒れた街道で、話しかけてきたおじさんについて行った結果、奴隷として売られるとか、いくらなんでもこれはひどくない？

過去に想いをはせていると、その馬のような生き物が鼻を鳴らして顔を寄せてきた。

頭を下げてすりすりと胸になつくようなしぐさになごんで、おでこのあたりを角を避けてなでる。

「よしよーし、いい子だね」

賢そうなこの生き物の温もりに触れて、さっきまでのドロドロとした気持ちがちょっとずつ溶けていく。すがりつける体温があるのはすごく安心する。

そういえば、こんなに安心するのはひさびさかもしれない。

馬もどきは目を気持ちよさそうに細めて、私の側に座って頭をひざに預けた。

深く静かに行なわれる呼吸、暖かい日差し、綺麗な空気に静かな空間。

「ん……？　あれ……!?」

馬もどきは目を閉じて重たい頭を私のひざに載せ、まったく動かない。

「え!?　ちょっと、困るよ!!　起きて！　おーきーてー!!」

たてがみのあたりをぺちぺちと叩くと、馬もどきがこちらをちら見してからため息を吐いて目を閉じ直した。

こいつ……私のひざでひと眠りする気か……!!

いけない、このまま夕方までもつれ込めばダグラスさんの晩御飯を用意できない。

あんまり仕事していない奴隷としてはそれはちょっと!!

森の中を騎士の小隊が進む。

騎士数名と、従騎士と兵士十数名のその一行は辺りを用心深くうかがう。

「……いそうか？」

抑えた声で尋ねるのは、隊長のダグラスだ。うしろに控えるジルドレがそれに応える。

「最後に目撃情報が上がったのは、例の湖ですね。近くに巣があるのだと思われます」

「よし、そこまで移動する」

ダグラスの命令を聞いて、ジルドレが後方の兵士たちに手で合図を送った。

訓練の行き届いた彼らはそれで了解し、可能なかぎり静かに歩んでゆく。馬の気配で悟られては困るので、全員が自分の足で歩いている。

何しろ相手は賢く、獰猛だ。油断すれば大怪我程度ですまない場合もあるだろう。

黙々と進んでいると、草むらに人の痕跡があることにひとりが気づいた。

折れた草が規則的に列を作って湖へと向かっている。その左右には野草を摘んだ跡も。

「誰か先に来たようです。小さく……体重の軽い……子どもでしょうか？」

「子どもだと？　性別は？」

「さすがにこれだけではわかりません」

「何かあると事だ。急ぐぞ」

女の子どもならまだいい。否、ひとりでこんなところに来ているのは問題だが。しかしそれ以上に問題なのは男の子どもだった場合だ。『あれ』に出会ってしまえば、最悪の場合、殺されてしまうだろう。その前に保護せねばなるまい。

「見えました、湖です」

先頭に立ったダグラスの視界に飛び込んできたものは、予想外にもほどがあるものだった。

「もぉおーいい加減起きてよー！　足が！　ちぎれるから!!　チカさんのカモシカのような足がぷちっといくから!!」

少女が弱りはてた顔でユニコーンの首をぺちぺちと叩いている。それでも意にも介さないユニコーンにそれでたりないと思ったのか、とうとう両手を使って揺らしはじめた。聖獣はいっさいを無視して少女のひざの上でくつろいでいる。

「――何をしているんだ、チカ」

ユニコーンが完全に酩酊状態に入っているのを確認し、近寄って話しかけた。王都で家事に勤しんでいるはずのチカが、なぜこんなところでユニコーンをひざに載せて困っているのか。

しかも、カモシカのような足とはなんなのか。

聞いたことがない単語だが、鴨なのか鹿なのかどっちなんだそれは。

「あ、ダグラスさま！　どうしてここに!?」

こちらを見上げながら問うチカには、うしろめたさや緊張感は見受けられない。

一瞬逃亡の可能性を考えたが、その様子を見て打ち消す。

「俺は仕事だ。チカ、どうしてここにいる」

「この馬もどきが、ひざからのいてくれないんですよ」

迷惑千万と言わんばかりに頰をふくらまして怒っている姿は、ふくらんだ鳥みたいでおもしろいが、いま尋ねているのはそういうことではない。

「あれ？　チカちゃん!?」

「ジルドレさん！　お疲れさまです」

後方でジルドレが思わずといったふうに声を上げる。チカがジルドレを呼んで笑顔を向けた。

おまえたち、いつのまに知り合った。そしてその親しい感じはなんだ。

「ジルドレ？」

ダグラスの意思を正確にくんだジルドレが、慌てて弁明する。

「いや、昨日街中で偶然会ってちょっと話しただけです！」

「はい、ジルドレさんにこの森に野草やハーブがあるって教えていただきました」

満足げに側に置いた緑いっぱいのバスケットを見せて笑む姿は、褒(ほ)めてほしがる子どものように微笑ましい。おそらく凝り性の彼女が自分のためにやったことなのだろうと見当をつけて、ダグラスの顔がかすかに緩む。

それを見てなごんだ兵士たちだが、ジルドレのほうを向いたダグラスの表情を見て凍りついた。

「なるほど、ジルドレが唆(そそのか)したんだな？」

射殺さんばかりの目でジルドレを睨むその姿は、顔の厳しさと立派な体軀(たいく)も手伝って悪鬼のようだ。大型の魔物すら一太刀で殺すダグラスの勇姿が、兵士たちの脳裏をよぎった。

「いやっ、唆したっていうか、そのっ」

少女が、道端の野草にチャレンジしようとしてたので――とは言えない上司想いのジルドレは、言葉を詰まらせるしかない。

「来ちゃ、だめでしたか？」

ジルドレにとっての救いは、ジルドレを追い詰めた原因からもたらされた。不安そうに首を傾げ主人を見つめるチカに、ダグラスの怒気がしゅるしゅると音を立てるようにしぼんでいく。

「ダメなことはないさ、チカ。ただしひとりで王都の外へ行くのは危ないから、次からは誰か伴って行くように」

「はい、そうします」

いつものように光沢のある黒髪をなでてやると、チカが気持ちよさそうに目を細める。主人と愛玩奴隷と言うよりは、主人と愛犬のような光景に周囲の人間は目をまるくした。

——愛玩奴隷を買ったって言ってたよな。

あの、毎日隊長に弁当を作ってくれる奴隷。

仕事の鬼の隊長が、夜にはかならず家へ帰るほど入れあげてるっていう。

娘はひざにユニコーンの頭を載せている。

ユニコーン。

それは狡猾(こうかつ)ですばやく、恐ろしく獰猛な生き物。

額の角にはあらゆる病を癒(いや)し、水を浄化する効果があるが、うかつに人間が近づけばその角で突き殺されてしまう。

そして。

処女をこよなく愛している。

ユニコーン。

それは清らかな乙女だけを愛する獣。角には聖なる力が宿り、すべてのものを浄化する。水も、呪いも、病も。

しかし男や非処女が近づくと猛然と襲いかかり、むごたらしく殺してしまうという。

そんな理不尽な生き物が、いま、私のひざに。

「だ、ダグラスさまぁ……」

ユニコーンを見つけるのが今回の任務だと説明しながら、危険性もしっかりと教えてくれてしまったダグラスさんに向かって、情けない声を出す。

なんでいま教えた。めちゃくちゃ危険な生き物じゃないか。

「落ち着け、チカ。いまユニコーンは酩酊している。俺たちが近づいても見もしないだろう？」

そう言いつつ小声なのはなんでですかダグラスさん。

そして、まわりの人たちが囲むようにじわじわ近づいてくるのはどうしてですか。

にわかに恐ろしい生き物に見えはじめたひざの上の生き物に視線を落とす。目を固く閉じて深く呼吸をしている姿はたしかに安全そうだ。いまのところ。

酩酊状態って、酔ってるの？

しかし私は処女とはいえ、清らかな身とは言い難い。異世界に来てからこっち、男を辱めたり奴隷教育で辱められたりいろいろした。私は世間一般の清らかな乙女とはちょっと、いやかなり趣が違うと思う。

まさかこいつ、処女膜だけで判断しているのか。

それでいいのか神秘の獣。

「そのままなだめておいてくれ。正直、チカがいてくれて助かった。この状態からなら殺さずに角を取れる」

殺さずにすむって、当初は殺す予定だったんですね。

いやダメとは言いませんよ、こんな危険生物。

ただ角を取るって、

「私のひざの上でですか……？」

さすがにそれは起きません!?

「ああ、チカはそのままなだめておいてくれ」

と言いながら部下さんに指示して、謎の器具を用意させるダグラスさん。

完全にその細身のノコギリでギコギコやる気ですね。

あ、縄も使うんですね。すっごい器用に巻きますね、部下の人。

「なだめるって、いったいどうすれば……」

あとはその縄にまかせて逃げちゃだめですか？

ここまで縛ってれば、もう私いらなくないですか？

そんな思いを込めてダグラスさんを見上げると、なだめるように頭をなでられてしまう。

違う。いまそういうのじゃない。

「やさしくなでて、子守唄でも歌ってやれ」

「歌って……」

身を縛る縄がさすがに不快なのか、ユニコーンがひざの上で身じろぎをする。

「ひっ……！」

「チカ、大丈夫だから。なんでもいいから歌ってくれ」

そんな穏やかに言われても、まわりの人たちが緊張感まる出しの態度をしてるのが気になりすぎる!! これ絶対失敗したら、すごいことになるやつだ……！

周囲からのプレッシャーがどんどん重くなってきたので、しかたなしに口を開く。とっさにこの世界の歌なんか思い出せなくて、もとの世界の学校で合唱練習をしてた曲を口ずさんだ。

――結局、歌う前に異世界に来たけど。

歌いながら首筋をゆっくりなでていると、小さく動き始めていたまぶたや耳が停止して、また呼吸が深く規則的になる。

それを見てみなさんが静かに、しかし大急ぎでユニコーンの角をノコギリで切っていく。祈るような気持ちで見ていると、ユニコーンの角が根もとから地面にぽとりと落ちた。

兵士のひとりがそれをすばやく回収して、細かな刺繍を施された立派な布袋に入れる。

ユニコーンはぜんぜん気づいてない様子だ。

それでいいのか野生動物。

「よし、よくやった。しばらくはこのままぼんやりしているだろうから、いまのうちに撤収するぞ」

指示を聞いて部下さんたちがてきぱきと道具類をしまう。

「ダグラスさま、あの、頭が重くてどかせないんですが……」

「わかった。おい、どかしてやれ」

「はーい。ちょっとごめんね、チカちゃん」

「あ、いえ。ありがとうございます」

私の非力さのせいで申し訳ないが、命令を受けたジルドレさんが、ユニコーンの頭をゆっくりと地面に下ろしてくれる。ひざの重量がなくなって、ようやっと人心地ついた。ユニコーンの重たい頭でせき止められていた血がぶわーっと流れる感じがする。

「チカ、街まで一緒に戻るぞ」

あちこちに指示を飛ばしていたダグラスさんが、こちらを振り返って言う。

森でひとりでフラフラするのは安全じゃないらしいから、見てるうちに帰したいんだろう。

でも、

「ダグラスさま」

「なんだ？」

「足が、痺れました……」

ぜんぜん立てる気がしません。

——大きな腕が私の背中とひざ下を支える。脚の動きに合わせて揺れる上半身は、それでも安定感があり彼の身体能力の高さをうかがわせる。

なんというか、あれ。いわゆるお姫さま抱っこ。

バスケットと私をまとめて抱えるダグラスさんの、ふところの深さに身を縮めるばかりだ。

いいのか奴隷がこれで。

むしろ私がダグラスさんを抱えるべきじゃないのか。いやできませんけど。

いくら足が痺れたからって、まさかこんな感じで運搬されていくことになるとは思わなかった。

まわりの部下さんたちから、生暖かい視線を感じる……。

恥ずかしい。恐ろしく恥ずかしい。

「あの、そろそろ痺れがとれたと思うんですよ」

とれてなくても、這いずってでも帰るので勘弁してください。

もと日本人には、この体勢はちょっと照れるっていうか。

「遠慮するな」

にぃっと微笑むダグラスさんに、この想いが通じる気配はない。

その向こうに見えるニヤニヤしているジルドレさんには、すごく伝わっている気がする。

「いやっ、でも、重いですよ」

「何、いい鍛錬だ」

しれっと言われたけど、それ重いってことですよね？　いい負荷だって話ですよね？

「今日は頑張ったからな、甘えておけ」

何やらご機嫌なダグラスさんにさわやかに笑いかけられ、ぐうの音も出なくなる。

これだからイケメンは……！　顔で全部押しきるのはどうかと思う!!

結局、王都の門まで抱っこされたまま運搬され、門兵さんにぎょっとされたところで無理やり降りるまで羞恥(しゅうち)プレイは続いた。

もう二度とひとりで外に出ないと誓ったのは、語るまでもない。

◇　◇　◇

薄暗い牢屋の中、幼さを残す高い声が小さく響く。

水音にまぎれて途切れ途切れに聞こえるそれは、どうやら歌声のようだ。

聞き覚えのないその音楽に、なぜか胸を締めつけられるような気分になりながら意識が浮上した。

「あ、起きた？」

細まった黒の双眸（そうぼう）がこちらを見る。

『少年』の形を視線でなぞって手を確認すると、お湯で絞られた布が己の身体を清めていた。

「ぐ……」

出した声はひどくかすれていて、先刻兵士たちに行なわれた拷問を思いだす。

前夜に忍び込んできた仲間によって脱出の手はずが整えられたとの報（しら）せを受け、気力だけで耐え抜いた。それがなければ、気力が尽きてしまっていただろう。

明日、ここから自分は去る。そうでなければ見つかって死ぬかのどちらかだ。

全身をおおう疲労と満身創痍（そうい）で『少年』に憎まれ口を叩く気にもならない。

どうやら拷問中に気絶し、そのまま捨て置かれたらしい。

「今日は何もしないから寝なおせば？」

ダグラスに体力が残っていないのを把握しているのか、少年は静かに傷にまみれた肉体を手当していく。口を開くのも億劫（おっくう）で、ただぼんやりと『少年』を眺めた。

ここに来てから、ただおとなしく少年の世話を受けるなど初めてのことかもしれない。手際よく全身を清め、薬草を傷に貼り、もはや服とも言えないボロボロになった服を律儀に着せ整えられる。肌に直接触れるものだけは洗われているが、捕虜にそこまで手をかけるものだろうか？

「ん、寝ないの？」

視線に気づいた『少年』が話しかけてきた。

静かなその瞳の中に、何かを見つけられそうな気がしてじっと見つめる。

先ほどまでダグラスを痛めつけていた男たちとは、まったく違う色。

夜のようでいて夜よりも暗い、暗闇をたたえた水のようなその暗さには何が潜んでいるのか。

「あぁ、今日のご飯がまだだったよね。でも入る？　水だけでも飲む？」

そう言われてやっと自分の喉の渇きに気がつく。返事をしようと口を開いたが喉が張りついて声は出なかった。しかし、それを見て察したのか『少年』が側に置いてあった飲み水の入った瓶を口元に持ってきて傾ける。

流れ出た水を飲む力もなく、頼りなく開いた口元を伝って地面に水たまりができた。

『少年』がかすかに眉をひそめるが、ダグラスにその意味はわからない。

『少年』が瓶から水を口に含み、ダグラスの唇に自分の唇を合わせて流し込む。

やわらかな唇から注がれるそれは甘露のように感じられて、なんの抵抗もなく受け入れた。

幾度か親鳥がヒナに行うようなその行為を経て、少年が己の口を拭う。

湿り気を帯びた唇は拭き取ってもなお赤く艶めき色づいていて、そこから目が離せない。

「お兄さん、調教されすぎ」

苦笑する少年の瞳に、もの欲しげな自分の顔が映っている。

対する少年には、なんの情欲も害意も見受けられない。

いたわりすら感じられるその態度に、胸の奥から何かが湧き上がるが、わかれば自分が決定的に変わる気がして必死に無視をした。


明日、俺は脱出する。

城に攻め入って来た仲間たちと共に。

城に火を放って、兵士どもを切り捨てて。

自分の身体がどこまでもつかはわからないが、このままではすまさない。

完膚なきまで叩きのめしてやる。


「今日は痛めつけないのか」

回復した喉で憎まれ口を叩くと、『少年』が歪な笑顔を作る。

「あれは痛めつけてないよ。気持ちよかったでしょ？」

クスクスと笑うが、いつもの覇気がない。己の感情をうまく制御できていないらしいその姿に、そういえば子どもだったなと他人事のように思う。

「どうした」

「……こっちの人は、貴方が死んでもどうでもいいみたい」

全身についた被虐の痕跡を眺めながら、少年がぽつりとつぶやく。

「あたりまえだろう。俺は敵だ」

いまさらなことを言いだす子どもに、つい素直に答えてしまう。

敵ならば利用できるだけ利用し、最後は衰弱死か面白半分の処刑というのはよくある話だ。

「ここには、死があたりまえにあるんだね」

ダグラスを眺めているようでいて、どこか遠くに想いをはせているような『少年』の目に恐怖が読み取れたような気がした。

「……俺の番は、いつなんだろう」

耳を澄まさなければ聞こえないほどの声量で小さくつぶやかれたその疑問は、ダグラスに聞かせる気もない独り言だったのだろう。行くあてのない迷子のようだと、ダグラスは思った。

「水をもうひと口くれ」

そう声をかけると、『少年』は深く考えた様子もなく、先ほどのように水を含みダグラスに口を寄せてきた。唇が合わさり少し体温の移った水が流れてくる。

無防備に開いたそこを確認してから、渾身の力で少年にのしかかり動きを奪う。

寝転がった身体から脚で少年をはさんで固定し、そのまま床にあお向けにした状態だ。

予想外の展開についていけない少年の唇に舌を割って入らせ、蹂躙する。

「ん!? んんーー!!」

「んっ、ふぁ……!?」

思っていたとおり狭いその中で、歯列をなぞり、逃げる舌を追いかけて絡めとり、湧いてきた唾液を流し込んだ。

「つぷは、おにーさ、何……んぅ!?」

うまく息をできなかったらしい『少年』の口を解放し、息を吸ってから文句を言おうと開いた唇を、ふたたび塞ぐ。肉付きの悪い腕が必死で肩や胸を押してダグラスをどかそうとするが、ささいな抵抗は体重をかけるだけで完封できる。

甘いような気すらする口内を思うぞんぶん味わっているうちに、押さえつけた小動物の動きが徐々に弱々しくなってきた。窒息死する前にと身体を逃して解放してやると、真っ赤な顔でヨロヨロとダグラスの届かない範囲へ逃げていく。

そのさまがなんだかおかしくて、自然と笑顔になってしまった。

「おにーさん、けっこう元気……!!」

敗北感をにじませながらこちらを睨みつける少年に、いつもの余裕はない。

肩で息をする姿は経験のない生娘のようで、心地よい優越感がダグラスを満たす。

「なんだボウズ、初めてか」

「あたりまえでしょーが!」

からかいまじりに聞いてやれば、血色のよくなった唇をごしごしとこすりながら吠え返される。

「こんなことして、ただですむと思ってる?」

腰が砕けたらしい『少年』が、撤退しようとすばやく荷物を片づけながら威嚇してくる。

——それすらダグラスの気分を高揚させる要素にしかならないのだが。

「あぁ、楽しみにしてるよ」

にぃ、と口の端を上げてやれば『少年』がびくりと肩を揺らした。

「お兄さん、とうとう男色家に……!?」

「違うっ!!」

口に手を当てて、あとじさっていく『少年』に急いで否定する。

「じゃあ、とうとう被虐趣味に目覚め――」

「それも違うっ!!」

じゃあ、なんだと視線で問う少年に声を低めて伝えてやる。

これぐらいはいいだろう。この少年にはさんざんな目に遭わされたが、なぜかいまは彼の死を望む気持ちにならない。ほんの子どもで、哀れな奴隷だ。

「明日、夕方から夜まではできるだけどこかにおとなしく隠れてろ。ここや、兵士どものいるところには近づくな」

驚いた表情の少年が、何かを言いたげに口を開く。

「さっさと行け」

これ以上話すことはない、と突き放してやれば、『少年』は少しのあいだダグラスを見つめてから静かに退室していった。

――翌日、その砦はダグラスを含む騎士団に落とされた。

黒髪の少年の死体は、発見されなかった。

二章　お元気そうで

［1］アットホームな職場と価値観があわない

王城の一角に存在する、騎士団本部会議室。

脳筋ぞろいの騎士たちは、用事がなければめったに顔を出さない。そこに、前回のユニコーン討伐隊の面々がひそかに集まっていた。ダグラスにとくに強い忠誠心を持つ騎士たちだ。

会議室の扉にひとり見張りが立ち、関係者以外に話がもれぬようにする警戒ぶり。

ダグラスの信奉者たちにとって、今回の議題はそれほどまでに重要で、内密なのである。

題して、

《ダグラス・ウィード隊長に仕事量を加減してもらいたい会》

一年前のある日を境に、女のウワサがぱたりとやんだダグラス。

そのかわりと言わんばかりに仕事に打ち込み、時には身体を壊すほど打ち込み——部下たちの仕事量も必然的に増えた。ダグラスの仕事量を抑えなければ、部下も休暇を取れない。

尊敬できる上司である。

だがしかし、もうちょっとプライベートを大事にしてもいいんじゃない？

部下のプライベートのためにも――。

「このあいだの……チカちゃんだったか、どう思う？」

「どうもこうも、両想いだろう。弁当を持たせてくれて、王都の外にまで食材調達しに行くんだぞ」

「隊長、すごい笑顔だったよなー」

「お姫さま抱っこしてたもんな、隊長」

「チカちゃん、恐縮してたなー」

「あれ絶対隊長楽しんでたよな」

「でも、処女」

会議に沈黙が降りる。

数年前、浮名を流していたダグラスの買った愛玩奴隷が、処女。

「……ユニコーンがだまされていたとか」

「ありえないだろう」

「同情で買い取っただけで、女として見てないとか？」

「それはありえるな。妹みたいに見てるのかもしれない」

「ならなんであのとき俺に対してちょっと怒ってたんだよ、隊長」

「ジルドレが妹に絡んでたら誰でも怒るよ」

「ひでぇ」

「でも、チカちゃんを買ってから隊長ちゃんと帰るようになったよな」

「チカちゃん手放したら、もとに戻るんじゃないか？」

ここ最近、部下たちのプライベートは充実しはじめている。

ある者は家族が起きているあいだに帰宅できることにより夫婦仲が修復され、ある者は破局間近だった恋人との触れ合いをする時間を得て、関係が持ち直し婚約までいった。

ひとえに、ダグラスがちゃんと家へ帰るようになったおかげである。

「やっぱさー、これはチカちゃんにかかってるんじゃないか？」

「というと？」

「チカちゃんがかいがいしいから、隊長が家に帰るわけじゃん？」

「そうらしいな」

「じゃあチカちゃんと結婚したら、泊まり込みも鬼のような残業も永遠になくなるんじゃないか？」

「それだ！」

ぱちぱちと全員の拍手が会議室に響く。会議は無事結論にたどりついたようだ。

ひそやかに行われた会議は誰にも知られないまま終わり、部屋からひとり、ふたりと順番に騎士たちが出ていった。


「そうして用意されたのが、この媚薬（びやく）です」

「仕事はどうした」

「ご安心を、残業しました」

「定時前にやっていたのか、おまえら」

仕事を終え、いつもどおりに紅茶を飲むダグラスの執務机に、怪しげな小瓶が載っている。

中には半分ほど液体が入っているが、小瓶の色が紫色のため中の液体の色を把握できない。

執務机の前には《ダグラス・ウィード隊長に仕事量を加減してもらいたい会》代表のジルドレが立っている。彼がいま、パン屋のマリーを落とすための休暇が欲しくて必死だったための人選だ。

ほかの騎士たちは、怒られたくなくて席を外した。

あきれた視線を受けながらも、ジルドレは言いつのる。

「一回試しにやってみれば、絶対関係が進展しますよ。これ使えば快感しか感じないからチカちゃんとの初めてにぴったりです」

「……違法薬物じゃないだろうな」

「大丈夫です、貴族のあいだで流行ってる高いヤツですよ。依存性もないし、安心安全」

「彼女とはそういうのではない。くだらん、俺は帰る」

残った紅茶をぐびりと飲み干して、ダグラスが席を立つ。

淹れてくれた人物が気を利かしたらしい、蜂蜜のようなほのかな甘味がデスクワークに凝った身体をほぐしてくれる気がする。

馬鹿なことを言い出した部下に後始末をまかせ、執務室の扉を開け帰ろうとしたそのとき、ジルドレに無理やり胸ポケットに小瓶を突っ込まれた。

「くどい!!　いらんと言っている！」

「残りの分は、ちゃんとチカちゃんに飲ませてあげてくださいね。お疲れさまです！」

そう言いきるや否や、ダグラスは執務室から締め出され施錠の音を聞いた。

〝残りの分〟。

常にない甘さのある紅茶。

――熱を持ちはじめた自分の身体。

「お前、まさか……！　明日覚えていろ!!」

低くどなると向こう側で、おびえる気配が複数。協力者全員を地獄へ叩き落とすと誓う。

もちろん休暇はしばらくなしだ。

ダグラスは、醜態をさらす前にと身をひるがえし帰路に着いた。


荒ぶる獣に変貌した上司の気配が遠ざかるのを確認してから、机の下や資料棚の裏に隠れていた《ダグラス・ウィード隊長に仕事量を加減してもらいたい会》の面々が顔を出す。

「うまくいったな」

「これでチカちゃんと隊長は一歩前進だろ」

上司と少女が近くなればなるほど、仕事の量は減る。そう彼らは確信していた。

「でもよぉ、ちょっと思ったんだけどよ」

「なんだ？」

「隊長、二メートル弱じゃん？」

おまけに騎士団の中でも有数の剣士。体力も力も並外れてある。

「でっけーよな」

「チカちゃん、百五十センチちょいじゃん？」

「尻も小さいよな」

「けっこう華奢だし」

日がな一日主婦生活。疲れると昼寝。

「……無事ですむかなぁ」

執務室に、沈黙が降りた。


扉が開いた音がしたので玄関へ向かうと、呼吸のおかしいダグラスさんが立っていた。

肩で息をしながら、うしろ手に閉めた扉のドアノブをつかんだ手はかすかに震えている。

目は潤んで、頬が赤く、これが美少女だったらさぞかしいい眺めだったことだろう。

「あ、え？　お帰りなさいませ、ダグラスさま」

あきらかに様子がおかしいが、主人が帰ってきたならお出迎えをするのが奴隷の仕事だ。

発声いちばんがまぬけな疑問形だったのは、なかったことにしよう。こちらを熱く見つめるダグラスさんに近づいてコートを受け取ろうとすると、いきなり抱き込まれた。

「だ、ダグラスさま!?」

たくましい両腕が私の身体をぎゅうぎゅうと抱きしめて、胸板の少し下に顔がうずまる。

少しほこりっぽい外の匂いに混じってダグラスさんの匂い。抱き枕のように目いっぱい抱きしめられて、かかとが少し浮く。つむじのあたりに熱い吐息がかかってこそばゆい。

「お風邪でも召されました、か……」

状況を把握しようとした瞬間、お腹のあたりにぐりぐりと当たる熱い感触に気づいた。

気づいてしまった。

硬く、熱い、大きな杭のようなモノが、私の鳩尾（みぞおち）に自身を主張している。

不能、治ったんですか。

いや、それよりもなんでこんなタイミングで。

「部下に媚薬を盛られた……」

「職場で!?」

「チカ、頼む。鎮（しず）めてくれ」

ハァ、と色っぽく息を吐いて耳元で低くささやかれる。欲情して色気ムンムンのダグラスさんの大きくてごつごつした手が背中から腰へ這い、尻のあたりをなでさする。

だが、お腹に当たる質量の凶悪さにぜんぜん集中できない。

スカートを片手で器用にたくし上げ、服越しに尻をなでていた手が中に侵入して下着に触れる。

やばい、ダグラスさんから、かつてないやる気を感じる。

なぜか職場で媚薬を盛られたダグラスさんの、この凶悪なモノが、私に……入るわけないだろ、こんなモノ！

無理。絶対無理。死ぬ。運がよくて瀕死（ひんし）。

「ダグラスさま！　寝室に行きましょう!!」

熱に浮かされたように蕩（とろ）けた表情のダグラスさんに話しかける。

青灰色の目はぼんやりと潤んでいて、その美しさに少しだけ意識を奪われた。

だが引くわけにはいかない。こっちは貞操どころか命が懸かっている。いや、命は言いすぎかもしれない。でも、絶対無事じゃすまない。

「玄関はさすがにちょっと！」

「……寝室ならいいんだな？」

据(す)わった目で私を——おもに私の下腹部をじっとりと見て、ひょいと抱き上げた。

え、と思っているあいだに二階の寝室にさっさと運び込まれ、ダグラスさんの大きなベッドにそっと置かれる。さすがの早業だ。

あお向けの私にダグラスさんがのしかかる。天井からは大男の背中しか見えないことだろう。ズボンの前をくつろげるために両手が私から離れる。

——いまだ。

ズボンから出て勃(た)ち上がったそれを両手で包みながら、ダグラスさんを見上げて微笑む。

ごくり、と生唾を飲む音が聞こえた。

主導権を渡せば、死ぬ。

私の明日の無事をかけた戦いが、いま始まった——。

「私にご奉仕させてください」
のしかかった俺の陰に入りきるほど小さな少女が、はち切れんばかりに勃ち上がったそれをやさ

しく手で包んで微笑む。

ゆるりと白魚のような手でたどられて、己の欲望がいまかいまかと解放を望む。

「おつらいんですね、私におまかせください」

なだめるようになでるその手にすら反応する自分への情けなさも、いまはどこか遠くにあるようにぼんやりとしか感じない。

「く、は……」

もどかしさに苦しく息を吐くと、小さな口が先端をくわえる。薄い舌が懸命に口内で這い回る。

一度目は、その温かさにこらえることもできずに達した。

「んぐ……ぷはっ、……多い……」

眉根を寄せ口を離したチカが、口内に受け止めた白濁を手の上に吐き出す。

その尋常じゃない量に、いまの異常さを自覚する。

「チカ……」

「はい、まだまだですよね」

心得たとばかりにメイド服のエプロンで手を拭い、ふたたび陰茎に小さな白い手が添う。

萎える気配のないそれを、丁寧な愛撫が慰めてくれる。無意識に腰が揺らめいて、チカが探るようにこちらを見上げる。吸い寄せられるように頬に触れ、曲線をなぞり控えめな胸を、薄い腹を、華奢な骨盤をたどったところで、やんわりと手を払われた。

「チカ、触りたいのだが」

「ダメです」

「なぜ……ぁっ……」

いきなり強めにこすりあげられて、二度目の絶頂を迎える。

「ダグラスさまは、いまちょっとおかしくなっておいでです」

「うむ、それはっ……ふ……ぁぁっ……」

話を続けながらも、容赦なく刺激される。

達した直後にも素直に快感を享受するそこは、たしかにおかしくなっているようだった。

「そんな歯止めの利かないダグラスさまに私が身をまかせると、どうなりますか？」

「どう、とは？」

言わんとすることがわからなくて、止められた愛撫が辛くて、じっとチカを見つめる。

黒い髪、黒い瞳、白い肌に華奢な体躯。

熱を持たない視線。

だと言うのに、見つめられた己の身体は情けないほどに昂ぶる。

「最悪の場合、死にいたります」

「死!?」

「いいですか、ダグラスさま！　貴方は私の倍、いや、倍以上、十倍くらい体力があります！」

無意識だろう、陰茎を握る手に力が入りその甘い刺激に吐息がもれた。

「その貴方の、この凶器みたいな陰茎を、処女の私に突っ込んで好き勝手されたら！」

よくわからない迫力に、固唾を飲んで聞き入る。

「どれだけ甘く見積もっても、壊れちゃうでしょうが！」

「ぐっ……！」

力一杯握り締められ、三度目の絶頂を迎えそうになるが歯を食いしばって耐えた。

珍しく怒気を含むその瞳から目をそらせずにいると、少しずつ彼女の感情の昂ぶりがおさまっていくのが見てとれる。

「……申し訳ありません。取り乱しました」

気まずそうに目をそらす彼女の姿に、自分も徐々に冷静さを取り戻す。

そうだ、彼女と俺は体格も体力も何もかも違う。

いくら自分ができそうだからと、彼女に欲望のすべてを無事に受け止めさせるのは不可能だろう。

しかし、二発出したところで己の欲望がおさまる気配は感じられない。

熱を持った身体を持て余して途方に暮れていると、チカがふたたび口を開いた。

「ご安心ください。私のご奉仕で、かならずやダグラスさまをご満足させてみせます」

だから、すべておまかせください。

一転して捕食者のように微笑む彼女に、『少年』の面影が重なったような気がした。

幾度か欲を吐きだし、ほんの少し落ち着きを取り戻したころあいに、チカが胸元に入った小瓶に気づいた。

「これを、盛られたらしい」

まんまと罠（わな）に引っかかった自分の醜態を思い出し、苦虫をかみ潰（つぶ）したような表情になる。

チカは小瓶をダグラスの胸ポケットから取り出して蓋を開けて匂いを嗅（か）ぐ。

この匂いに覚えがあった。

愛玩奴隷を調教するときに、性交に苦手意識を持たないように使われていた媚薬だ。これを使うと、慣れていない者でも快楽のみを拾うようになる。

痛みはなく、快楽だけを。

チカは初物として売るために使用されなかったが、これを使われていた者も数人いた。

——女はもちろん、男も。

「服、脱がしますね」

チカが丁寧にダグラスの服装をほどいていく。

鍛え上げられた肉体を包む騎士の上着も、筋肉をまとった長い脚を覆うズボンもすべて。

先ほどまでに出した白濁や先走りでぐちゃぐちゃになった下着を取り払って、とうとうダグラスの身体を隠すものは何もなくなる。

対するチカは多少ダグラスの放ったもので汚れてはいるが、ブラウスの胸のボタンひとつ開けてはいない。主人と下僕が逆転したかのような光景にもダグラスは疑問を感じないほど、快感に浮かされていた。

逆光で見え難くなったチカを、ぼんやりと見つめる。チカ優位なこの体勢に、なぜかダグラスの身体は興奮をあおられた。

すべてを脱いだダグラスのたくましい胸にチカの舌が這う。温かいそれがダグラスの胸の飾りを弄(もてあそ)び、背筋に電流のような快感が走る。

『少年』に弄ばれたときの記憶を身体が思い出した。

己にまたがって胸元で遊ぶ『少年』。

小さな舌、細い首、無骨な首輪。

あのときとよく似た光景に、思わず息を止めた。


――しまった。

表情を変えないまま、チカは内心であせる。

そういえばこの体勢で乳首開発、昔したことがある。

快感に潤むダグラスさんの目からは何も読み取れないが、自分と当時の『少年奴隷』を重ねるような行為は避けたほうが良い気がした。

ごまかそう。全力でごまかそう。

いままでやったことがないプレイで気をそらせばよいだろうか？

ひとまずゆるくダグラスの陰茎を慰めながら、口で胸先に強く吸いつく。

「ふっ、あぁあ……！」

理性をどこかに飛ばしたらしいダグラスが、口をだらしなく開けて声を上げる。

同時に幾度めかの欲望が、チカの手を白く汚す。

ちゅ、ちゅ、とかわいらしい口づけを胸に落としながら、ぬめりけを帯びた手をそのまま陰茎から降ろし、ダグラスのうしろの蕾（つぼみ）を指でくにくにと押す。

「つ、チカ……!?」

驚いたダグラスが、不安を色濃く映した瞳でチカを見た。

絶え間なく快感を与えてくる愛玩奴隷に、ダグラスは無意識に従順になっていた。

だがそこに触れさせるのは、男としての矜持（きょうじ）に関わる。

制止しようとして肩に手をかけようとしたそのとき、

「楽にしてください」

チカがにこりと笑って、躊躇（ちゅうちょ）なく中指をそこに滑り込ませた。

「ああぁっ……はぁ……！」

「ん、きつ……」

チカの指でも第一関節までしか入らない。本人もここには触れたことがないのだろう。

しかし、ダグラスは媚薬の効果で痛みは感じない。快感しか存在しないことにおびえる。

「は、なぜ……っ……」

「よさそうですね、大丈夫ですよ。全部、薬のせいですから」

浅く入れては出し、ダグラスが先ほど出した白濁を潤滑剤として指に絡ませて戻り、少しずつ深くへと指を沈めていく。

「んん、ぐ……！」

探るように中で指を回すと、ある箇所でダグラスの腰が跳ねる。

「ここ、ですね」

チカの細い指が、ダグラスの善（よ）いところを執拗（しつよう）に攻める。

「やめ、やめてくれ……チカっ……!!」

慌てるダグラスを見るチカの双眸（そうぼう）が、細まる。

指はいつのまにか二本に増え絶え間なくそこを刺激し、許してもらえる気配はない。

機嫌のいい猫のような顔は、あきらかにダグラスを追い詰めるのを楽しんでいた。

その笑顔を認識したとたん、ダグラスはまた射精した。

己の痴態にぼう然とするダグラスに、チカが微笑みかける。

「こっちなら、何回でもイけるそうですから。薬が抜けるまで頑張りましょうね」

結局そのあと何度達したのか、ダグラスは覚えていない。

朝、珍しく遅く起きると身体は綺麗に清められていた。

さすがに小柄な彼女では着せるのが不可能だったのだろう、全裸だったが。

部屋から出るといつもどおりにチカが朝食を用意していて、昨晩の件は笑顔でうやむやにされた。

恐ろしく憔悴(しょうすい)した状態ながらも出仕したダグラスによって、今回の首謀者たちには苛烈な制裁が加えられた。そしてチカの身を心配した騎士たちによって行われた調査で、いつものように街を出歩くチカが目撃された。

隊長は耐え抜き、少女とのあいだには何もなかったのだろうとの見解により、件(くだん)の会のメンバーは涙を流しながらも、ダグラスへの尊崇の念を新たにしたのだった。


ダグラスとチカがある意味で一線を越えた次の晩、またいつものように事におよんだふたりだったが彼の分身はふたたび沈黙を通した。

「んー、勃ちませんね」

口に含んでいた陰茎を離し、チカが首を傾げる。昨日のことはやはり薬によってもたらされただけだったのだろう。素の状態では身体を刺激されても何も感じない。

「すまない、チカ」

薬には簡単に反応するが、健気(けなげ)な献身には応えない。己の分身に情けなさを覚えたダグラスが、チカに詫びる。

「お気になさらないでください、また地道に頑張りましょう」

にこりと微笑むチカは、内心で安堵した。

一年前に確認していたとはいえ、勃ち上がったダグラスのモノは改めて見てもそうとう大きい。チカがそれを受け入れるのは、至難の業(わざ)に思えた。

それに、ダグラスが完全に回復したあとの保証は存在しない。新しく恋人を作れば愛玩奴隷など真っ先に手放されるだろう。次の主人のもとでも三食昼寝つきとはかぎらない。

なんだかんだ言ってチカは、いまの専業主婦のような生活をけっこう気に入っているのだ。

何せ平和だ。それまでの辛い日々に比べれば、まさに天国。自分から手放す気はさらさらない。

ずっと続く生活だとは思えないからこそ、自分からそれを崩すことはない。

ダグラスを清め、自身を整えてチカはそそくさと主人の寝室をあとにした。


［2］どれいはこんらんしている！

朝日を浴びながら、チカは自室のベッドの上で考える。

浅い呼吸、じっとりと汗ばむ身体、暑いのに寒い。喉と関節の節々が痛む。

この症状にはすごく覚えがある。

風邪だ。

このあいだ全裸で寝かしたダグラスさんはともかく、なぜ自分が風邪を引くのか。

あれか、シーツとか服とかを執拗に手洗いしたからか。あれで身体を冷やしたのか。

鉛のような重さの身体を引きずって家事をこなし、ダグラスさんを送り出す。

「チカ、顔色が悪いようだが大丈夫か？」

「ちょっと身体を冷やしちゃったみたいで。のんびりしてたら治るでしょうから平気ですよ」

「そうか、無理はするなよ」

へらりと笑うと、多少納得いかない顔ながら、ダグラスさんが出かけていった。

これでいい。日常に差し障りを出すような奴隷は値段が下がる。安ければ安いほど奴隷の扱いは悪くなる。いつか手放されるとき、二束三文で取引されてはたまらない。

閉まった扉を確認して、床に沈み込んだ。頭はぐらぐらするし気持ち悪い。さっき食欲があるアピールのためにちょっとだけ食べた朝食が、胃の中で暴れている。

石造りの床の冷たさがいまは気持ちいい。大丈夫、ここは毎日掃除している。

少し休んだら、明日に回せる仕事は後回しにして、最低限晩御飯とベッドメイクと……。

ぐったりと床に伏せているうちに、チカの意識は暗闇の中に沈んでいった。

夢を見た。

まだ中学一年生だった頃。

自分が問題なく大人になれると信じていた頃。

朝起きて、朝食の菓子パンを食べて、学校で友だちとくだらないおしゃべりに興じて、そして家に帰ったら共働きの両親のために晩御飯を作る。すこし触れ合いの少ない家庭だったかもしれない。でも、いまの暮らしよりはずっとマシだった。

安全で、暖かくて、いい子でいればそれだけで許される生活。

何より、家族のことはけっこう好きだった。

自宅のドアを開けると、珍しく両親が揃って居間にいた。

「お帰り、チカ。遅かったわね」

母の手料理の香りが鼻をくすぐる。

「チカ、何をして遊んできたんだ？」

父は私がもう中学生なことを、いまいち理解していない。

いつまでたっても、小さな子どもに対するような質問をしてくる。

「遊んでないよ、私もう働いてるんだから」

居間に置いてあった大きめのテレビ。その正面のソファに腰掛けて父に反駁する。

「そうか、たいへんじゃないか？」

タブレットでニュースを読みながら、父が尋ねてくる。

「ほんと、大丈夫なの？　――愛玩奴隷なんて」

鍋に火をかけながら母が問う。いつのまにかソファはダグラスさんのベッドになっていた。

視界に入る自分の腕には、メイド服の袖。

首に、体温が移った硬い首輪の感触がする。

全身が鈍く痛む。

「もう帰れないから、しかたないよ」

つぶやいた声は、頭の中で案外大きく響いた。

ダグラスが自宅の扉を叩くと、珍しくチカの出迎えはなかった。

こまごまと家の事を取り仕切ってくれている彼女のことだから、また奥のほうで何かの作業でもしているのかもしれない。そう思い自分で扉を開けたダグラスを迎えたのは、灯りもつけられていない家の中、朝に己を見送ったままの位置で床に伏せる少女の姿だった。

「チカ!?」

驚いて声をかけるが返事はない。

怪我をかばう野生動物のようにまるまっているその背中が、かすかに上下している。死んではいないことに安堵しながら、抱き上げて自分の寝台に連れていく。

血色を失った顔に反して身体は熱を持ち、弱々しく呼吸をしている。

チカを寝かしてから、書斎に置いていた遠水晶を使い医者を呼んだ。

ほどなくして家に訪れた好々爺然とした風貌の老医師は、ダグラスの一族と付き合いの長い医者のひとりだ。慌てた様子のダグラスを水晶から見て取り、急いで来てくれたらしい。

　こんなときばかりは自分の身分に感謝する。

　戦場では想像できないほどの狼狽っぷりを見せるダグラスを尻目に、医師はチカの熱を測り脈を測り「風邪ですな」と結論づけた。

「命の危険は」

「このまま休んでおれば、ありません」

　自分が高熱を出したときでさえも訓練に出ようとしていた青年が、奴隷の少女の体調不良に大騒ぎする様を老医師は微笑ましげな表情で眺める。

「温かくして、水分をちゃんと取らせてやってください。ひと晩越えれば快方に向かうでしょう」

　診察道具を片付け、老医師は下がっていった。

　普通であれば、奴隷のこの程度の弱り方であれば自然回復を待つところだが、ダグラスは老医師に回復補助魔法のかかった粉薬を置いていかせた。高価なものだが、惜しいとは感じなかった。

　寝台で苦しそうに眠るチカの側で立ちすくんで、ダグラスの思考は目まぐるしく回転する。

　いつから風邪をひいていたのだろうか。

　朝と同じ位置で倒れていたということは、朝からなのだろう。

　そういえば今日は食が細かったかもしれない。あのときもっと明確に気づいていれば、冷たい床で半日を過ごさせるということにはならなかったのでは。

　何より、なぜ言ってくれなかったのか。

朝、彼女を医者に見せる程度の遅刻、ダグラスにとってはなんということもない。

普段は遅刻などしないが、必要であれば行うだけだ。

漆黒のまつ毛がぴくりと震え、それに縁取られた瞳が天井を見て横にスライドし、ぼんやりとダグラスを映す。

「ぁ……ダグラスさま……？」

まだ意識がはっきりしないのか、少しだけ舌足らずにチカが誰何する。

「そうだ」

肯定すると主人の眼の前で横たわっている現状を認識したのか、慌てて身体を起こそうとする。

「寝ていなさい。風邪だそうだ」

「……だそうだ？」

「先ほど医師を呼んで診察してもらった」

チカの目が大きく見開かれる。

「……っ！　お手数おかけしてしまって申し訳ございません！　すぐに、すぐにご飯とお風呂の用意をいたします!!」

あきらかに精彩を欠いた動きで慌てだすチカを見て、今度はダグラスの目が見開かれる。

「何してる、家事なんかどうでもいい！　ちゃんと休め！」

肩を両手でつかんで押しとどめる。たいした抵抗もなく、小さな身体がベッドにうまり直した。

腕力差は歴然と言えど、あきらかにチカの体力が落ちているのがわかる。

熱に浮かされたチカがおびえたように身をすくめて、ダグラスではないどこかを見た。

「だって、だってそうしないと……奴隷だから、ちゃんとやらないと」

常にはない幼い口調に、内心でダグラスは面喰らう。熱のせいで態度を取り繕う余裕がないのだろうか。不安を湛えた黒い瞳が潤んでいる。いまにも泣き出しそうなその様子に当惑した。

風邪をひいて、だから休めと言っただけだ。なぜチカはこんなにも取り乱している？

「――ちゃんとやらないと、捨てられちゃう」

大粒の涙が、頰を伝って落ちた。


頭が痛い、身体が熱くて寒い。

泣いたせいで目尻はヒリヒリするし、鼻水もちょっと出た。寝汗か何かが粘ついて気持ち悪い。

何より私の不安をあおるのは、眼の前で黙りこくったダグラスさんだ。

凜々しい眉毛のあいだには、深い深い溝。

すぐ下にある青灰色の目が、いつになく深刻な色で私をとらえている。

「お前は、家事をしなければ捨てられると思っていたのか」

低い、地を這うような声で問われて思わず身体がすくむ。肩をつかみっぱなしのダグラスさんにそれがばれないはずもなく。片眉だけをぴくりと動かして、私を見下ろした。

正直言って怖い。

むちゃくちゃ顔が怖い。

口を滑らせてしまった後悔がすごい。

無邪気になついていると思っていた愛玩奴隷の打算に気づいた主人の心情は、いかばかりか。

「えと、あの……」

どうにかして取り繕わなければ、そう思うのに事態を収拾する言葉が浮かんでこない。

どうしよう、これでおしまいか。

私はまた売り払われて、新しい主人に改めて必死で媚びを売る感じか。

主人が決まるまでの不安感を思い出して、お腹がぐるぐるする。

今回はダグラスさんだったけど、次は？

次の主人がまともな確率なんて恐ろしく低い。

狼狽しきった私の顔を見て、ダグラスさんが深いため息を吐く。

「俺は、チカが風邪ひいたぐらいで捨てない。べつに家事をしないチカでも捨てない」

端的に言いきってから、大きな身体が私が被っている布団をのけて寝台に入り込んでくる。

「あの、ダグラスさま？」

「寝なさい」

もぞもぞ動いてベッドから出ようとすると、太い腕が向かい側から私を抱え込むように巻きついてくる。

「風邪、うつります」

「うつるほどヤワじゃないし、うつったら休む」

風邪って、鍛えてるとどうにかなるものなのか。

「今日は終わりだ。寝るぞ」

家だからと多少楽にしてはいるものの、それでもワイシャツにズボン。寝苦しくはないんだろうか。かくいう私も靴こそ脱いでいるもののメイド服だ。タイツが下半身を締めつけてわずらわしい。

「あの、寝間着とかに」

せめてこれだけはと思って言ってみると、ダグラスさんから「まだ言うかこいつは」みたいな視線を頂戴する。しかし私の格好を見て、なんとなくは理解してもらえたようだ。

「ああ」

とつぶやいて、私を抱えていた腕の一本を動かしブラウスのボタンをぷつぷつと外していく。

「え」

片手だけで器用にメイド服を脱がしきったあと、剝ぎ取ったそれらをベッドサイドにぽいと投げられた。

「あ、あの？」

「たしかにこれは寝苦しいな」

下半身に手をかけられ、大きな手がするするとタイツまで脱がしていく。

いやたしかに寝苦しいんだけど、そういうことではなく。

「あの、離していただければ自分で」

「俺のほうが早い」

こともなげに言いながら、脱がしたタイツをふたたびベッドサイドへ。流れるような手さばきで、ブラジャーのホックまでぱちっと外される。いやたしかにすごい速度ではあるんですが。しゃべっているあいだにも、私はパンツ一丁だ。

というか、いま、まさにパンツに手をかけられた。

「いやっ、これは大丈夫ですから!!」

両手で阻止すると、頭の上からくつくつと低い笑い声が聞こえてきた。

「何をいまさら恥じらっているんだ」

「それとこれとは別と言いますか……!」

たしかに毎晩まっぱでご奉仕してはいるんですが！　なんか今日はちがう!!　ダグラスさんの空気がちがう!!

私の手なんか抵抗にもならないだろうに、大きな手はそれであきらめて離れていき、今度はダグラスさんがごそごそしだす。

不思議に思って見ると、私の服を打ち捨てたあたりにダグラスさんの服がどさっと投げられた。

「うん、これで寝やすいな」

にかっと笑うダグラスさんの顔に、邪悪さを感じた。

枕元にある魔術灯のスイッチを切られて、部屋は真っ暗になる。

「おやすみ、チカ」

「あの、ダグラスさ、むぐっ……」

言うや否や抱き込められて、胸板にうずまった口からはなんの返事もできなかった。

なんで一緒に寝るんですかとか、こんな格好でよけい風邪ひくんじゃないですかとか、まさかパンツまで脱いでませんでしたよねとか、いろいろ聞きたいことはあったけど、私のベッドより数段グレードの高いダグラスさんのベッドの温かさと、体温の高いダグラスさんの筋肉布団に溶かされて、結局あっという間に寝入ってしまったのだった。

――パンツがどうだったかについては、怖くて確認していない。


目覚めると、そこはご主人さまのベッドの中でした。

昨晩の驚きの展開を思い起こしながら壁掛け時計（魔法で王城の時計と連動して動いてるらしい）を見ると、ダグラスさんの出勤時間はとうに過ぎていて、このベッドにダグラスさんがいないのはつまりそういうことだろう。

ひと晩経って冷静に考えられる程度には、脳みそは落ち着いてくれたらしい。

あいかわらず身体は重いし、ぜんぜん動く気になれないけど。

窓から入る朝の光がまぶしくて寝返りを打ったところで、仕事に行ったと思っていたダグラスさんが部屋に入ってきた。

「起きたか、チカ」

予想に反して現れたダグラスさんに、瞠目（どうもく）した。

さすがに紳士だからなのか、ちゃんと服を着ている。よかった。本当によかった。

「あの、ダグラスさま、お仕事は」

「おはよう」

「あの」

「おはよう」

「……おはようございます」

なぜか朝の挨拶を押し切られてしまった。

「体調はどうだ？」

「だいぶよくなりました」

言いつつ、自分の喉が痛いことに気づく。

まるで喉奥にすり傷ができたみたいな感じで、あんまりしゃべりたくないなとぼんやり思う。

「喉が痛むか、待ってろ」

かすれた声で察したらしいダグラスさんが、開いた扉の前できびすを返す。

その背中を見て、ますますわけがわからない。

今日は仕事だったはず。なぜ私服で家にいるのか。そして素肌にシーツの感触。

あたりまえだが、私自身はいまだパンツ一丁。

陽光降りそそぐ朝に、パンツ一丁。

足音が戻ってきて、ダグラスさんが出入り口から顔を出す。

「水を持ってきたから飲みなさい。どうした？」

「や、あの、服を……」

布団に包(くる)まってもだえている私を見て、ダグラスさんが声をかけてくる。

熱以上に顔が熱い。いま、もしかして私は真っ赤じゃないだろうか。

「意外と恥らうなチカは。わかった、これを着ろ」

部屋に入ってきたダグラスさんが、部屋に備え付けていたクローゼットからぞんざいにシャツを取り出して寄こしてきた。面白いものを見るみたいに目を細めている。

もしかして、じつはいじめっ子なのかダグラスさん。

「う……」

「見ないから」

笑いながらくるりとうしろを向いたダグラスさんの背中を眺めつつ、急いで着る。

案の定ぶかぶかのシャツの袖を、ぐるぐる捲って腕を出した。

「終わったか？」

「はい」

振り返ったダグラスさんが、ちょっとだけ目を開いた。

「あの……？」


一瞬黙り込んでしまった俺に、チカがおずおずと声をかける。

寝起きの戸惑っていた顔に不安の色が浮かぶ。

なるほど、よくよく見ると彼女はそうとう俺の顔色をうかがいながらふるまっている。

彼女の外殻を、病が剝がしてしまったらしい。愛想のよい笑顔も消えて、きょとんとした表情でこちらを見る姿は年齢以上に幼く見える。

とりあえずと俺の服を着せたから、よけいに小さく見えているのかもしれない。袖から伸びる細い腕も、まだ回復していないらしい疲れた顔も何もかも頼りない。

服と中身の差のせいで大きく開いた襟ぐりからは、金属製の首輪がこれ見よがしにのぞいていた。

そうだ。彼女は奴隷。

俺が買い取って、俺の印をつけさせている。

彼女が俺の奴隷なら、とうぜん俺は主人だ。

どうして、そんな簡単なことを意識しなかったのか。彼女は己の生殺与奪を俺に握られていることを、ひとときだって忘れたことはなかっただろうに。チカがあまりに自然に俺に寄り添ったからだろうか？　奴隷というものを俺は理解していなかった。

「――なんでもない。飲めるか？」

片手で持っていた蜂蜜水を渡してやると、それを受け取った小さな両手がマグカップを持ってずしりと下がる。普通のサイズだと思っていたこれは、チカにとっては少々大きすぎるらしい。今度、彼女用の小さめのコップを買うか。

おずおずとそれを受け取って、口をつけたチカの表情が少しだけほころぶ。

「甘い……」

「いまから飲む薬がクソ苦いからな」

ほら、と昨日用意した粉薬を渡すとまじまじとそれを眺める。

「すごい色……」

紫と黄緑のマーブルのそれはあまり珍しい薬ではないが、チカはコップをベッドサイドに置いた椅子にひとまず置いて、薬を少々引きつった顔で見ている。

「飲み方はわかるか？」

「はい」

こくんとうなずいて、素直に薬を喉に流し込む。

とんでもなく苦いそれを流しきってしまおうと、両手を宙に泳がしてコップを探す彼女にそれを渡してやると大急ぎで蜂蜜水を飲み下していた。

「つうぇ、ほんとに、苦い……」

少し涙目になっている姿は、正直十九歳とは思えないほど子どもっぽいありさまだ。

一昨日の夜は顔色ひとつ変えずに俺の精を口に含んだくせに――。いや、いまこれを考えるのは不謹慎だな。

彼女は本当に正しく薬を飲んだ。

奴隷であれば――そうでなくても、ただの平民でも粉薬を飲む機会などそうそうない。

彼らは基本的に、病は自然治癒か呪いや薬湯で治す。

粉薬に精製された物は高価で、なかなか手に入らないのだ。

つまり、奴隷に堕ちる前の彼女はそこそこ裕福な身分だったのではないだろうか。考えても詮無いことだとは思いつつも、頭の隅でいくつもの可能性が泡のように浮かんでは消える。

過去を語りたがらないこの奴隷は本当のところ、世界や俺をどういうふうに見ているのだろうか。

『少年』に面影を重ねて彼女を購入したのは事実だ。そして、重ねられた彼女自身のことをちゃんと見てはいなかったのだ。

だが、いまはどうにもこの『少女』のことが気になる。

知りたい。

チカが何を思っているのか、本当はどうしたいのか。

「チカ、昨晩の話だが」

口火を切ってみると、チカがぎくりとこちらを見る。黒い瞳が不安で揺らいでいて、なんとも居心地が悪い。彼女に俺はどう映っていたのだろう。

自分を愛玩奴隷として購入して、愛玩奴隷としてあつかう主人。

信用がないのは当たり前かと自嘲する。

「俺はチカを愛玩奴隷として買ったが、いまや人としてチカを気に入っている。俺が勃たなくても、お前が家事をしなくても、だ」

黒い双眸が、こちらの真意を探るように見つめてくるのを感じながら、言葉を紡ぎ続ける。

ベッドのかたわら、床にひざまずいてチカの両手のコップを回収してから、彼女の片手を取る。

「約束する。俺からチカを捨てたり、手放したりすることはない。これからは、チカの尊厳を踏みにじるようなこともしない。嫌なことや困ったことがあったら教えてくれ」

俺の手よりはるかに小さいチカの手の甲に、キスを落とす。

騎士のこれは最上級の誓いの動作だ。

唇が触れた瞬間、手がびくりと小さく跳ねる。視線を上げると、真っ赤な顔で口をパクパクさせているチカと目が合う。

それがいつかの『少年』と重なり苦笑する。『チカ』は『チカ』だ。

俺の記憶の中の人物とは関係ない。俺は彼女のことが知りたいのだ。

「あっ、あの、ダグラスさま?」

「俺は仕事に行ってくる。早めに帰ってくるが家事はするな。ゆっくり休んでいなさい」

かわいそうなほど混乱しているチカに微笑んで、立ち上がり部屋から出る。

まだ回復していないチカには申し訳ないが、正直、清々(すがすが)しい気分だった。

俺は奴隷を買ったが、彼女と人間同士として向き合いたい。

過去の『少年』や身分と関係なく。

まずは彼女を安心させるために、誠意を尽くそう。

チカのためなら手間をかけるのも苦ではない。自然とそう思えた。


「もう身体は大丈夫なのか？」

「はい、全快です」

ダグラスさんが手にちゅー事件から二日過ぎた。

あれ以来、ダグラスさんは人が変わったようにかいがいしく看病をしてくれて恐縮する――とかじゃなくて、もはや恐怖を感じるようになってしまった。

それはそれは恐ろしい日々だったわけで。

満足に動けないからと、ご飯はダグラスさんがどこかから持ってきたやつを温めて「あ〜ん」と食べさせられ、着替えはなぜかダグラスさんのシャツ。

使用人部屋に戻ろうとしても、

「婦女子の部屋に俺が入っていいわけないだろう」

と謎の理論をかざされて、ダグラスさんの部屋で添い寝。

風呂とトイレの世話はなんとか半泣きで辞退し、遅く出て早く帰ってくるダグラスさんにお世話されるという、よくわからない日々を過ごした。奴隷にあるまじき厚遇っぷりに慄いている私と裏腹に、ダグラスさんはとても生き生きしていました。

もしかして、あの人、じつはいじめっ子なんじゃなかろうか。

弱って本音をこぼしてしまった結果が猫かわいがりなどと、誰が予想しただろうか。

以前は幼い使用人に対する温情って感じだったものが、いまや捨て犬を拾ってなつかせようとするようにやたらと世話を焼いてくる。

「もう少し休んでいてもいいんだぞ？」

「あんまり寝てるとなまりますから」

気遣うダグラスさんに、朝ご飯を出しながら答える。

席に着いて一緒に「いただきます」をして、サラダと目玉焼きとパンなんてシンプルなご飯に手をつけた。

「ひさびさのチカの飯だな。うまい」

いつもの厳しい顔から眉間のシワが消えて、ちょっとだけやわらかい印象になる。

彼と暮らしていて好きな瞬間のひとつだ。

「うん、飯はいままでどおり作ってくれると嬉しい。もちろん、チカが体調不良のときは不要だが」

私より大量の食事を、私より早く食べきってダグラスさんがしゃべりだす。

そんな速度なのに下品に見えないのは、さすが貴族の坊ちゃんといったところか。

「はい、家事はすべておまかせください。私も好きでやっていますから」

今後の人生設計を考えると、家事スキルは上げていったほうがいいだろう。

どんどんやらせてほしい。

「そして夜の件だが、今後はしなくていい」

穏やかな口調で言われる。サラダを口にしながらダグラスさんのことをうかがい見る。

表情からは怒りも嫌悪も読みとれない。

「でも、そのために私を買ったんですよね？」

だから、正直に疑問を口に出して探ってみる。

望んで奉仕しているかたちを要求されているのか、それとも本当にいらないのか。

ダグラスさんが私をじっと見て、苦笑いした。

「最初はそうだったんだが。——そうだな、信頼されたいなら、ごまかしはよくないな。今夜、その件についてくわしく話そう。時間を空けておいてくれ」

時間を空けるもなにも、夜はご奉仕のために空いておりますが。

反論はせずに了解の意だけ伝えると、ダグラスさんはまた苦笑いをした。


「俺が不能に——正確には、女性に勃たなくなったのは一年前のことだ」

「女性に」

「いや、だからって男に興奮するわけじゃないぞ？」

あいづちに言葉をはさむと、恐ろしい速度で否定された。

ダグラスさんが紅い液体をグラスでぐいっとあおる。たぶんそんな勢いで飲む酒ではないはずなんだけども、手酌でワインをがぶ飲みしはじめた彼の顔色は、開始十分で赤くなっている。

目は潤み頬は赤く染まり、飲むたびに上下する喉仏はどんな女性でもグッとくるほど色っぽいんじゃないだろうか。

それなのに女に興奮しないとは、なるほど誰も得しない。

ちなみに私は大きめのマグカップで、甘い果実酒をいただいている。

フルーティな香りで飲みやすく、ちびちびと飲みながらダグラスさんの話を聞く。

ダグラスさんがこちらをちらりと見て一度呼吸を止めて、深く吐いた。

「一年前、俺は戦で捕虜として監禁されていたことがある」

絞り出すように告げられた内容にギクリと固まった。

ええ、知っていますとも。私がお世話係でしたから。

「毎日、敵兵から拷問された。そして、毎夜、俺を玩具のように弄んだ『少年』がいたんだ」

「……」

当たり障りのないあいづちを打とうとしたのに声が出ない。突然、喉がストライキしたようだ。

何を言えばいいのか見当もつかない。ダグラスさんは、いったい何を話す気だろう。

まさか、気づいたのだろうか？

「誇りも、尊厳もすべて砕かれた――敵兵ですらない、ただの奴隷にだ」

グラスにワインがふたたび満ちる。

たしかこれはダグラスさんのご実家から贈られた、とくに高い酒だったと思うのだが、ヤケ酒みたいにあつかっていいのだろうか？　とりとめのないことがぐるぐる回る。わかっている、これは現実逃避だ。

「それで、ダグラスさんは誰にも興奮できない身体になってしまったんですか？」

媚薬の件は自発的な興奮ではなかったのでノーカンだというのは、ふたりの共通見解だ。

「そうだな、あの『少年』を除いて」

「……へ？」

予想外の言葉に、間抜けな声がもれる。

『少年』以外に興奮しない。

それはつまり、『少年』には――

「どんな女を抱こうとしても、想像しても俺は使い物にならなかった。だが、『少年』のことを思い出すときには身体が反応するんだ」

アルコールで真っ赤な顔のダグラスさんが、とんでもない告白をしはじめる。

低く穏やかに紡がれるその語り口調だけなら、惚れそうなくらい耳に心地いいのに、その内容は不穏だ。ふわふわした頭に、その声が気持ちよくにじんでいく。

というかアルコールの力を借りてとはいえ、この人、女子相手に何を語っているのか。

「ある日、奴隷市場におそろしく『少年』に似た少女を見つけた。黒い髪に白い肌、細い身体。チカ、お前のことだ」

青灰色の両眼がひた、と私を見据える。

ダグラスさんは、捕虜時代に会った私のことを忘れていたわけじゃなかった。

むしろ、覚えていたからこそ『私』を購入したのか。

「誰よりも『少年』に近いお前にならと、俺はその気になれるかもしれないと考えたんだ。――誰かの代わりとしてあつかうなどと、非人道的で不誠実な己に気づかないフリをしてな」

自嘲するダグラスさんの表情を、用心深くじっくりと観察する。

話しながら途中で伏せられた目から私に対する嫌疑の色はうかがえない、ような気がする。

これは、もしかして……私と『少年』をただのそっくりさんと考えたうえで、代用品としたことに対しての懺悔なのか。

「私では、代わりになれなかったんですね」

まぁ本人なので、代われないのはあたりまえだとは思うのだけれども。

「そうだ……どうやら俺は本当に重症だったようでな。どんなに彼に似ていようと、あの『少年』でないならダメなようだった」

似ているというか、本人ですけども。

私でダメならダグラスさんがイケる相手ってもういないのでは。

しかしこの言いよう。

これでは、まるで。

「ダグラスさんは、同性愛というよりかは少年愛の気が」

「ないからな。ほかの少年にムラムラしたことは一度もないからな」

またしても、すごい速度で否定されてしまった。どうやらダグラスさん的には、そこはどうしても否定したいところらしい。

お酒が回ってきたのか、思考がふわふわとしはじめた。ダグラスさんは『少年』にしか反応しなくて、でもその『少年』は目の前にいるわけで。過去の私にしか反応しないということは、

「これから一生、ダグラスさんは恋人が作れないってことですか？」

今度はダグラスさんの肩が揺れる。

言われたくないことを言ってしまっただろうか。

「……やはりそうなるのだろうか」

口当たりのよいお酒だったからだまされた。これけっこう度数が高い気がする。

まぶたが重い。頭がゆっくりと揺れる。

「だって『少年』はもういませんから」

もう机でいいや。腕を枕にして頭を載せる。

ダグラスさんの息を飲む音を最後に、意識をアルコールの泥濘(ぬかるみ)に預けた。


『少年』はもういない。

そう言われて、一瞬、息の仕方を忘れた。

酔いが回ったのだろう、少女は小さく寝息を立て机に伏している。

人混みや奴隷を見るたび、無意識に黒の短髪を探した。万が一、彼と再会できれば、自分の中の得体の知れないものを理解できるのではないかと思っていた。

だが、彼女は断言したのだ。『少年』はもういないと。

チカに『少年』の話をしたのは、今回が初めてだったはずだ。

だというのに、なぜ彼女は『少年』のことを知っているかのような口ぶりだったのか。

滅びた民族、おそろしく似たふたり。本人の意思と関係なく売買され、過酷な環境で労働することを強いられる奴隷。

複数の情報が細い線でつながり、ある発想を浮かび上がらせる。

ここまで似ているのだから、無関係なわけがなかったのだ。

ふたりは同じ民族というだけでなく、ごく近しい血縁関係にあるのだ。例えば家族のように。

年の頃からいえば、おそらく『少年』が弟で、チカは姉だったのだろう。

そして、ふたりはある時点までは共に働いていたのだ。子どもの奴隷のまとめ売りは珍しいことじゃない。助け合うので死亡率が下がる。ある程度大きくなれば、逃亡防止に引き離されるが。

彼女は『少年』はもういないと断言した。

知っているのだ。彼の末路を。

幼いふたり、男女の奴隷の扱いの差。

少女は愛玩奴隷として仕込まれ、少年は過酷な肉体労働へ。そして、なんらかのかたちで息を引き取ったのだろう。

チカの感情を見せない語り口が哀しい。

あまりのことに、がく然とする。

チカは、『少年』は、奴隷とは、なんと悲惨な境遇を生きているのだろうか。

そして、俺を含むそれ以外の人々は彼らのことをほとんど理解していない。

だからこそ、非人道的な行いを彼らに重ねていけるのだ。

向かい側の少女を介抱するために席を立つ。抱き上げたときの軽さ、不安になるほど華奢な彼女にこれまでどんな苦難が降り積もってきたのだろうか。『少年』を喪(うしな)った彼女の世界はきっと孤独でできている。だからこそ俺を信じず、内心をうかがわせないようふるまった。

椅子から抱き上げてみれば、やはり軽い。酒で力が抜けたのかぐんにゃりとした彼女は、腕の中で寝てしまった小さかったころの従兄弟(いとこ)を思い出させた。

すこやかな寝息も、甘やかな体温も、生きていればこそ存在するものだ。

寝室への階段を上りながら、じわりと移る少女の温もりを味わう。

あの傍若無人な『少年』も幼いころは、この少女と体温を分け合い寒い夜を乗り越えたのかもしれない。


だが、そうか。

『少年』はもう、この世には――


「ん……だぐらすさま?」

眠たそうにとろけきった声で、チカが俺を呼ぶ。

現状を把握しようとしているのかしていないのか、黒の目は薄く開かれてこちらを見ている。

「チカ、『少年』の名前はなんと言ったんだ?」

彼を覚えているのは俺とこの娘だけかもしれない、そんな感傷で問いかけた。

「しょうねん？」

眠気で頭が働かないのだろう。

幼い口調で考える様がなんとなく愛らしい。

「さっき話しただろう。俺が捕虜だったときに会った『少年』だ」

彼のことを考えるときは、どうしても心が乱れた。だが腕の中の少女にその話をしているいま、不思議と穏やかな声が出た。

「なまえ、名前は、『イジマ』です」

うとうとしながらも、チカは健気に答えてくれる。やはりチカは彼のことを知っていたようだ。

『イジマ』、俺たちの国では聞いたことのない響きだ。チカもそうだったが、そうとう遠い文化圏から来たのだろう。

「やはり彼も不思議な名前なんだな」

こぼした言葉に返答はなかった。半端に覚醒したものの、もう一度意識が沈んでいったようだ。

あどけない寝顔に『イジマ』を重ね、切ない気持ちを持てあまして、額に口づけを落とす。

「チカ、お前と『イジマ』のために祈ろう。きっとお前を幸せにする。それが『イジマ』の望みでもあるだろうから」

チカに尽くそうと決めると、心の中で何かがストンとハマった音がした。

これでいい。これできっと正しい。

あえて自分の気持ちに名前をつけることはせず、寝台にチカを寝かしてもう一度額にキスをした。

三章　まぁ自由にくつろいでよ

［1］家庭教師と秘密の部屋

「チカの身分を自由民にしたい」

「え、そんなもん結婚すればいいじゃないですか」

「それではチカは真の意味で自由になれないだろう」

出仕早々に自分の愛玩奴隷の話題を出す上司に、賢明なジルドレは誠実に対応する。

珍しく仕事以外の話題を出してきたからには、おそらく頭の中はそれでいっぱいなはずだ。

幸い報告が必要な急ぎの仕事もない。書類の整理を続けながら、話題も並行させる。

「つまり、教育とちゃんとした身分ですね？」

「そうなるな」

奴隷を自由民に上げるのには、ふたつの方法がある。

ほかの自由民に身分を買い取ってもらい家族となるか、自分で自分の身分を買い取るか。

ほかの自由民と家族になるならばいい。保護者が身元保証人となるので、もともとの自由民と遜色のない扱いを受けられる。しかし、これは身元保証人がいてこその方法であり、奴隷身分でなくとも引き取った人間には、依然上下関係が存在する。

だが、自分で自分の身分を買い取る場合。

この場合、身元保証は国が行うので他者との上下関係は存在しない。

ただし、チカはどこにも縁者の存在しない人間だ。信用度は低く、就職にも結婚にも不利となる。

真の自由を思えば、後者だろう。しかし、そこからまっとうに生きていきたいのなら、平均以上の教育と職業技術が必要になってくる。

「幸いチカは文字が読める。頭の回転も悪くない。教育はなんとかなるだろう」

「じゃあ、家庭教師とかの派遣ですかね。チカちゃん、学校に入れるにはちょっと遅いでしょ」

「うむ。手配する」

「どうしたんです、藪から棒に。このあいだまで、ずいぶんかわいがっていたじゃないですか」

奴隷に教育を施して手放す、これは通常ならありえない行為だ。

気に入っているなら手元に置いておけばいい。ダグラスの身分を考えると元奴隷を娶るのはあちこちから反対をされるかもしれないが、方法はいくらでもある。気に入らないなら適当に売るか捨てるかすればいい。

ダグラスの意図をはかりかねたジルドレが、疑問を口にする。

「だからこそだ。彼女を奴隷としてかわいがるだけでは、それはチカのためにならない」

ダグラスの脳裏を、悲惨な末路をたどった『イジマ』がよぎる。

奴隷のままではいけない。だが、身分だけを解放しても生きる力がなければ無意味だ。早急に実家のツテで家庭教師を呼ぼう。チカの飲み込みのよさがあれば、教養などすぐに手に入れるだろう。

いつか彼女を自由の身にしたとき、少しは俺を慕ってくれるだろうか。

そうであればいい。彼女との主従関係をなくしたあとも、俺はチカが幸せになるのを側で見守っていきたい。

想像の中のチカが、遠くから振り返りダグラスに微笑んだ。

なぜかつきりと痛んだ胸のことは気づかなかったことにする。

最近なんだか忙しい。

ダグラスさんの夜のご奉仕がなくなって、ぐっすり眠れるようになったかわりに、日中はお屋敷に家庭教師のコール夫人が来るようになった。

コール夫人は大量のテキストと一緒に現れて、一般教養と礼儀作法を教えてくれる。

おそらく三十代、美しい銀の髪に翠(みどり)の目の貴族のご婦人！　という感じの彼女は面倒見がよく博識で、私にあらゆることを教えてくれる。

この国やその周辺の歴史、最低限知っておくべき古典文学、お上品な言い回し、発音。気品のある立ち方や歩き方まで。読み書きは……読みは問題ないのだけれども、コール夫人が私の書いたミミズののたくったような字を見て、眉間に谷間を作ったのを見逃さなかった。要練習だ。

奴隷のそれとは一線を画す教育を与えてくれるダグラスさんの意図はわからないが、晩御飯の時間に何を学んだかを報告するのは楽しい。故郷にいたときも、こんなにじっくりその日のことを聞いてもらえたことなんてなかったから新鮮で、それが悲しいときもあるけど。

もっと家族と関わればよかった。

いつ別れがくるかなんて、誰にもわからないんだから。

コール夫人とのささいなおしゃべりのあいだにそう伝えると、涙ぐまれてしまった。

その場でコール夫人の家族の話にシフトし、最終的に旦那さんとの夜の話までいき、愛玩奴隷教育の一環で学んだテクを少しだけ教えてあげたら、白い肌を真っ赤に染めてうなずきながら聞いてくれてかわいかったです。

ともあれコール夫人と私はすっかり良好な関係を築き上げ、夫人は教養の師、私は性の伝道師（しかし処女）としてお互いに尊敬し合うこととなった。


「チカ、勉強は楽しいか？」

「はい、とっても」

日中の話をするとき、ダグラスさんはすごく嬉しそうに聞いてくれる。だからそれに応える私の声もついつい弾んで、なんだか胸の奥が温かいようなそんな気持ちになる。

「でも、どうしてダグラスさまは、ここまでしてくださるのですか？」

「チカが一人前の淑女（しゅくじょ）になったら教えてやろう」

ダグラスさんがいたずらっぽく笑う。

なんだその表情。ちょっとかわいいじゃないか。

ずるい。

早鐘（はやがね）を打つ心臓をなだめながら、ご飯を食べる。テーブルマナーも仕込むことにしたらしいダグラスさんに見つめられながら――だから、ぜんぜん落ち着かないけど。

ダグラスさんは、私にたくさんのものをくれる。何か少しでも恩返しができればいい。今度コール夫人に相談してみよう。彼女は私がダグラスさんの話をすると熱心に聞いてくれるので、何か案をくれるだろう。

平和で温かな日々は、あっという間に過ぎていった。

賢く、けなげな少女だ。

コール夫人はチカのことをこう評価する。

ウィード家の五男ダグラスさまが奴隷に高等教育をと言い出したときは、いったい何を考えているのかと思ってしまったが、彼女を目のあたりにしてそんな当惑は瞬く間に消え去った。

温厚で礼儀正しく、数学に関しては奴隷とは思えないほどの実力を見せた。

もともとどこかで、高度な教育を受けてきたのだろう。

だが己のいまの境遇にすねた様子もなく、自分の教える内容に素直についてくる。

ときどき彼女と楽しむおしゃべりの内容から、ダグラスさまとチカの穏やかな日々がうかがえる。

そして理解した。

このふたりはもはや主人と奴隷ではなく、ひとつの家族なのだと。

そしてもうひとつ。

これは推測の域を出ないが。ダグラスさまは、チカのことをそうとう気に入っておいでだ。軽く調べてみたところ、ふたりの仲睦まじさは彼の働く騎士団の中でも有名で、あのダグラス・ウィードが手も出さずに後生大事にあつかっているらしい――と。

このことは、ダグラスさまに関心のある人間のあいだで、ひそかなうわさになっている。ウィード家の旦那さま方が心配していた女グセが鳴りをひそめたかと思えば、今度はいっさい女性に興味を示さなくなり、縁談をすべて断り続けたダグラスさま。

五男坊とはいえ貴族。彼がいまだに妻を持たないのは、あまり喜ばしいことではない。男らしく整った容貌に、華々しい功績の数々。

彼をあきらめていないご令嬢は、いまだ数多く存在するのだ。

ついでに言えば、そのせいで妻を持てない男たちも少なからずいる。

彼が結婚すればそれらの問題も解決するだろう。そしてその相手が件の少女であればと願わずにはいられない。

――それに騎士と奴隷の少女で身分違いの恋なんて、物語みたいで素敵じゃない。

コール夫人はロマンチストでもあった。

◇　◇　◇

まもなく訪れるであろうコール夫人のために、お茶の準備を進める。

客間の掃除を完璧にし、宿題の出来にも自信がある。

今日はどんなことを教えてもらえるのだろうか。学び、それを主に報告する一連の流れはここ最近のいちばんの楽しみだ。ダグラスさんの微笑を想像するだけで胸が弾む。

もっと褒められたい、笑ってほしい、私のことを見てほしい。


私はもしかしたら、ダグラスさんのことが――。


玄関からノックの音が聞こえ、思考が一時中断される。

コール夫人かな、約束の時間には少し早い。少しどころか一時間くらい早い。走って確認に行きたいところだけれど、彼女が来たとすれば音を立てて動こうものならあきれた顔でお説教コースだ。

夫人は優しくも厳しい。

できるだけお上品にすり足で扉へ近づく。

小さく息を吸ってから鍵を開けて内側へドアノブを引くと、見たことのない女性が立っていた。

女性のうしろには侍女が立っていて、さらにうしろには護衛だろうか？　筋肉質な男性がひとり控えている。あらためて先頭のお姉さんに視線を戻す。美しい紫のドレスは胸元が大胆に開いていて、そこから大きな胸が溢れんばかりにのぞいている。

すごい。こんなムチムチお姉さん、初めて見た。

「ちょっと、どこ見てるの」

言われてから、視線が胸に釘づけになっていたことに気づく。

やばい、胸に夢中で顔を確認してなかった。見上げると、ゴージャスな金髪にオレンジの目の美女がこちらを見ていた。組んだ腕の上に載る、たわわなお肉に目がいきそうになりながらも、顔のほうを必死で見る。

「どちらさまでしょうか？」

「貴女（あなた）には関係ないわ。ダグラスさまがお帰りになるまで待たせてちょうだい」

高飛車なふるまいすら似合っている彼女は、生粋（きっすい）のお嬢さまなんだろう。

「申し訳ありません、ダグラスさまから知らない人を入れてはいけないと申しつかっておりまして」

こんな素敵お嬢さまなら大歓迎しそうだけれども、言いつけには従わなければいけない。

眉尻が下がるのを感じながら丁寧（ていねい）にお断りする。用事があるならアポとってくれアポ。申し訳なく感じながらお引き取り願うと、お姉さんは整った眉を器用に片方だけ上げて口を開いた。

「知らない人？　そんなはずないわ。私はリーリア・コットン。ダグラスさまの恋人よ」

……まじで？

形のいい唇から、つらつらとダグラスさんへの想いが紡（つむ）がれる。

曰く、彼が王宮騎士団第二部隊にいたころから知っている。ダグラスさんの家格に匹敵する数少ない身分である。今日のドレスはダグラスさんのために誂（あつら）えた。などと、たいへんダグラスさん愛に溢れておられる。グロスか何かを塗っているらしい艶（つや）やかな唇が、花弁のように思えてときめいてしまう。なんか、いい匂いするし。すごく『女子』という感じだ。

ダグラスさんの恋人というのは十中八、九嘘（うそ）だろう。

心因性の不能の彼がいまになって女性とそんな関係になるわけはない。

それにこのお嬢さんは、わざわざダグラスさんがいないとわかりきっている昼時に訪ねてきている。目的があるとすれば、むしろ私に対してだろう。

玄関先で押し問答もなんだったので、しぶしぶ客間に通して紅茶を出すと少しだけ驚いた様子だった。家に入れてしまった件については、あとで謝ろう。だって背後にムキムキお兄さんがいたんだもの!! 怖い!

「貴女は愛玩奴隷なのよね?」

「身分上はそうなっています。実質的には家政婦としてあつかっていただいていますが」

リーリアさんは普通に中央の椅子に、侍女の人と護衛は部屋のすみに椅子を用意して座ってもらう。私は少し迷ったが「貴女も座りなさい」とリーリアさんに命じられて、彼女の向かいに座った。

居丈高（いたけだか）に接されるのがひさびさで、なんだか新鮮だ。

家政婦扱いと言うと、気をよくしたらしいリーリアさんが口の端を少しだけ上げた。

「そう、貴女みたいな子どもがあの人にかわいがられているなんておかしいと思った」

美人さんだからだろうか、色香と迫力が同居したその笑みの美しさについつい見とれてしまう。

まぁ性的なかわいがりという意味なら、どちらかというと私がかわいがる側ではありますが。

「……私のことをダグラスさまからお聞きになっておりませんか?」

「あたりまえじゃない。奴隷のことなんてわざわざ口に出さないものよ」

「では、ほかに何をお話ししてらっしゃるのですか?」

「あら、男女ふたりに会話なんて必要?」

色っぽく微笑むリーリアさんはたいへん眼福だが、あの人と会話以外何ができるのか。まさか拳でわかり合うのか。

あとまぁ付き合ってたら、会話はたぶん普通にあると思います。

彼女はダグラスさんの恋人では断じてない。よくて元恋人だろうか。

どうにか穏便にお引き取りいただくべきだろう。

だが、ダグラスさんの下半身事情を赤裸々に伝えるわけにもいかない。

嘘を吐かず、ダグラスさんの名誉も傷つけず、彼女が納得する話をするのが最善だろうか。

しかし、この人、なんというか、どうにも——処女っぽい。

リーリア・コットンは勝利を確信していた。

あのダグラス・ウィードが愛玩奴隷を側に置いたという話が流れたとき、行動するならいまだと閃いた。いまや堅物騎士として知られている彼ではあるが、とうとうその禁欲生活に飽きがきたのだ。性のはけ口として愛玩奴隷を買ったのだろうが、彼が肉欲を思い出したというのならリーリアがその相手になればよい。逢瀬を重ねればきっと情もわく。

この奴隷と私、どちらがより蠱惑的かなど比べるべくもない。

細く貧相な身体、低い背。

変わった色彩はしているが、それだけの少女。

家政婦としてあつかっているのなら、たいして執着されているわけでもないだろう。

この愛玩奴隷はどこかにやってしまえばいい。

今後は私がダグラスさまのお相手をするのだから。

絶対にうまくいくわ。私に見惚れない殿方など存在しないもの。

「リーリアさま、なぜそのような嘘を吐かれるのですか？」

己を見つめるダグラスを想像して高揚するリーリアの意識を、奴隷の落ち着き払った声が引っつかんで落とした。

「嘘ですって？」

自然、剣呑な声が出る。

なぜ、どうしてばれたの。そもそも奴隷風情が私に口答えする権利などないはず。

「お許しください。ダグラスさまのことを思えばこそなのです」

従順に謝る奴隷の黒い眼からは、何も読みとれない。

「じつは、ダグラスさまには忘れられない人がおいでです」

「忘れられない、人……？」

「一年前に敵地で出会い、その人と数日間を過ごし、それ以来どんな女性とも関係を持たなくなったそうです」

「まぁ……それでは、その人というのは……！」

「……」

奴隷が眼を伏せたまま言葉を止める。それだけですべてが理解できてしまった。

なんてこと、彼は、ダグラス・ウィードは、敵地の人間と恋をしたのだ。

しかし、それは決して許されぬ間柄……。

結ばれぬことをわかったうえで彼はその人を愛し、生涯、心を捧げることにしたのね。

失恋しても、なお想い続けるだなんて……。

純愛……純愛だわ……！

「私が無粋だったようね、もてなし感謝するわ」

そう言うと、奴隷がひなたのように優しくあたたかく微笑んだ。

自分の主人の心の傷を、我がことのように感じているのね。

この奴隷は愛玩奴隷でも家政婦でもなく、彼の穴の空いた心を少しでも癒すために尽くしているのだと自然に理解した。

後日、巷で『ダグラス・ウィード敵地で大恋愛のち失恋説』が流行し、ダグラスの精神をおおいに削ったのは別の話である。


リーリア・コットン。

十七歳、処女。たいへん夢見る乙女。

愛読書は――恋愛小説。

［2］あいつがお前でお前があいつで

リーリアさんの襲撃から数ヵ月、うわさによりダグラスさんがへこんでいたことを除けば、日々は平穏に過ぎていった。あいかわらずのコール夫人とのお勉強に次いで、たまにリーリアさんが遊びに来るようになった。

私の平坦な身体が気になるらしくて、

「もっと食べて大きくなるのよ！」

とか言いながら、リーリアさんの家の専属パティシエが作ったケーキとかを差し入れしてくれる。成長のために必要なのは、お野菜とお肉とカルシウムですとは言わない。

いやだって、ケーキ、おいしいし。

リーリアさんは、私のことをいくつだと思っているのだろうか。

彼女が十七歳と聞いたときには死ぬほど驚いたが、彼女も私の年齢を聞けば死ぬほど驚くんじゃなかろうか。そんな彼女ともいまは軽口を叩ける仲だ。おもに叩いているのは私だけど。

一介の愛玩奴隷の身に余る幸福な日々を、かみしめるように過ごしていたある日の事だった。晴れた日の多いこの土地には珍しく、朝の晴天からは想像もつかないほどの大雨が昼ごろから降りだした。

薄暗くて肌寒くて嫌な感じだと思ったのは覚えている。

急いで洗濯物を庭から取り込んで片づけていたとき、玄関の扉を誰かが激しく叩いてからいきなり開けた。勢いよく開けられた扉が壁にぶつかって大きな音がして、何事かと見に行くと、真っ青な顔のジルドレさんが大きな声で私を呼びつけた。

王都の近くに出没するようになった盗賊団、それを討伐しにいったダグラスさんが、大きな傷を負って帰ってきたのだ。

背後にいる負傷した部下をかばうため、敵が斬りつける刃(やいば)を回避せずに受けたらしい。そのせいで胸からお腹にかけて刀傷を負ったそうだ。

処置を受けたあとに自宅療養すると言い張ったダグラスさんが、屋敷に馬車をつけて運び込まれてきたときはどうしたものかと思ったが、二、三日寝ていれば復帰できるという医者の見立てにもあきれた。

ダグラスさん丈夫すぎないか。

それとも、この世界の医療のおかげなのだろうか。この世界の医療には、治癒魔法という治療法が存在する。傷を魔法で塞(ふさ)いだり、血を増やしたり、免疫力を高めたりと術者の魔力と引き換えにいろいろなことができる。その魔法を使える人はあまりたくさんはいないらしくて、お金持ちしか治癒魔法を使ってもらえないらしい。ダグラスさんは王宮騎士なので国からの保証があるんだって。

その潤沢な資金力で自宅療養を勝ち取った彼は、いま寝室で熱にうなされている。

最低限、命をつなぐところまで治し、そこで治療を中止したらしい。術者の魔力は時間経過で戻るとはいえ有限で、ほかの人間にも術を行使してもらうために自分は完治までさせなかったそうな。

そんなことを泣きながら伝えてくるジルドレさんに、意識が混濁(こんだく)したダグラスさんを託されたのだった。

水を張ったたらいを用意して、寝室におもむく。

薄暗い部屋の中で、雨音がやけに大きく聞こえる。遠くでとどろく雷鳴は、もとの世界より鮮明な響きだ。

ダグラスさんはさっきからうなったりうわ言を口にしたり、そうかと思えば気絶したかのように眠ったりと忙しい。何か夢を見ているらしいが、内容はわかるはずもない。熱を持った額に水で絞った布を載せると、その瞬間だけは気持ちよさそうに息を吐くのでホッとする。

本当にひと晩ふた晩越えたところで、この状態がよくなるんだろうか？

かけていた布団をどかして、着ていた服の中に手を差し入れて乾いたタオルで寝汗を拭う。手早くやらないと冷えちゃうので、集中してやろう。胸を、脇を、それからお腹を丁寧に拭っていく。

こうやってダグラスさんの世話をしていると、どうにも昔のことが思い起こされた。

あのときは本当にどうかしていた。できればなかったことにしたいが、あの凶行があったおかげで結果的に三食昼寝つき生活が手に入ったかと思うと、人生はどう転ぶかさっぱりわからない。

さらに言えばダグラスさんの考えはわからないものの、奴隷には不相応なほどの教育までしてもらって頭が上がらない。

傷だらけのたくましい体躯を眺めながら、逡巡する。服からのぞく皮膚にはいろんな古傷がついているが、どれがあのときについた傷かはもう見分けがつかない。

わかるのは、あのときからさらにたくさんの傷痕が彼についていることだけだ。何度も痛い思いをして、それでも今回のように人をかばって痛みを負うのか。

ダグラスさんは本当に、優しい人だ。

なんとはなしに指でヘソのあたりの古傷をたどると、声がかけられた。

「……イジマ？」

「はい、どうしました？」

あれ？　私ダグラスさんに苗字教えたっけ？

◇　◇　◇

——ひさびさにヘタを打ってしまった。

治癒術師にある程度まで治療された身体は、それでも完治まで治療させなかったせいで熱を持って俺を苛む。

部下たちもずいぶんと俺を心配していたようだ。

入院を断って家に帰ると言い張ったときには、何度も止められた。男だらけの兵士病院で、治るまで缶詰めとかなんの拷問だ。そんな目に遭うくらいなら家に缶詰めされたほうがいくらかマシだ。

朦朧としながらも家にたどり着くと、驚いた様子のチカが迎えてくれた。

運び込まれた寝室で熱にうなされながら軽い足音を聞いていると、あのころの記憶が浮かんでは消える。自分の尊厳をいやというほどなぶり倒したあの『少年』も、こうして軽い足音を響かせながら牢屋へと通っていた。華奢な身体には重たいだろう荷物も決してかかさずに。

そういう生真面目さは、いま思い起こせば『イジマ』と『チカ』で共通している。

彼女たちは本当によく似ていた。黒い髪も、白い肌も、弱々しげな細い首も。

最初のころは彼女を見るたびに『イジマ』のことを思い出し、髪の長さや声のトーンなどのささいな違いを意識した。そして『チカ』を知っていくごとに、『イジマ』と『チカ』の境界線は曖昧になったり明確になったりを繰り返す。

自分でもゲンナリするほどに俺は、『イジマ』に囚われている。

目の前にいる『チカ』にどうしても彼を重ねてしまうほどには。

失恋のうわさが流れたときにも、鼻で笑えない程度には彼に傾倒していたことにショックを受けた。だからだろうか。薄暗い部屋の中、俺を見る『チカ』が『イジマ』のように見えた。

「イジマ?」

「はい、どうしました?」

黒い双眸がこちらをとらえる。瞳に映るのは熱に浮かされた己だ。

——彼女はいまなんと言った?

イジマ、と呼んで
はい、と答えた。

怪訝な顔でチカが俺を見る。あいかわらず黒い瞳からは多くは読み取れない。

薄暗い部屋、湿った空気、動かない身体。

『あの日々』とよく似た状況、『少年』によく似た『少女』。

浮かんでしまった可能性が、煮えた頭の中でぐるぐると回る。

「お水、飲めそうですか?」

チカを注視していると別の意味にとらえられたらしい。枕元の水差しには水滴がついて、それの温度を知らせている。冷たい水が喉を通る様を想像して喉仏がごくりと上下した。

言わずとも察したチカが用意されていたコップに水を注ぎ、差し出してくる。一連を行うその白くて小さな手が、ふたたび『イジマ』を連想させ混乱した。

鉛のように重たい身体を起こしてコップを受け取り飲んでいるあいだ、チカは行儀よく側にたたずんでいた。その静かさも礼儀正しさも『イジマ』にはなかったものだ。

なのに、もはや彼女と彼の差異を認識するのは至難の業に思えた。

このあいだの雨の日以来、ダグラスさんの様子がおかしい。

食も細いし、ため息ばかり吐いてるし、話しかけてみても気はそぞろ。職場での鍛錬に力を入れすぎているらしくて、疲れ果てた様子で帰ってくる。考え込んでいると思えば、突然頭をぶんぶん振ったりうめいたりと、奇行は語りつくせない。

じっとしていても、顔色は赤くなったり青くなったりと忙しそうで。

まず間違いなく何か悩みごとを抱えていると思うのだけれども、尋ねてみても少しのあいだこっちを見つめては、ぎこちなくごまかされるばかりだ。

「どう考えてもおかしくないですか？」

ミルクレープによく似たケーキにフォークを突き刺しながら、リーリアさんに問いかける。

どうやらこちらの世界でも食べにくいそのケーキは、美しい見た目をあっさりと崩してミルクレープの残骸に進化を遂げた。

週に一度の我が家にての女子会――ダグラスさんの心の広さには、本当に感謝してもしたりない。友だちは大事にしなさいと快く週一開催の許可をくれた。

向かい合わせに座ったリーリアさんのミルクレープは、ぜんぜん崩れてない。

どういうことだ。貴族秘伝の技があるんだろうか。

私が淹れた紅茶を優雅に飲みながらも話を聞いているリーリアさんの顔は、興奮を隠しきれていないようだ。目はキラキラしてるし、ほっぺもほんのり赤い。ああもう、かわいいなこの人。

基本的に人がしゃべっているときには口を挟まない彼女は、何か言いたいことがあるらしくて私が言葉を切るのをいまかいまかと待っていた。

「チカ、本当にわからないの？」

「リーリアさまは、おわかりになりましたか」

そう尋ねると、リーリアさんが得意満面といった様子でこちらを見る。

――言ってしまいたい。でも、もったいぶりたい。そんな考えがまる見えで微笑ましい。

こんなとりとめのない情報でも、リーリアさんにはピンときたようだ。

ならば、ぜひ教えてほしい。私のご主人さまに起こっている変化は、いったいなんなのか。

充分なタメを作るリーリアさんを見つめながら、ミルクレープの残骸をもうひと口。おいしい。

貴重な甘味が染み渡る。

「それはね、チカ。うふふ……そう、恋わずらいよ！」

頬張ったミルクレープの残骸が急に粘土みたいな味になった。

◇　◇　◇

暗い部屋の中、チカが整えてくれたベッドに身体を沈める。

今日も鍛錬のしすぎだ。全身が気だるさに包まれ、眠気の呼び水になるのはありがたい。

だが、溶けだした意識の中で絶えず浮かんでくる考えがある。

『イジマ』と『チカ』は、やはり同一人物なのだろうか。

そうだとすれば、なぜ正体を隠しているのか。

それともやはり思いすごしで、彼と彼女は別の人物なのだろうか。

しかし、考えれば考えるほど共通点は多い。

俺がふたりを別人と判断したのは、性別が違ったからだ。

だが、そもそもの前提が違ったとすれば？

『少年』は痩せこけて、ひどく暗い目をしていた。

だが、髪さえ長ければ、もっと肉付きがましなら、『少女』にも見えただろう——。

結局、なかなか寝つけず目をつむって考えを巡らせていると、自室の扉の外側から人の気配がした。気配を消しているつもりだろうが、なんの訓練も受けていない少女の存在は、暗闇の中で耳を澄ませていれば手に取るようにわかる。

しばらくドアの前で悩んでいたようだが、意を決したように静かにドアノブを回し小柄な影が慎重に入り込んできた。何をするつもりなのか、さっぱり見当がつかず眠ったふりで様子をうかがう。

小さな息遣いがそろそろとベッドサイドに近づく。気づかれていないと思っているのだろう、触れれば弾けてしまいそうな緊張感が彼女を包んでいる。

やわらかな温もりが頬に触れた。

小鳥が寄り添うかのように、こまやかな感触のそれはおそらくチカの手だ。

繊細なガラス細工をあつかうかのように、あるいは獰猛な肉食獣に触れるかのように慎重に輪郭をたどられる。最小限の刺激のみ与えてくる手つきに腹の中の何かがあおられるような気がしたが、それをどうにか無視して引き続き様子をうかがう。

規則的な呼吸を行う俺を、チカが息を殺して観察している。

「……よし」

ごくごく小さく落とされたつぶやきも、この静かな部屋では鮮明に響く。自分を励ますかのように言葉を吐いたチカの手が、一度頬から離れするりと布団の中に入ってくる。

正直、この状況で目が覚めないヤツはなかなかいないと思うのだが、チカの様子は真剣そのものだ。ほかの同年代の少女と比べても小振りな手が、布団の中を手探りで脇腹にたどり着き指先を頼りに下腹部へと進んでくる。

いったい何をするつもりなのか。

白魚のような手が陰茎へ到達し、やわらかなソコをやわやわと揉みしだきだした。あおるようなその動きの目的は明白だ。

「何をしているんだ」

驚きすぎて声をかけてしまった。

驚いたのはチカも同じだったらしく、暗闇の中に息を飲んだ音が響いた。

「……説明してもらおうか」

ダグラスが起きていることに気づき逃亡をはかったチカを、長い腕があっさりとつかまえた。

現行犯逮捕された少女は主人に両脇を持ってひょいとベッドに載せられ、いまは半身を起こしたダグラスの横に正座している。

「魔が差しました」

「チカ」

目的を聞いているんだ、と言外にたしなめられ、少女は気まずそうに身じろぎする。

だが、ダグラスとて今回の件はさすがに流せない。理由を話せと無言の催促をすると、口を幾度か開け閉めしたあとに、目をそらしながらチカが語りだす。

「――女子会で、ダグラスさまに好きな人ができたって、そういう話になったんですよ」

どうしてそうなった、とはダグラスは口に出さなかった。

女性とは、恋愛の話になると邪推がすぎることが往々にしてある。それはダグラスとてある程度把握している。女性じゃないうえに筋肉の塊な男たちが、邪推のあげく媚薬（びやく）を盛った事件に関してはこの際置いておこう。

「それで、ダグラスさまに恋人ができれば、私がずっとこの家にいるわけにもいきませんから……。今後の人生設計を考えるために、ダグラスさまがいまだ不能なのかどうか確かめようと思って」

「どうしてそうなった」

今度は思考が口をついて出てくるのを止められなかった。見るからにバツが悪そうにするチカを眺めて脱力する。本人は真剣だったのだろう。

だが手段があまりにも――。

「……申し訳ありません」

心から気落ちした声音である。

ダグラスはこの件で彼女を手放すつもりは毛頭ないが、それは言わねば伝わらない。

「何度も言うが、チカ。お前の意思を無視して手放す気はない。……お前が出ていきたいなら別だが」

「出ていきたくないです」

か細い声でチカが応える。その言葉にダグラスは内心胸をなで下ろして言葉を続けた。

「だが、主人の寝室に勝手に入り込むのはいけないな」

不安気にこちらをうかがう少女。

彼女が『イジマ』の可能性はまだ色濃くあるが、ダグラスはそれを一度保留にすることにした。

それよりもいまは、自分の中からゆらゆらと立ち昇ってきた嗜虐心のほうに意識が傾いている。

「おいで、チカ。お仕置きだ」

なるべく優しく聞こえるように言うと、少女の肩がびくりと跳ねた。

ヘッドボードに置いていたルームランプの小さな光が、寝台の上のふたりの輪郭を浮かび上がらせている。不安そうに縮こまった小さな体躯を、脚を軽く伸ばして座っている自分にかかった布団の上から、腰のあたりをまたがせる。布さえなければ、そして少女が腰を落としさえすれば、対面座位に見えることだろう。

ひざ立ちになるようなかたちで向かい合わせたチカは、これから何が起こるのかまだピンときていないようだ。ダグラスをまたいだ状態のチカは、それでもなお体格差のせいで彼の頭の位置より少し低い場所に顔がきている。

ただ嫌な予感がするだけなのだろう。所在なさ気に黒い瞳をゆらゆらと揺らしている。

「あの、ダグラスさま……？」

うかがうような上目遣いが、自分から性技を行うときには見せない初々しさがダグラスを高揚させた。いつもなら気遣ってやれる不安気な様も、いまは彼を楽しませる要素にすぎない。

「夜中に男の部屋へひとりで来ればどうなるか、立派な淑女なら知っておくべきだな」

右手で頬をなでながら親指を花弁のような唇に軽くうずめると、おずおずと小さな口が開かれる。人差し指と中指の二本をその遠慮がちに開いた口内に挿(さ)し入れる。

「んぅ……」

「なめるんだ。いつもしていたように」

あえて何をとは口にせずとも、理解したチカが薄い舌で口内の侵入者をいつものようにあつかいはじめる。

舌でなでて、軽く吸い、ときおりごくごく繊細に歯を立ててくる。手慣れたその動きとは裏腹に、意図をまだ読めていないチカがすがるようにダグラスを見る。淫靡(いんび)さと無垢(むく)のコントラストは、本人の知らぬところでダグラスをあおった。

自由な左手でチカの寝巻きをほどいていく。前にボタンのついたワンピース型の簡単なそれは、あっけなくダグラスに好きなようにされ、左手は事もなげにやわらかな双丘へとたどり着いた。ようやく、どういう趣向なのかおぼろげに理解したらしく、身体を後方に下げようとするチカをひざを立てて阻止する。体格で圧倒的に負けているチカをつかまえるのはたやすい。

「両手で俺の肩をつかんでおくといい」

所在なさげに泳ぐ身体も愛らしいが、やりやすさを考えて両手を固定させる。

細く小さな指が、ダグラスの服を軽く握り込んだ。

鋼のような筋肉の鎧(よろい)の上にためらいがちに置かれた小さな手。その温もりがダグラスに甘やかな痺(しび)れを染み込ませ、胸中で飼い慣らしていた獣が舌なめずりをする。

前を開けられた寝巻きから、線の細い身体が見えた。

以前よりかすかによくなった肉づきは最近できた友人と食べているらしい菓子の成果だろうか。

最低限しか食べなかった少女には、喜ばしい変化だなと内心でうなずく。

だが、ダグラスの知る『女』にはまだたりない。家庭教師とも、お茶会を開くように頼もうか。

それとも、時間が空いたときに手ずから食べ物を与えてみようか。それも楽しそうだ。

剣ダコのできたざらざらの手で、簡単に収まりきる小さな胸をやわやわと揉んで楽しむ。

「んぅ……ふ、あぅ……」

いただきを親指で圧(お)し潰(つぶ)すように愛(め)でると、懸命に奉仕を続けていた口から悩まし気な声がもれる。鍛え上げられた太ももに密着していた華奢な腰が、かすかに揺らめくのをダグラスは見逃さなかった。

「知らなかったな。チカはここが好きなのか」

からかい混じりに低くささやくと、肩に載っていた手に力がこもる。羞恥からだろう、吐息が乱れて指をくすぐる。

外気にさらされて尖(とが)り出した胸のいただきを口に含むと、ふたたび腰が小さく揺れた。

「も、嫌ぁ……」

部屋を明るくしておけばよかった。そうすれば真っ赤な顔をしたチカを見られただろうに。

舌たらずな声を聞きながら逡巡するが、案外初心(うぶ)なチカのことだからこれが限界かもしれないと思い直す。

胸の飾りを舌と指で両方かわいがっていると、挿(い)れられた手のせいで閉じられなかった口から唾液が溢(あふ)れ、白い肌を鎖骨のあたりまで伝ってきた。戯(たわむ)れに左手の指でそれをすくい、擦りこむようにふたたび控えめな乳房を愛でる。

「あっ、んぅ……」

拒否をするように肩を押されるが、ダグラスにとっては子猫の戯れ程度にしか感じない。閉じたくて力を入れている両脚はダグラスをまたいでいるせいで、彼女の性感を彼に伝えてしまう。

胸への愛撫を中断し、右手を潤いきった狭い口内から出す。

左手でチカを抱き寄せ、ダグラスの頭を抱き込むように誘導してやる。いつになくしおらしい少女は素直にそれに従った。ダグラスの耳元で、熱を持った呼吸がさざ波のように聞こえる。

「いい子だ」

言いながら耳に息を吹きかけると、細い身体がしなった。

左腕でチカを閉じ込めたまま、唾液をたっぷりと絡みつけた右手を少女のうしろへ回し下着の中へ滑り込ませる。耳元で細く息を飲む音が聞こえて、気分がいい。

蜜壺を通りすぎ、花芯へと指を伸ばす。

すでにぬめりを得ていた指が、スムーズにソコを行き来する。

「あ、やぁ……ダグラスさま……！」

耳に甘い声がしみる。

直接的な刺激にチカの脚がぴくぴくと痙攣（けいれん）し、身体を支えきれずダグラスにもたれかかった。戦場で鍛えた身体は揺らぎもせずにそれを受け止める。

「ふ、あ、あぁっ……も、やだぁ……！」

陰核を指で弄（もてあそ）び、チカの熱を高めれば高めるほどに細い腕がダグラスを抱きしめる。

追い詰めている張本人にすがりつく、その健気（けなげ）さに仄暗（ほのぐら）い喜びがともった。

いつか自由の身にする少女だ。だが、いまこのときだけは――。

「あっやだっ、ダグラスさま、あぁあっ……！」

ひときわ激しく身体を強ばらせてチカが達した。いつのまにか陰裂からは温かな潤みが分泌され、ダグラスを誘っている。本能的にダグラスは肉壺に中指を沈めた。

「上手にイけたら勘弁してやる」

「もう、や、ダグラスさま、やだぁっ……！」

耳元で聞こえる制止も、その甘さのせいで懇願として受け取る。

狭いその中へ押し入ろうと、入り口を指で丁寧にほぐしてやると首筋に乱れきった吐息があたり、こそばゆい。

もっと、もっとだ。

啼（な）き声を聞きたい、すがりつく腕を感じたい、熱を、指先のぬかるみを。

頭の中で何かが焼き切れそうになった瞬間、首筋に温かな液体が滴ってきた。

「やだってばぁ……ふぐ、うぇえ……」

「チカ？」

「ごめんなさい、も、しないから……」

気づけば、小さな身体はかすかに震えている。

快楽からの動作でないことは、いまのダグラスにも理解できた。泣きはじめて歯止めが利かなくなったのだろう、チカの目から大粒の涙がとめどなく溢れている。

いま、俺は何をしようとした？

先ほどまで早鐘を打っていた心臓が、今度は別の意味で暴れはじめた。

泣かした。

大事にしようと決めていた少女を、罰だと理由をつけて身体を弄んで、汚して、泣かしてしまった――事を認識した瞬間――ダグラスは自然と土下座の体勢を取った。


薄暗い部屋の中、少女のしゃくり上げる声が聞こえる。

先ほどまで淫靡な光景を繰り広げていた寝台の上には、泣く少女と土下座する男。

少女は目元を真っ赤にしながらも、涙を止めようと深呼吸を試みるが先刻の状況を思い出しては呼吸が乱れ、涙が溢れ出してくる。


なんで、どうして。

悪いことをしたのは自分だけど、あんな目に遭わされるとは思ってなかった。

いつもと違うダグラスさんはちょっと怖かったし、すごく恥ずかしかった。

昔、ダグラスさんを性的に弄んだ報いがいまきてるのか。天罰かこれは。


どうしても泣きやまない少女を見て、両手をついて謝罪のポーズを維持しながら男のほうもあせりの色を濃くする。申し訳ないことをした。

正直、泣くほど嫌がってると思ってなかった。だって気持ちよさそうだったし。

泣きやんでくれるならなんでもするから、あぁもうそんなに目をこすって、泣き顔かわいいななんだこれ、いやそうじゃなくて、あの涙をなめたら甘いんだろうか、いやそうでもなくて。

「すまなかったチカ。このとおりだ」

とりあえずは心からの謝罪だろうと、ダグラスはふたたび土下座する。

チカのほうはといえば、まだ混乱状態から回復できていない。ともかく土下座はやめてほしい。もう何もする気がないのだけは伝わってくる。よかった。あの恥ずかしいのは終わりらしい。

混迷を極めた空間は、徐々に落ち着きはじめた。

まだ完全にとはいかないものの、チカの呼吸は少しずつ整いはじめている。

涙でぼやける視界に、悲壮な表情のダグラスが映った。

「本当に申し訳ない。できる償いならなんでもしよう。服でも、菓子でも、欲しい物があれば用意する。殴りたいなら殴ってくれ、どんな暴力でも受け入れよう」

濡れた瞳がダグラスを睨みつける。憎々しげなまなじりは、それでも極度の混乱からは脱したのだろう。黒に少しの意思の光を乗せていて、ダグラスを安心させた。

「……歯を食いしばれ」

敬語の飛んだチカが、少女にしては低くしゃべる。

その主張を快く飲み込んだダグラスが、顔に力を込めて待つ。それを確認した少女は、憤怒の表情で男の鳩尾を殴りつけた。ダグラスからすれば、驚くほど軽い感触が腹にぶつかる。

なんだこれは、本気なのか。手加減するとかえってへんなふうに怪我をするぞ。

「つ……！　痛ぁ……」

「す、すまん」

渾身の力で拳を振るったチカだった。だがしかし非力な少女では鍛え上げた騎士の腹筋を突破することは叶わず、その小さな手を痛めて終わる。あまりのか弱さに逆にダグラスが謝る始末。

「なぜ腹だったんだ？」

「顔に力を入れてるあいだに殴れば、ちょっとは通るんじゃないかって……」

「なるほど」

くやしそうに言うチカ。本気だ。本気でダグラスに仕返しをしたがっている。

「では、武器を用意しよう。刃物はあつかいが難しい、チカが怪我をしてしまう。棒とかでもかまわないか？」

ともかく気がすむまでやってもらおうと、ダグラスが武器の提案をする。

正直、自分が情けなさすぎて、思いきり制裁を受けねば納得できなさそうなのだ。何よりダグラスの誠意をわかってもらいたい。自己満足の域に達している自覚はあるが、それがダグラスの素直な気持ちだ。

「武器……。武器はいいです。そのかわり」

ボロボロと流れてきていた涙はもうない。

先ほどまで濡れていた頬も目尻も拭き取り、ときおり鼻をすん、とするだけだ。

目が溶けてしまわなくてよかった、と非現実的なことを考えながら少女を見る。

いつにない攻撃的な色を含んだ瞳が、ダグラスをとらえた。

「そのかわり、縄をください」

少女の怒りは、さっぱり収まってなかった。

「縄をどうするんだ？」

想定していなかった要請に、ダグラスが疑問を口にする。

鈍器や刃物でなく、縄。

縄で人を痛めつけるのも殺すのも不可能ではないが、少々婉曲だ。

チカが納得するならば否はないが、命に関わるならばそれはダメだ。

死んではチカを守っていけない。

投げかけた問いは、怒り顔のチカによって黙殺された。少し乱れた黒髪も、ほのかに香る汗も、
先ほどの情事を思い起こさせてドギマギする。

とくにその怒りに燃えた強い目が、ダグラスの芯をじわじわと炙るようだ。

「……わかった。縄は倉庫まで行かないとないから、ヒモかベルトでいいか？」

「ベルトならいいです」

少女にお伺いを立てると、一拍考えてからコクリとうなずいた。

厳しい面差しは初めて見る。

反省する場面のはずなのに、ここにきて新たに発見する表情に目が離せない。

ダグラスは真剣な面持ちで、騎士服に使う帯剣用ベルトをクロゼットから取り出しチカに手渡す。

使い込んだブラウンのベルトは強さとやわらかさを同時に得た一級品だ。両手に持ってみるとしなやかに曲がるが、軽く引っぱってみるとよく手入れされているそれの丈夫さは申し分ない。

これなら肌を傷つけることもなさそうだと、チカは内心で合格点を与える。

「なんでも、してくれるんですよね？」

怒気を込めてダグラスを見上げると、たくましい喉がごくりと鳴った。

「男に二言はない。それで気がすむのなら、なんでも受けよう」

それは本心からの言葉だ。

だが、しかし、なぜなのか。ダグラスの心から、何かがせりあがる。

それは恐怖か、それとも——期待だろうか。

「……じっとしててくださいね」

指示されたとおりに寝台に座ったまま、チカの動向を見守る。

小さな体が背後に回り、ダグラスの太い腕を背後へと動かす。

——実際には、チカが力を込めた方向にダグラスが腕を動かしたのだが。

両腕をうしろでまとめ、ダグラスから与えられたベルトで縛りつける。

頑丈な革は、男のしなやかで強い腕を危なげなく固定した。

「チカ？」

「さっき、怖かったし恥ずかしかったんですよ」

少女が男の背後でポツリとこぼす。

「……すまない」

最初に寝こみを襲おうとしたのが誰なのか、それに言及する人間はここにはいない。

ここに存在するのは、許容量を超えた展開にパニックを起こした逆ギレ少女と、泣いた少女にパニックを起こして騎士道がおかしな方向に振りきった男だけだ。

後手に縛られた感触を受けながらも、真摯な気持ちであとの展開に身体を固めたダグラスの背後から、耳元に少女の高い声がかかる。

「なので、ダグラスさんにも怖くて恥ずかしい目に遭ってもらおうと思います」

瞬間、背筋がぞくりとあわだつ。

先刻の狩る者と狩られる者が、反転したような感覚。

自由にならない腕のさらに後方、そこにいるはずの少女の表情は見えない。

あの、夜の海のような瞳はいま、怒りをたたえて揺らめいているのだろうか。

ダグラスの脳裏に嗤う『少年』が思い浮かんでいた。


鍛え上げられた広い背中が緊張する。薄暗い中ではわかりにくいが、前面にたくさんの傷を持つダグラスは、反面、背中の傷は多くない。

チカは側にあった枕のカバーを取り外し、細くたたんで帯のようなものを作り、うしろからダグラスに目隠しを施す。

傷つけられた矜持は、さらに大きな傷を相手に作ることで補おう。幸い相手はなんでもすると言っているのだ、遠慮することはない。

自分は愛玩奴隷だ。

だが、そうあつかわないと言ったのはダグラスさんのほうなのに。

寝込みを襲った己が悪いのは薄々わかっているけど、性的にあつかわれたとき思わず涙が出た。

どれだけ甘いことを言ってくれても、しょせんそれは奴隷に対する温情で、彼の気が変われば簡単に事態は変わる。

わかっていたことのはずなのに、なんだかすごく胃がムカムカする。

様子をうかがっているのか、静かなダグラスさんにも心が波立つ。

なんとか言えばいい。

やめてと言っても許してもらえない辛さを、ダグラスさんも知ればいいんだ。

衝動にまかせて頑強そうなうなじにかみついて、思いきり歯を立てる。

「つ、チカ!?」

突然の攻撃に、びくりと大きな身体が跳ねた。

ぎりぎりと力を込めてかんで離すと、チカの歯並びに従ってごくごく小さなヘコみが襟足を下って左肩の付け根側にできあがる。貧弱な自分にしてはなかなかの出来じゃないかと自賛して、ダグラスと比較すれば小さな舌でぺろりとその跡をなめあげた。

ぬるりとした温かい感触に、ダグラスが息を飲む。露骨な反応に少しだけ気分が上昇した。

頑強なこの男が自分によって追い詰められる様は、一年前と変わらずチカの心を満たす。

「わかりますか？　ここ、いまちょっと歯型にヘコんでますけど、朝までに治りますかね？」

首の歯型を指先でなぞりながら、耳元でささやく。指で伝うその場所は騎士服の襟で隠れるかどうかぎりぎりの場所だ。それに思い当たったダグラスが動揺をにじませる。

クスクスと笑いながら、耳を軽くかじった。


「は……」


浅く息をついて外耳に訪れた刺激を逃すと背後の気配が小さく笑う。

気がすむまでチカに付き合おうと決意していたが、こんな目に遭わされるとは思っていなかった。

小型な捕食者が耳を甘噛(あまが)みし、なめる。

視覚を封じられたいま、ダグラスにわかるのは感触と音だけだ。それが彼の神経を鋭敏にし、うしろにいる無邪気で残酷な少女の気配を全身で感じようと集中してしまう。

ダイレクトに聞こえる水音に、甘い刺激に声が出そうになる。

気ままに行われるそれに翻弄(ほんろう)される自分を認識して、やるせない気分だ。

俺はこんなにあちこち弱い性質だっただろうか？

己を弄ぶのが『チカ』だというだけで、身体が歓喜に震えるのを認めざるを得なかった。


ダグラスさんの耳元でごにょごにょささやいていると、どんどん彼の息が乱れていく。

はっ、はっ、と吐き出される呼吸は、正直ものすごくエロい。

リーリアさんとかこれ見たら、真っ赤になって失神しそう。

うしろからかまれてなめられただけでこんなリアクションとか、このあいだまでの不能っぷりはなんだったんだろうか。

視覚を奪われて鋭敏になったであろう神経がすべてこちらに向いているのだろう、私の一挙一動を感じてしなやかな筋肉に力が入るのが見てとれる。

大の大人が何人でかかっても勝てない、強き騎士。

本来であれば平民が口をきくことも許されないような、高貴な血が流れているらしい。

その体躯を好きにする許可が私に降りている。

服を脱がしてから縛ればよかったかな、まぁ過ぎたことはいい。

無防備なうなじをさらになめる。暑い季節でもないのに汗ばんできたソコは少ししょっぱい。

とくに意味もなくなめたり吸ったりしていると、ダグラスさんの体温が上がってきた。

羞恥からか、屈辱からか、この際どちらでもいい。

どんなふうにして遊ぼうか、まだまだ怒りは冷めやらない。

背後から責めるにも飽きて向かい側に回る。あぐらをかいて座るダグラスさんのひざに載ってみると、鍛え上げられた身体が強ばるのを感じた。

先ほどと似たような体勢だけど、意味合いはがらりと変わった。今度は私が弄ぶ側だ。

ダグラスさんの寝巻きは、楽そうなカットソーに締めつけの少なそうなズボンだ。

私の寝巻きもそういうのがよかったな。女子にそんな姿をさせるのは騎士的に違ったらしくて、私の寝巻きはワンピースみたいなかわいいものを支給されている。

前開きのそれを着ていたがゆえに、今回とんでもない無体を働かれたわけだが。

服の中に手を差し入れて、脇腹をさわさわとなでて楽しむ。

同じ人間とも思えないような固さの腹筋は見事な隆起を作っていて、筋肉のおかげで温かい。

うん、これは殴ったところでたしかに私が手首を痛める。

這いまわる手が冷たかったのか、ダグラスさんの身体はますます強張ってしまって鋼のようなのに、どこかさばかれる前の魚みたいだ。そのまま手を進めて弾力のある大胸筋を揉む。あたりまえだけど硬すぎて、ぜんぜん指が通らない。しかたないので少々性急に胸のいただきに指を伸ばす。

温度の低い指でこねるとソコは簡単に硬さを得た。

「は、ぁ……っ」

荒く息を吐いてダグラスさんが気持ちのけ反る。その勢いを活かして胸を押し、寝台にダグラスさんの上半身を沈めた。あお向けになった巨軀は、背中で縛られた腕が邪魔らしくて腰からやや上のあたりが反ってツラそう。

位置が不便だったから、ダグラスさんの胸あたりに自分の腰を下ろし直す。

真上からダグラスさんを眺めると、不安気な表情がこちらを見返してきた。

いや、目隠しがあるから見てはいないんだけど。

「逃げないでくださいよ」

笑みふくみながらささやくと、喉仏がごくりと動いた。なんとなくそれが目について、両手をダグラスさんの頭の左右に置いて自分の支えにして、よつんばいで喉に歯を当てた。

恐怖からか、ひゅぅと鳴った喉を唇で食んでみたり、なめてみたり。野生動物が喉笛に喰らいついているみたいな見た目に勝手に楽しくなってくる。ゆっくりと舌を這わせて、段差を越えて顎に辿り着く。

このまま進めば唇に辿り着くだろうことに思い当たったダグラスさんが、にわかに慌て出した。

「チカ、それは……」

顎を上に上げて、涙ぐましい抵抗を試みられてしまった。

いったん自分の頭を離して、真下のダグラスさんを眺める。

頬も、耳も真っ赤。

重力にまかせて垂れ下がる私の黒い髪がくすぐったいらしく、居心地が悪そうだ。

なんだかものすごくかわいい。

「なんでも、してくれるんですよね？」

耳元で再度念を押すと、つばを飲み込む音が聞こえる。

「……っ、お前が納得するならなんでもする。だが、ヤケで好きでもないヤツに唇を許すのはダメだ」

「さっき好きでもない人間の身体を弄んだ人の台詞でしょうかそれは」

ていうか、昔この人に無理やりディープなキスをされた気がする。

「……！」

へんじがない、ただのしかばねのようだ。

「というわけで」

言いながら頭をダグラスさんの顔の真上に戻して狙いを定める。

「チカ、待つんだ……！」

頭を下げて、かじりついた。

ダグラスさんの高い鼻に。

「あははっ、ちゅーされると思いました？」

ぼう然とした様子のダグラスさんに、悪戯の大成功を確信して高らかに笑う。

人のことを、とんでもないからかい方するからこうなるんだ！

「これに懲りたら、もうあんなことやめてくださいね」

ダグラスさんのぶっとい身体をまたぐのも疲れてきて、よっこいしょと自分の上半身を起こす。

あー、しばらく下向いてたもんだから血が下がる。

いまだぽかんとしている巨軀から降りようと手をうしろについて――つまりダグラスさんの『中心部』について――しまったときに異変に気がついた。

青年の身体の上についたゆるく開かれた小さな手、その指の先には少女の手に余る存在感。

やわらかな布地の下、杭のような、棒のような、あるいは生き物のような『それ』は、熱く、硬くそそり立っていた。

「え？　あれ？」

「……」

チカが思わず振り返ると、後方にあきらかな怒張が立っている。

布が邪魔だと言わんばかりに主張しているその箇所には心当たりがあるが、薬剤を使用していない状態ではいままで一度だってあんな様相を呈したことはなかった。

「……や」

まずい。何かはわからないが、とてもまずい。

虎の尾を踏んでしまったかのような、やっちまった感が寝台の上を覆う。

このタイミングが、その大きさが、その硬さが、そして無言の殿下の男がチカの不安をあおる。

とにかく逃げを打とうと反射的に腰を浮かしたところに、何かを抑えつけたような低い声が届いた。

「チカ、ともかくベルトを外してくれ」

「え、嫌です」

「……何もしない」

ダグラスは最大限努力して、穏やかな声を絞り出した。

誰のせいでこうなったのかとか、長らく沈黙を保っていた己の分身が息を吹き返した歓びと情けなさなど、いまはすべて後回しだ。

腹の上の小さな生き物が逃げていってしまえば、この状況『詰み』だ。

まだ戸惑いのほうが大きい様子の少女に、続けて語りかける。

「拘束さえほどいてくれれば、チカの望まないことは何もしない。このままじゃ困ることはわかるだろ？」

腹の上の気配がそわそわと逡巡する。その温かさと重みとやわらかさに、いやがうえにも乗っているのがチカだと意識させられ下半身に熱が集まるのを抑えきれない。

だが、いまはダメだろう。空気を読め。自重しろ。俺の身体の一部だろ、頼む。

「……わかりました」

長い長い沈黙のあと、やわらかな身体がゆっくりと腹から降りた。去りゆく温度に名残惜しさを感じつつも、逃げる気配のないチカに安堵する。

「身体を起こすぞ」

「はい」

おびえさせないように予告してから腹筋の力でゆっくりと起き上がり、背後へと気配が動くのを感じながら待つ。厳重に絞められたベルトに手が触れ、少しずつほどかれていく。

「ダグラスさまは、その……被虐(ひぎゃく)趣味の気があったんですね」

「言うな、俺も混乱している」

混乱。

チカは頭の中でその言葉を反芻(はんすう)する。

このなんとも言えない空気を表すのに、これ以上なくぴったりな言葉に思えた。

ダグラスさんも私もいまは混乱しているのだ。

散らかった部屋なんかと手順は一緒だ。

まず不要になったものを捨てて、生活に必要なものを必要な場所に置いて。

そう、不要になったものを捨てて――。

ぴたりと手が止まる。

「口封じに遠くへ売り飛ばしたりとか」

「しない。絶対しないから」

手の動きが再開される。

「だが、言いふらされたくはないな」

「それは大丈夫です。口外しません」

食い気味の返答は力強い。

ダグラスの落ち着いた様子に安心したのか、ほどく力にためらいがなくなってきた。ほどなくして戒めはほどけるだろう。

「その、俺がアレした理由がもうひとつあってな」

いつもの堂々たるふるまいはどこに置いてきたのか、歯切れ悪くダグラスがポツリとこぼす。チカが手を動かしながら首を傾げる気配を背後に感じ、続きの言葉を言うべきか言わざるべきか迷う。言えば多少は軽蔑から逃れられるだろうか？　だが、己の名誉のためと思われてしまえばそれまで。何せ彼女からの信頼はあまりない。

先ほど信用をぶち壊し、いましがた謝罪の意味で乗ったまな板の上で大はしゃぎした。

「別の理由？」

小さな手がスルスルとベルトをほどく。ダグラスが自由の身になるのはもうすぐだ。

「……信用されないだろうから、いい」

「信用しますよ」

こともなげに少女が言った。

ダグラスは基本的にチカに誠実だ。最近はとくに。

先ほどの一連の流れも悪ノリがすぎた結果だとチカは理解している。怒りは驚きで吹っ飛んだ。

本人も知らなかったらしい性癖を暴いてしまった手前、あまり冷たくするのも気が引けた。

「ダグラスさまは、基本的には人格者です」

「基本的には」

「基本的には」

その件に関して、ダグラスはぐうの音も出ない。背中の少女は性質の悪いイタズラのあとでも信用すると表明したのだ。その寛容に感謝すべきだろう。

「俺に触れているのが、『チカ』だと思ったら勃った」

とす、とほどけたベルトがシーツの上に落ちた。礼を言おうとうしろに身体をひねったところで、顔面に温かい感触。小さな両手が、目隠しの上から顔のかたちに沿ってへばりついた。

「チカ?」

「いや、あの」

ふたたび沈黙が寝台を覆う。

ダグラスは静かにチカの動きを待つ。この猫のような生き物は意外と繊細で臆病だ。驚かさないに越したことはない。そしてこれはダグラスの主観的な感想だが、顔に触れる冷えた指先がじわじわと、しかし確実に温度が上昇している。

目隠しをしていてもわかる。上ずった声。そわそわと落ち着きをなくした様子。

これは。

「チカ」

「な、なんですか」

「目隠しを外したいんだが」

「や、だ、だめ！」

見たい。ものすごく見たい。できれば室内の灯(あか)りをすべてつけて間近でじっくり確認したい。

この小さく弱々しい両手を片手でまとめて、空いた手で目隠しを外して闇に慣れた目を開けば、ものすごくいいものを見られる予感がする。

「顔が見たい」

「絶対だめ！」

ぎゅむ、と顔を押された。さっきから思ってはいたが、この娘は意外とすぐ動揺する。いま手をなめてみたら、きっといい悲鳴が響く。

「も、もう私部屋に戻りますので、ドア閉めてから目隠しを外してください」

「どうしてもか」

「ダグラスさま！」

弱り果てた声音が聞こえる。今夜はお互いいろんな面を見ることになったな、とぼんやりと思う。まったく、なんて夜だ。

笑いをこらえきれず低く息をもらすと、顔の上の手がびくりとした。

「わかった、目隠しを取るまで十秒待つ」

「なんでカウントダウン方式！」

「十、九……」

「わぁあ！」

ベッドのスプリングが激しく振動する。飛びのいて、方向転換して、部屋履きを探し、履いて。

ばたばたと動くその必死さを見えぬまま感じ、笑いを禁じ得ない。

「ハハッ、転ぶなよ」

言った瞬間、ベッドから転げるように降りる音。

「見えてないんですよね!?」

「もちろん。五、四……」

ばたばたと気配が移動していく。軽い足音はドアまで無事たどり着いたようだ。

「二、一……チカ」

「なんですか、って……あぁ！」

心の中で◯と唱えて目隠しを外す。ドアを開けた少女がうかつにも振り返り、その瞬間、失態に気づく。その黒い眼は熱を持って潤んで、両耳は言い訳しようもないほど赤く色づいている。

緋（ひ）の実のようで、かじったら甘そうだ。

「おやすみ」

「－っ！　おやすみなさい!!」

ばたん、と荒々しくドアが閉まり、慌ただしく足音が遠ざかっていった。

目下の者の態度としても、淑女としても落第点のふるまいだ。だが、何もかもがささいなことだった。ささいで、そして何よりも愛（いと）おしい。

ダグラスはひとりきりの寝室でおおいに笑った。

四章　武器は装備しないと意味がないよ

［1］それを捨てるなんてとんでもない

王宮騎士団本部、エリート騎士の集まるこの一角。

おもな仕事は王都周辺の魔物の討伐だ。

危険度も高く、判断力と戦闘能力の求められる過酷な職務である。

今日も今日とて職務に励む王宮騎士団第三部隊隊長ダグラス・ウィードの機嫌はこのところすこぶるいい。常日頃から深く刻まれていた眉間の断崖絶壁は心持ちゆるやかな凹凸になり、報告に来た部下たちにやわらかく礼を言うようになった。

犬猿の仲である宮廷魔術師と顔を会わせるたびに、嫌味の応酬を交わしていたのも今は昔の話だ。

休暇を求める部下たちにも寛大な対応を見せ、彼らの私生活充実指数は右肩上がり。

この世の春のような展開に、騎士たちはおののいた。なぜダグラス隊長がこんなに優しいのか、出世の話も戦火が近いといううわさも聞かない。

まさか手綱をゆるめ、身内にひそむ裏切り者や素行不良者を炙り出すつもりなのでは。

「どうなんですか、隊長」

「お前たち、俺をなんだと思っているんだ」

王城騎士団の中でいちばんの激務隊の鬼隊長です、とは賢明なジルドレは口には出さなかった。

出しはしなかったが、じろりとジルドレを睨んだダグラスはそれだけで察したようだった。

「たしかに最近の俺は浮かれているかもしれん。すまないな、気を引き締め直そう」

まずは鍛錬追加、そして鍛錬強化だろうか。大規模な魔物討伐隊を組むのもいい。

上司が脳内で鬼のようなスケジュールを立てているのを見て取り、ジルドレは慌ててその思考を打ちきりにかかる。

「いやいやいや、悪いことじゃないと思いますよ！　浮かれるようなことがあったんですね？」

こういうときは話をそらすに限る。

パン屋のマリーは、最近、彼が顔を出すと顔を赤らめて微笑んでくれるのだ。

あとひと押しだとジルドレは睨んでいる。

『浮かれるようなこと』の話に水を向けると、ダグラス・ウィードは破顔した。眉尻は上がり、目尻は下がり、口の両端は上がった。青灰色の目は底知れぬ光をたたえている。

悪役顔である。怖い。

彼の忠実な部下は正確にその表情の意味を読み取った。浮かれている。かつてなく。

「最近、チカが目を合わせてくれなくてな」

「えっ」

「呼ぶと一瞬停止してから、じりじりと寄ってくるようになったし、何かを手渡してくれるときもできるだけ肌が触れ合わないように気を張っている」

それは、喜ぶべきことなのか。関係性としては、後退していないだろうか。

あの少女は、もしかしていまさら隊長の顔が怖いことに気がついたのだろうか。

よっぽどそう指摘しようかと思ったが、見る者が見ればわかる程度にはしまりのない顔をしたダグラスに向かって、ジルドレは沈黙するほかなかった。

閑話休題。

もしあれ以降関係が進展していれば、この話は別のところに持っていくしかない。

だがこの調子ならまだ大丈夫だろうとジルドレは踏んで、上司に向けて口を開いた。

「ところでチカちゃんってまだ処女ですか？」

規則的な包丁の音、まな板の上ではネギに似た植物が小さく切り刻まれている。

香りがよく、肉に合うこれをチカはいたく気に入っていて、ときどき作りだめをする。

このところ心が乱れることの多い彼女は、少々疲れていた。

あの日の晩の出来事を整理できぬまま、朝起きてはダグラスにからかわれ、夜帰ってきたダグラスにふたたびからかわれる日々。積極的なボディータッチこそないものの、あきらかに『男』を意識させるようふるまうダグラスにチカはたじたじだった。

昼間にひとりでいるとどうしてもそれらを、そしてそれらに付随する気持ちを思い出しては叫び出したい気分に駆られるのだ。そんなときはがむしゃらに働いてごまかしてやりすごす。結果的に残されるのは疲れきった身体だけ。

作業を終え、台所を片づける。

ここ数日熱心に働いた結果、やるべき家事は日に日に少なくなっている。

だが、じっとしててはいけない。この落ち着かない気分をどうやってやっつけようか。

そういえば、地下の物置の掃除はまだしていない。

あそこで身体を動かせば頭を働かせる暇なんてないだろう。

ほこりっぽい地下室、何かのトロフィーや何かの本や何かの手紙、何かの家具が所狭しと乱雑に置いてある。この屋敷は使っている場所と、使っていない場所との落差が激しい。

だが今回ばかりは、それがとても助かる。

チカは腕まくりをして、いざとばかりに倉庫へ突入した。


……おかしい。どうしてこんなことになってしまったのか。

ほこりっぽく暗い倉庫の掃除をしたまではよかった。そこでやけに豪華なソファを発見したのが悪かった。かけてあった布をめくり、上質な座り心地に感嘆したときにはもう遅かった。

ひととおりふかふかしてみたり、もふもふしてみたりしているうちに、悪魔がささやいたのだ。

ちょっとくらいここでお昼寝してみれば？　と。

いや、理解している。

悪いのは悪魔じゃない。

すべすべのふかふかソファに身体を預け、意識を睡魔に放り投げた自分だ。

だからってこの対応はなくないですか、神さま。

意識が浮上したときにはとっくに日は暮れていて、私が身体を預けていたのはあの最高のソファではなく。それはもうガッチガチの鋼の肉体でした。

地下倉庫なんかで寝たわりに身体は冷えていない。いったいいつ私を抱き上げたのだろうか。ダグラスさんは共有スペース（とは言っても、ダグラスさんはあまり家にいないので、使っているところはほとんど見ない）にあるソファに腰かけ、ひざの上の私を片手で支えながら何かの書類を読んでいた。

大胸筋あったかい。

リアクションが思いつかなくてぼんやりとダグラスさんを見上げていると、青灰色の目が私を見下ろして細まった。

「起きたか、チカ」

「起きましたけど、これはいったい」

「疲れていたようだったから、起きるまでそっとしておいた」

ダグラスさんが笑顔で答える。

「……ひざの上でですか」

「嫌がらなかったぞ？」

「そりゃ寝てましたしね!!」

徐々に顔に熱が集まってくるのがわかる。

熱い。顔がめちゃくちゃ熱い。

自分がいまどんな顔をしているのかわからないが、不細工なのはたしかだ。

苦しくなってきて顔をうつむかせようとしたところを、顎を大きな手ですくい上げられる。

「や、あの」

「最近、触れ合いがたりないと思わないか？」

低い声が耳をくすぐる。近い。温かい。ダグラスさんの呼吸までわかりそうだ。

なんだこの距離感。

「ぜんぜん思いません」

身体を起こして離れようとすると、さりげなく腕で阻止された。離してください、お願いします。

腕をつっぱってダグラスさんの魅惑の大胸筋から距離を開けようとすると、上からくつくつと笑い声が降ってきた。

「寂しいな」

「絶対嘘だ!!」

わかっててさんざん人のことをからかっていたろうよ！

敬語が飛んでしまった。気を悪くしていないだろうかと顔を見上げると、満開の笑顔が私を見下ろしていた。何を言うべきか見失っていると、笑顔がすっと消えて真面目な表情に取って変わる。

「ところでチカ、指を受け入れたのはアレが初めてか？」

「は？」

時間が一瞬止まった気がする。

どうしてそんなことを聞かれるのか、それを問う前に思考は過去へとさかのぼってしまった。

記憶がよみがえる。あの忌まわしい日々が。

少女奴隷たちを寄せ集め、檻に入れられて『教育』を受けた。処女は高く売れる。淫乱処女はもっと高く売れる。

だから毎日決まった時間、奴隷商人は商品の仕込みをした。

要はお客が処女膜を破れればいいんだ。

そう言って、『それ』以外のすべてをチカたちに教育した。

男の、あるいは女の悦ばせ方。それから自分の快感の拾い方。

祈るような思いで日々を過ごして、解放されてからはできるだけ思い出さないように努めた。

思い出せば、自分の浅ましい身体を嫌でも認識するから。

背中をなだめるようになでられても、身体の力をうまく抜けない。それどころか小さく震えだす始末だ。

青灰色に顔色を失った己が映し出される。

「すまない、大事なことだ」

大きな身体が、チカを覆い込むように抱き締めた。

高い体温がじわじわとチカに移っていく。耳元でささやかれた声に含まれているのはいたわりだろうか。ダグラスさんが大事なことと言うのなら、本当に大事なことなんだろう。

なら、答えなければいけない。

「……指でされたこと、ありますよ。何回も」

幾度も辱められた。

あらゆる場所を暴かれて、処女以外のすべてを。

何度も、何度も、何度も。

「そうか」

少女を覆う巨軀は、彼女の震えがおさまるまで、ずっとそのまま動かなかった。

平原をぱかぱかと乾いた音が連なって進んでいく。

晴天の中に気持ちのいい風が吹き、絶好のピクニック日和だ。

王都から馬で半日歩いたところに、神居の森という森が在る。

そこは自然保護区みたいなもので、王家の許可がないものが通れないように厳重に管理されている。いわゆる神獣や聖獣というものが、そこで暮らしているそうだ。

そこを出ないかぎり、基本的には彼らの安全は保障されていて、必要となったときに人間が狩りに行くらしい。それを保護と呼んでいいのかは私には判断しかねるが。

ダグラスさんの仕えている王家には六人の王子がいる。そして現在、第三王子が謎の病から伏せっているそうだ。医者もお手上げのその奇病も、ユニコーンの角ならば治せるらしい。

そういうわけで、王宮騎士の方々がユニコーンの角を狩りに行くのだ。

前回の角はどうしたと訊いたら、神殿に寄付したって。

それをもらってくるのは面子が云々って理由で最終手段らしい。政治の機微はよくわからないが、そんな理由で自分の黒歴史を掘り起こされた私は怒り心頭だ。

過去のユニコーン狩りには家柄の確かなご令嬢を連れていっていたが、彼女たちが名誉のために処女を詐称してユニコーンに殺される事件が何度かあって、その方法は全面禁止になったそうな。

そこにこのあいだしっかりユニコーンに認められてしまった私が現れ、安全と確信のある私を連れていくことになったとはダグラスさんの談。

あのあと、理由を聞かされた私はおおいに怒り狂い、ダグラスさんから毎日の食事におやつをつける権利をもぎとることで矛を収めた。なぜか要求を聞いたダグラスさんは悲しい顔をしていたが知らない。おやつは私ひとりで食べてやる。

大きくてたくましい馬の上、ダグラスさんの腕の中からじっと外を眺める。

もちろん私は馬にひとり乗りはできないのでね、ふたり乗りだよね。

ほとんど私の目の前にある手綱を動かしているようには見えないのに、馬はダグラスさんの思っている方向に自在に進んでいるようだ。

私は軽速歩で進む馬の縦揺れに翻弄されまくり、尻が跳ねに跳ねた結果、ダグラスさんのお腹側に背中を密着させて彼の動きに合わせることにより揺れをしのぎ事態の決着をつけた。

怒り心頭の私に反して、ダグラスさんは驚くほどのご機嫌さだ。そうかそんなに私が照れるのが楽しいか。

まわりを囲むように進む部下のみなさんからの、生温かい視線が辛い。

ほどなくして、ブロッコリーの群れのような見た目の森が丘の向こうから現れた。

街道の先には不思議な紋様のついた門と、その側に小さくて古そうな小屋が建っている。

「あれが神居の森なんですか？」

「そうだ。あの小屋の森番に認められなければ入れない」

とは言っても門のサイドにも森は広がっていて、柵なんかがある気配はない。

門から離れたところで突入してみれば、バレずに侵入できそうなんだけども大丈夫だろうか。

だんだんと門が大きくなってくる。実際の大きさは縦に三メートル、横に四メートルくらいらしい。近くまで寄って見れば、不思議な紋様だと思っていたものはいくつもの眼球を模しているようだった。

小屋の古いドアが軋（きし）んだ音を立てて開く。暗い室内から、頭頂部に三角の大きな耳が生えた大男が出てきた。髪の色はまだらの灰色、目は濃い茶色。だというのに獣耳。ニッチ。壮年期の見た目に反し、鍛え上げられたしなやかな肉体が目につく。

目をまるくして見ていると、頭の上から低い声が降ってきた。

「狼だ。森を管理するなら彼らに頼むに限る」

つまり狼の獣人ということなんだろうか。獣人の存在は話には聞いていたけれど、初めて見た。

あとからダグラスさんに教えてもらったけど、彼らは人間よりも古い種族で自然をあつかうのに長（た）けているらしい。人間のルールを基準にしていないため、国政などには関わらないそうだ。この森に入れるかどうかは国じゃなくて彼が決めることになっている。

ウィード家の当主（ダグラスさんのお父さん）と飲み友だちだから、基本的にはダグラスさんはフリーパスらしい。コネじゃないか。

彼はイヌ科らしく、風を嗅ぐように鼻をスンと鳴らしこちらを眺めた。

「ひさしぶりだな、ウィードの坊ちゃん。その小さいのは？」

「ユニコーン捕獲に協力してもらう」

「ユニコーンは処女じゃねえと」

「彼女は処女だ」

頭の上ですごい会話をされている。

居心地が悪くて身を縮めて話が終わるのを待っていると、狼獣人の彼が私を見て、それからダグラスさんを眺めてから、うさんくさそうに片目を細めた。

「そんだけ臭いさせてるのに、手ぇ出せてねえのか」

いや、手を出している途中です。

とはさすがに言えなかった。素知らぬ態度を貫くダグラスさんに、とびきり哀れんだような狼獣人の視線が突き刺さった。辛い。


狼獣人のおじさんに許可を得て、門から森へと入る。

彼が腕につけていた黒くて細いひもを腕に結んでもらい、出発。彼の臭いがなければ、森の中をパトロールしているほかの狼に襲われてしまうんだって。

馬から降りて、緑の匂いのする獣道を歩き続ける。

ユニコーンは処女（わたし）の気配を感じて、向こうから捕捉して接触してくるらしい。

そういえば、このあいだのユニコーンも呼んでもいないのにやって来ていた。

嗅覚か。嗅覚なのか。処女の匂いってなんだ。

今回の遠出に合わせていつものメイド服ではなく、外套（がいとう）の中にチュニック、ズボン、ヒールのないブーツという動きやすさ重視の格好をしているけど、それでも森の探索はたいへんだ。

先導する騎士さんの背中を見ながら、必死で足を運ぶ。

ユニコーンが来たときにすぐさま離れられるように、ほかの危険からすぐに護（まも）れるように、私から十歩ほどの距離を置いてついてきている騎士さんたちは息ひとつ切らさず、音もほとんど立てていない。家にいるときはゆったりとしているダグラスさんも、いまはしなやかな獣のように背後を歩んでいる。

　生い茂った草のせいで道は見えにくく、運動不足の私は正直もう帰りたい気持ちでいっぱいだ。

前を歩いていた騎士さんがふと立ち止まって私たちのほうを振り返る。目線でうながされて彼のもとまで歩いていくと、その向こうに色とりどりの美しい花畑が広がっていた。

ときおり吹く穏やかな風の草花をなでる音が耳に心地いい。

「ここなら、木々で身を隠したうえでチカを見張れる。やれるか？」

いつのまにか間近にいたダグラスさんが、問いかけてくる。さっきから気配が読めなくて怖い。

「座って待ってればいいんですか？」

「ああ。現れたら、ひざに載せて寝かしつけてくれ」

つまり、現れるまで待機。

花畑って、油断して花でも摘もうものなら、茎に芋虫がいたりして嫌いなんだよなぁ。


花畑の中で少女が座り込んでいる。

ただ待つことに飽いたのか、ぼんやりと花を眺めている姿は、中性的な服装もあいまって現実感がない。若さゆえのみずみずしさに彩られた彼女は春の若鹿の化身のようだが、首に目立つ鉄輪がそれを生々しく否定する。

少女は俺に所有されている、彼女の不幸な境遇ゆえに。

そして浅ましい俺の幸運ゆえに。

彼女をいつか自由にすると決めた。

だが、自由になった彼女が己を選んでくれたなら、どれほど幸せだろうか。

少年への執着は、そのまま少女への執着心に移行してしまったようだ。

ずいぶんと身勝手な自分に苦笑いを浮かべながら辺りをうかがっていると、ひづめの音と共にそれは来た。

真っ白な体毛に、泉のように美しく碧い目。

額から生えている一本の角はなめらかだがとても重いことをチカは知っている。

静かな眼がじっとチカを見つめてから、手を伸ばせば触れられる距離まで歩み寄ってくる。

鼻先にそっと差し出された少女の小さな手を嗅ぐと、白い獣は目を蕩かせて彼女のふところに頭を差し入れてきた。木陰に隠れた男たちの見守る中、処女のひざに頭を載せたユニコーンが満足げに息を吐いて眼を閉じた。


ユニコーンから角の回収をつつがなく終え、みなさんから少しだけ緊張感が抜けた。例によってひざから重たい頭を降ろしてもらい、なごやかな雰囲気で帰路に着く。さっきまでいるかいないかわからないほど静かだった一団は、いまや遠足中の少年たちみたいなテンションだ。

「隊長、うまくいきましたね」

ジルドレさんが、ダグラスさんに笑顔で語りかける。

「帰るまでが任務だ。気を抜きすぎるな」

公的なダグラスさんなんか見る機会ほとんどなかったから、なんだか新鮮だ。うむ、とか言ってうなずいてるし。こうして見ると本当に騎士さまで偉い人なんだなぁ、ダグラスさん。

父親の働いている姿を見たとき以来の、感慨みたいなものが湧いてくる。

横目で見ているとさわやかに笑いかけられた。

見守っていたらしい部下さんから「ヒッ」て声が聞こえたけど、気にしたら負けなんだと思う。

森の中は樹々が生い茂り、少し歩けばどこから来たかなんてわからなくなってしまうだろう。はぐれないようにしなければ、そう思って辺りを見回したのがいけなかったのだろうか。

きょろきょろした結果、この晴天の中なぜか地面にあったぬかるみで足を滑らせた。

「チカ！」

よろけた私をダグラスさんがつかむ。

頼りになるたくましい腕が私を抱き込んだ瞬間、足元にあったぬかるみがずるりと形を変え、ダグラスさんの脚に蛇のように絡みつき、私ごと道の横の斜面に転ばせた。

「隊長!!」

人間が行き来するには無理のある脆い土でできた坂道を、しっかりと抱きしめられたままごろごろと落ちていく。ぐるぐる回る視界に耐えきれず、きつく眼を閉じた。

そういえば、おにぎりが坂から転げ落ちる昔話があった気がする。

たしかあのおにぎりは結局ねずみに食べられたけど、私たちの場合はどうだろう。

やがて地面の傾斜が緩くなり回転運動が止まる。

たくましい巨軀が私の下にあるので地面の正確な状態はわからないけど、ダグラスさんがかばってくれたおかげで身体の痛みはほとんどない。

「ダグラスさま」

「チカ、怪我は?」

「ないと思います。ダグラスさまこそ大丈夫ですか」

「……俺もたいしたことはない」

あれ、いま何か苦い顔をした?

じっとダグラスさんを観察すると、目をそらされる。あお向けのダグラスさんに抱きしめられたまま、まわりを確認しようと顔を動かすと片手で頭を押さえられた。

「ダグラスさま?」

「……っ」

何かに耐えるように身体に力を入れて、ダグラスさんが硬直する。

「どこか痛むんですか!?」

痛むのに、私をお腹に載せている場合じゃないだろう！

早急にどかなければ。身体を起こそうと、腕の中でもがく。

「チカ、あまり動くな……ん、ぐっ……」

もがいたところで騎士の腕の中から、もやしっ子奴隷が出られるわけはなかったが、私に意識を向けてしまったであろうダグラスさんが、目をつむったままうなるように声を出した。

悲しいかな、けっこうな場数を彼と踏んだ私はダグラスさんのこの声に聞き覚えがあった。低く、できるかぎり平静を装っているその声音には、かすかに快感をこらえた甘さが混じっていた。

「……ダグラスさま？」

ちょっと冷たい声が出てしまったのは、私の責任ではないと思う。


うろんげな視線がダグラスを貫く。

目を閉じて、できるだけ身体を這う感触をやりすごそうと試みたが、簡単に看破（かんぱ）されてしまったらしい。チカを頭ごと抱き込んで周囲の確認を阻止しているダグラスの下半身に、半透明の軟体か液体のような生き物がまとわりつく。

泥だと思っていたそれは体内に含んでいた土を排出し、いまやその正体をあらわにしていた。

――雨でもないのにぬかるみなんぞおかしいと思った。スライムが擬態していたのか。

内心でダグラスは臍を噛む。

男より少し低い温度のゲル状生物は身体の一部を液体に変え服を貫通し、ふたたびゲル化して太股の内側を這い回る。人間の舌にも似たその感触が、獲物から体液を摂取しようと行動を開始した。

「ダグラスさま？　あの、下に何かいるんですか」

胸元で少女がもごもごと問いかけるが、媚薬効果のある粘液を丹念に塗り広げられているダグラスはそれどころではない。力を抜けばあられもない声がもれる予感がして、その不安はそのままチカを抱く腕力に反映された。

見られたくない、察されたくない。

下半身にまとわりつく液状生物は、容赦なくダグラスの体液を摂取しようとあおり立てる。

抱きしめたチカから花の香りがする。数時間も花畑にいたためだろう。

自然の香りとチカ自身の甘い匂いが混ざり、ダグラスの鼻腔をくすぐった。

動きやすくやわらかい素材の服は、彼女のやわらかな曲線をダイレクトに伝えてくる。腕の中の少女の存在をいやがうえにも認識し、ダグラスはますます快感をこらえにくくなってしまった。

「ダグラスさま、あの、本当になんなんですか」

不安ともいらだちともつかない声が届く。それはそうだろう、何せ自分を抱き込んでいる男がなんの釈明もなく快感に翻弄されているのだ。

「……下に、スライムがいる」

――すらいむ。

チカは聞きなれないファンタジーな単語に目を瞬かせる。日本では架空の物として語られていたそれは、この世界に普通に存在するらしい。

「スライムってあの、ぶよぶよした半液体状の？」

「そうだ」

心なしかダグラスさんの身体が熱い。

「それがダグラスさまについているんですか？」

「そうだ」

吐息を殺そうとして、胸が不自然に上下する。

「……ちなみに、そいつの餌は」

「生き物の、体液だな……ん……」

鼻にかかった声。

——やばい、これはだいぶキてる。

「これ、そのうち私も巻き込まれませんか」

「……」

「は、離せーー!!」

チカの絶叫が、深い森の中に木霊した。


「ふっ、ん……」

事態が明るみに出て気が抜けたのか、ダグラスさんから甘い声の排出量が増える。

いま彼の下半身はどうなっているのだろうか。知りたいけど知りたくない。

ぬち、とか、くち、とかそんな感じの、形容しがたい水音がダグラスさんの下半身から聞こえる。

それだけで充分情報過多だ。しかし、ここで待っていても事態は悪化するだけだ。

スライム姦は、しかもダグラスさんと一緒にはご勘弁願いたい。

「これ、放っといたら血とかまで吸われませんか」

「これが腹一杯になれば、ん、離れるっ……」

あえぎ声を我慢しながらも説明してくれるダグラスさんの腕には、私を離そうという意思がいっさい感じられない。密着した腹筋が何かをこらえようと硬くなっている。快感に揺らめくダグラスさんの乗り心地はすこぶる悪い。

「ちなみにその満腹ってどのくらいの量なんです」

固定された頭でダグラスさんの顎あたりを睨みつけながら質問する。

「この大きさなら、たいしたことは、ふ、くぁ……！」

くぁ、じゃないが。

ひときわ高い男性のあえぎ声が聞こえたかと思うと、身体を固定する腕の締まりが強まり下敷きになっていた身体がびくんと跳ねた。

「ダグラスさま、まさか」

決まりの悪そうな顔をしたダグラスさんと目が合う。

目元は朱に染まり、先ほどまで苦しげに詰まっていた呼吸も、いくらかゆるやかになっている。

不本意ながらダグラスさんの身体をよく知っている己が、恨めしい。

「……イきましたね？」

「……黙秘する」

すっと目をそらされてしまった。

というか、なぜ私はスライムに辱められている男に抱き締められているのか。

なんだこの状況。

私だけでも助かりたい。

「ダグラスさま、あの、離してください」

もぞ、と動きながら訴えるが腕がゆるむ気配はない。

何が悲しくて主（あるじ）のスライムプレイを、ゼロ距離で感じなければいけないのか。

どうにかして離れたい。自分なりに必死の抵抗をしようと、泳がせた足に半液状の何かが触れる。

「――――！」

悲鳴をあげて暴れる直前、頭を胸板に押しつけられて声を封殺された。

「……スライムには視覚はない。ん……っく、動きと体温と呼吸とを感知して獲物を、ふぁ、認識するんだ」

あいだにあえぎ声を挟みながら解説される。かすかに揺れる腰や己のふくらはぎを通りすぎていった水気のある感触に、おおいに集中力を削（そ）がれたが、つまり――。

「暴れると――もうひとり（わたし）も気づかれるんですか？」

まともな声を出せないのだろう、目を硬く閉じて必死で呼吸を整えながらもダグラスさんがこくこくとうなずいた。

――なんてことだ、私が保身しか考えていないあいだに、ダグラスさんは辱めを受けながらも私のことをかばってくれていたのか。騎士の鑑みたいなおひとだ。

「あの、ダグラスさま」

薄く開いたまぶたから、青灰色の目がのぞく。

「たいへん言いづらいのですが、あの、さっき、私、絶叫しましたよね？」

「……っ」

青灰色は雄弁だった。

雄弁に『しまった！』と語っていた。


「や、やだやだやだ!!」

腕の中で血色を失った少女が、がむしゃらにもがく。

どんなに暴れられたところで、たいした負担にはならないがこれはまずい。いまは男の下半身を夢中で弄んでいる生物だが、チカに興味を持てば彼女はひどい目に遭うだろう。

解放して走って逃げてしまえば最悪だ。どんなに弱々しい見た目でも、スライムはモンスター。なんの訓練も受けていない少女が対抗できるものでは、決してない。簡単に足を取られ、身体に絡みつかれて終わる。

「……っく、落ち着け、刺激するな」

下半身を這いずる感触から意識をそらしながら、どうにか言葉を絞り出す。

スライムが一度に取り込める水分には限界がある。このサイズであれば限界量もたいしたことはないはずだ——と、なだめながら説明すると、チカは震えながらも静かになった。

聞きながらもふせられた顔は、たれた前髪にさえぎられ表情がわからない。

「お腹いっぱいになれば終わるんですね？」

おびえと混乱と決意を混ぜ込んだ震え声が、ダグラスの耳に届く。

安心させようと、しっかりとうなずいて見せると、ふと少女の顔が上がる。

「じゃあ、早くお腹いっぱいにしてください」

妖しく光った黒い目に、ごくりと喉（のど）が鳴った。

少女の手が、男の胸のあたりをなでる。

恐慌状態ゆえか常よりもやや性急に、服の上から胸の性感帯を探り当て圧（お）し潰（つぶ）した。モンスターの出した媚薬が効果を発揮しているいま、ダグラスの身体はそれだけで簡単に反応を見せる。

「ふ、ぁ……」

上半身から伝う快感に、下腹部は従順に揺らめく。

ダグラス自身にまとわりついてくる捕食者が、その揺らぎを見逃すはずもなかった。

陰茎（いんけい）を飲み込んでいた半透明の感触が、吐精をうながすように蠢（うごめ）く。

「く……」

望まない快感にあらがおうと腹に力を入れると、不意に耳を小さな口に喰（は）まれた。

「我慢しないでください」

耳元で少女がささやいて、ぬるりと温かく濡れた舌が差し込まれる。すべての音を差し置いて耳

に直接響く水音に、脳を直接犯されているような錯覚に陥り、ダグラスはあっけなく達した。

スライムが与えられた糧（かて）に喜ぶかのようにぶるぶると震える。

いつのまにかゆるんだ腕からチカが身体を浮かせ、背後のスライムを確認して眉をひそめた。

「まだみたいですね」

どうしたものか、と逡巡（しゅんじゅん）するチカを尻目にスライムは次の糧を得ようとふたたび行動を開始する。

先ほど液体の出てきた箇所、その穴に細く半液状の身体を進入させていく。

「あ、あぁああっ」

「えっなに？」

思わず腰を浮かし嬌声（きょうせい）とも悲鳴ともつかない声を上げると、上で事態を見守っていたチカがのんきに疑問を口にする。

「あっ、やめ、ぐ……う……」

彼女の目には服の上からダグラスの中心にまとわりつくスライムが見えても、何をしているかまではわからない。

「どうしました？」

自分が対象ではないと認識して余裕が出てきたのか、きょとんとした表情でダグラスを見る少女はいっそ場違いだった。

「……肉を溶かされてるとかじゃないですよね？」

「は……ぁ、ちが、あぁっ」

首を傾げて恐ろしいことを尋ねてくる少女に否定を返そうと口を開けば、あえぎ声が隠せない。

快感なのか苦痛なのか自分でもわからないまま、腰を揺らめかせ逃れようとする。

無意識にチカを抱き寄せると、甘い匂いにますます酔う。

「ダグラスさま？　何されてるんですか？」

胸元にチカを感じる。温かくて、やわらかくて、小さくて。

「ん、く、尿道に、はぁ、侵入されてっ……！」

「あぁ、潮吹き」

スライムの目的に見当をつけて、納得したようにチカがつぶやく。

ちょっと待て、どこでそんな単語を覚えてきたという疑問はすんでのところで抑え込む。その代わりに、腕にぎゅっと力を入れて少女を抱き締めた。

限界を超えた快楽にこらえられず、腰が水から出た魚のようにびくびくと跳ねる。

「頑張ってください、ダグラスさま！」

スライムに加勢して、少女の小さな手が胸のいただきをなぶる。彼女が自分を触っているというだけで、身体は快感に震える。だが、三度目の吐精には少々遠い刺激だ。

尿道を無遠慮に探索するモンスターに未知の感覚を与えられながらも、これ以上の高みにいくには決定的な何かがたりない。鈴口を重点的に弄っていたスライムがじれたのか、余っていた体積から細い触手を一本作り出す。

それはダグラスの内股を探索したあと、このあたりには効果的なポイントがないと判断したのか、スルスルと下半身から腹部のあたりを滑っていき、獲物の上にいるもう一匹の脚をとらえた。

「えっ」

水ほど冷たくはなく、血ほど温かくもないそれが少女の脚を探るようになでる。

「チカ、暴れるな、ん……」

暴れれば暴れるほど、モンスターは獲物に絡みつく。

そう伝えると、チカが顔を歪ませながらもこらえるために身を硬くした。

その太ももをずるりと軟体が滑る。

「ひぁっ」

「っ」

おびえきったチカを探りながらも、スライムはダグラスを攻める触手をゆるめない。

じゅるじゅると音を立てながら、先ほど餌を出したダグラスの陰茎をあおり立てる。

あとどれくらい耐えればいいのかわからないが、ダグラスがスライムを満足させればヤツは離れるだろう。だというのに、二度吐精した身体は思いどおりにはならない。

「あ、やだ……」

潤んだ瞳の少女がぴくりと跳ねる。スライムが彼女を見つけてしまった。

「チカ、落ち着け。大丈夫だから」

何が大丈夫なのかはダグラスにもわからないが、震える背をなでて懸命になだめる。

向こうを刺激してはダメだ。適当に『食事』をさせれば、満足して去っていくはず。

スライムの触手が巻きつくように細くやわらかな太股を伝い、その根もとを目指す。媚薬の含まれた粘液が通った場所が火照るように熱い。先ほどまで可能なかぎり逃げようとしていた小さな身体は、いまや下敷きの男にすがるように密着している。

「や、んぅ……」

声を出せば気づかれると言われたことを気にしてか、健気に声を抑える様はむしろ淫靡で、目を閉じることも声をかけることも忘れて、ただただ震える少女に魅入る。

——こんな顔もするのか。

眉尻を下げ、きつく目を閉じたまま唇をかむ姿を見てダグラスの腹の奥に熱が灯る。同時に彼女にそんな顔をさせているのが己ではなく、他者だということに凶暴なほどのいらだちが渦巻いた。

白い手がダグラスの胸元の布を、ぎゅっとつかんですがる。

新しい獲物に興奮したスライムが、確かめるように少女の股を何度も行き来し、それにおびえた少女が息を詰めた。

花の香りのする少女を抱き締めると、それに応えるようにやわらかな身体がすがりついた。

逃げる獲物を追いながら、モンスターは男の陰茎から離れはしない。もう一度食料を搾り取ることをあきらめていないのだ。

「ふ、ぁ……やだ、ん……あっ……」

「チカ……ぐ……」

弱々しく頭を振っていた少女の声に、明確な快楽が混じりだす。媚薬が効いてきたのか、あるいは秘所に与えられる直接的な刺激のせいか。下腹部のモンスターが歓喜にうねった。

彼女の服の中で、いったい何が起こっているかは考えなくてもわかる。

そして次に行われるであろうことも。

それに思い当たったのは、チカも同じだったらしい。

先ほどまでつむっていた目を開いて、ダグラスに潤んだ視線を向ける。

頬は赤く染まり、息は乱れ、こちらを上目遣いで見る目からは涙がこぼれ落ちそうだ。

「やぁ……ダグラスさん、助けて……んっ」

ダグラスを黒い眼に映したまま少女が快感に跳ねる。

涙目で男に助けを求める少女の姿に、ダグラスの欲望が爆(は)ぜた。

少女の秘所にもぐり込もうと蠢いていた触手がシュルシュルとダグラスの下腹部に陣取っていた本体に戻っていく。

浅くしか呼吸ができなくなったチカがおそるおそるスライムをうかがうと、半透明のモンスターは心なしか白濁とした状態で満足げにゼラチン質の体を揺らしていた。

「終わった……？」

「……そのようだな」

絶頂の余韻(よいん)から気だるさを感じながらも、少女の背をなでる。

力が入りきっていた肉体が徐々に弛緩(しかん)して、指先が白くなるほどに男の服を握り締めていた手もしだいにゆるんでいく。ダグラスに頼りきっていた熱が離れていくことに若干の名残惜しさを感じつつも、少女が蹂躙(じゅうりん)されつくす展開は回避できたことにほっと息を吐(つ)いた。

気が抜けたのか、少女が長く息を吐きながらダグラスの胸に顔をうずめる。

「はー……怖かった……」

よほど動揺したのか、かつてない素直さで感想を述べる少女をダグラスが目をまるくして眺める。

飽和量までふたりの体液を含んだスライムが、ずるずると重たい体を引きずって離れていった。

いますぐ追えば核を潰して殺せるだろうが、胸の上の少女をひとりにするのも気が引ける。

討伐は中身を消化しきったころにほかの隊員にさせよう。

今回の任務とは関係ないしな。うん。

そう自分の中で理由をつけて、腕の中の温もりを堪能する。

ついでに黒絹の髪の感触を楽しもうと少女の頭に滑らせた指が、かするように小さな耳に触れた。

「ふぁっ」

チカの腰がぴくりと跳ねる。思わず、といった感じでもれた声はあきらかに甘い。

「チカ?」

親指と人差し指で、花弁のように赤く染まった耳朶(じだ)を挟んでさする。

「ダグラスさま、やめ……んっ」

媚薬の効果は、水分を排出することで抜ける。先ほどまでさんざん搾り取られたダグラスに関しては、その影響はほぼ失われたと言っていいだろう。

しかし、腕の中の少女は――。

これが据え膳(すえぜん)というやつか、とダグラスは内心でつぶやいた。

◇

◇
◇

どうしてこうなった。

あぐらをかいたダグラスさんのひざの上、背中から抱き込まれてあられもない声が森の中に響く。

「あっ、んぅ、あぁっ……！」

少女の服の中を大きな手がまさぐる。

温かいそれが貧相な胸を楽しむようにやわやわと揉みしだき、その刺激に無意識に腰が動く。

逃げるように泳いだその腰を押さえつけるように、前から彼女のズボンに差し入れられたもう一方の手が花芯を刺激した。

「――っ、ん、むぅ……！」

これ以上自分の嬌声を聞きたくなくて、口に手の甲を押しつける。

「大丈夫だ、チカ。誰もいない」

耳元で熱っぽくささやかれて、体温が上がる。

誰もいないって、思いっきりダグラスさんが背後にいるじゃないか。そう言いたかったけど、全部あえぎ声に変わって彼に届くことはなかった。

快感に背を反らすと、背後の屈強な肉体が沿うように密着してくる。逃がしてほしいような、身体の中で燃える熱を散らしてほしいような、ぐちゃぐちゃの気分でただあえぐ。

いますぐ媚薬の効果をなくすには水分を出すしかない、みんなのもとに戻る前に治しておきたいだろ？　という隙だらけの理論に言いくるめられたのは、それもたぶん媚薬の効果だったんだろう。

くそうスライムめ。なんてヤツだ。

長い指が、さっきまでスライムが這い回っていた股座（またぐら）を執拗（しつよう）に弄（もてあそ）ぶ。

花芯をこねられるたびに跳ねる体を、ダグラスさんの巨軀が背中から覆い込むように抱き締める。

脚を閉じようにも、すでに割り入った手に抵抗する術は存在しない。

「チカ」

大切な物に語りかけるみたいにささやかれて、耳を唇で挟まれる。背筋がぞくぞくして感覚が鋭敏になったところで陰核を強く押し潰された。

「――あっ、ふあぁっ」

頭の中が一瞬真っ白になって、びくびくと腰が痙攣する。

さっきまで力が入りきっていた全身から力がどっと抜けて、復帰できずにぐったりとダグラスさんに身体を預けていると、頭の上からつばを飲む音が聞こえた。

「……は、ダグラスさま？」

見上げると、青灰色のふたつの目がぎらぎらとした光を宿していた。

どうしてそんな目でこっちを見るんだろうか。

少し宙に浮いた思考で考え込んで、思い当たったときにはもう遅かった。

尻のあたりに熱量を感じる。

大きくて、硬くて、棒状の。

――モンスターの捕食行為ですっからかんになったはずのそれが、ふたたび息を吹き返していた。

「チカ」

青灰色の双眸が細まる。まるで大型の肉食獣が、獲物をなぶるときみたいに。

「へ、あの？」

私を閉じ込めた腕が、いっそうきつくなる。

「どこまでなら、俺を許してくれる？」

布の下で屹立したものが、自分の股のあいだから顔を出した。

モグラ叩きみたいだと場違いに思ったが、思考は絶え間なく与えられる快楽に霧散していく。前回泣いたせいか指こそ挿れられないものの、ずいぶんな蹂躙っぷりじゃないだろうか。

どう答えたものか迷ってじっと青灰色の目を見たまま煮えた頭で考え込むと、整った顔がしょうがないな、みたいな感じに苦笑いして見せた。

「……挿れはしないから、頼む」

我慢をしているからだろうか、ダグラスさんの声は少し苦しげにかすれている。

耳元でしゃべられるともう何もかもどうでもよくなるくらいぞくぞくして、もう終わりにしてほしくて、気づくとこくこくとうなずいていた。


――やってしまった。

腕の中、華奢な身体がぐったりと力を抜いている。

あまりにも素直に善がるものだから、ついかわいがりすぎた。

少女の膣内に入りたい欲望を抑えて――抑えるかわりにそれ以外の快楽を思う様与えて、とうとう気絶させてしまったらしい。

あちこちをはだけさせた服から、上気した肌が見える。めくれ上がった上着からはヘソのあたりがあらわに見え、ぎりぎりで見えない胸部に想像力がかき立てられる。

彼女の白い脚を包んでいたズボンなどはもはや用をなしておらず、ふくらはぎに絡まっているだけの布と化した。片方のひもを外して手を入れやすくした生成(きな)りの下着はしとどに濡れて、これでは身につけ直させたところで不快なだけだろう。

先ほどまで指でかすめるだけで愛らしく鳴いていた少女は、耳を触っても沈黙したままだ。

これはちょっとどころでなく、やりすぎた。

「チカ」

軽く揺すってみても反応はない。沈黙した彼女とは裏腹に、先ほどからずっと己の分身は少女の体温に反応して痛いほどに怒張している。腕の中には、すっかり気を失った少女。

白い脚はやわらかく、その付け根のあいだは滴(したた)った蜜でなまめかしく光っている。

木もれ日を受けてきらきらと反射するそこは誘うようで。

――挿れる以外の許可は取ってある。

誰にでもなく言い訳を思い浮かべながら、己のズボンをくつろげた。

さっきまでは同じようなところをウロつき、困ったように高く鳴いていた狼たちがにわかに動き出した。
「やっと見つけたか」
「こっちなんだな?」

騎士団の面々が狼の尾を追いかけながら口々に意見を述べる。

隊長と少女が木々のあいだにかき消えて二時間ほど、森の中であれば森番の『部下』たちが簡単に見つけるであろうと楽観視していた。

だが予想に反して貸し出された狼たちは空気の匂いを嗅いでは耳をぺたりと伏せ、きゅーんと鳴くだけだったのだ。まさか隊長に限ってこの森にいる生物に遅れをとるわけはないだろうが、いっこうに合流できない状況に騎士たちは不安をつのらせていた。

落ちた先でモンスターに出会ったか、それとも森に飲まれて方向感覚を失ったのだろうか。

「隊長、ご無事だといいが」

「隊長はご無事だろうよ、心配なのはチカちゃんだ」

一緒に落ちた少女は、非戦闘員だ。

万が一彼女に何かあれば、人々を護ることを生業（なりわい）としている騎士たちのプライドはズタズタだ。

隊長の眉間のシワを緩和する彼女は、得がたい存在でもある。

最近めっきりなくなったサービス残業のことを鑑（かんが）みても、少女はダグラスだけではなくその部下たちにとっても大きな価値を持っていた。

——どうか無事でいてくれ。

男たちは祈るような気持ちで、森の中を駆けた。

はたして、森の女神は男たちの願いを聞き届けた。

前を進んでいた狼がピタリと止まり、ひと声吠える。

その数瞬後には、少女を片手に抱き上げたダグラス・ウィードが彼らの目の前に現れた。

「隊長！」

「心配かけた、このとおり無事だ」

「何よりです。あの、チカちゃんは……」

ダグラスの腕の中で目を開けない少女が気にかかり、ジルドレがそう問いかけると、上司の表情が固まる。付き合いの長いジルドレでなければ見逃すような一瞬だ。

「……俺たちの足を引っかけたのは、スライムだった」

「スライム……」

一同がざわめく。

スライムといえば、獲物の体液をすするモンスターだ。上半身につけば唾液や胃液を欲して口から侵入し、被害者を窒息死させる。そして、下半身につけばあらゆる手段でもって獲物から『あらゆる体液』を奪おうとするのだ。

スライムの核は小さく、熟練した剣士でなければ正確に斬ることは難しい。

ダグラスならそれも可能だろうが、もしそれが他者にまとわりついていた状態なら？

たとえば、目に入れても痛くないほどにかわいがっている少女の肌についていたら？

意識を失った少女の姿が、雄弁に結果を語っていた。

ダグラスは少女に剣を向けることができず、彼女はスライムに蹂躙され、気絶してしまったのだ。

ダグラスのマントに包まれた少女は、力なく四肢を投げ出している。

命が助かっただけまだいいという見方もあるだろう。

だが、愛玩奴隷になってもなお純潔を守っていた少女にはあまりにも酷な展開だ。

さらには、それを目の当たりにした上司の心痛はいかばかりだろうか。

狼たちも人間の事情がわかるのか、気遣わしげに少女とダグラスを見つめて耳を下げている。

「ここにはもう用はない。戻るぞ」

吐き捨てるように指示を出す隊長に、部下たちは神妙な面持ちでうなずいた。

今日ここであった出来事は他言無用だ。

王子のために身を危険にさらして働いた清らかな乙女を、卑しめる行為はしてはならない。

敬愛する上司のためにも、少女自身のためにも。

森の出入り口で迎えた森番が、何か言いたげにダグラスを見る。

狼の嗅覚は鋭い。

人間の百倍から一億倍とも言われるその能力は、当然狼獣人にも備わっている。

森番も例にもれず極めて優れた嗅覚の持ち主だった。

視覚に重きを置いている人間にはわからないことでも、狼たちには手に取るようにわかる。

たとえば、意識を失ったまま抱かれている少女からはスライムより、むしろ彼女の所有者の精の匂いのほうがよっぽど濃いことなど、いとも簡単にわかるのだ。

「坊ちゃんあんた……いや、なんでもない」

ジルドレたちは詮索無用と森番に言い含めその場をあとにした。

うららかな午後、さわやかに吹く風が顔をなでた感触で意識が浮上した。

ゆるゆると視線を巡らせば、自分はどうやらダグラスさんのマントで包まれて、いつかのようにお姫さま抱っこをされているらしい。高い、怖い。

覚醒早々にあきれ返ったような森番さんの声が聞こえて、もう一度気絶したくなった。

残念ながら気絶できなかったのでちらりと声の方向に目を向けると、哀れむような森番さんの視線とかち合ってますます後悔する。気絶したフリで押し通せばよかった。

いったいその鋭敏な嗅覚で、何を感知したんですか。

気まずい。すごい気まずい。

なんでダグラスさんがシレッとしてるのか、本当に理解できない。

ふたたび口を開こうとした森番さんはジルドレさんに遠くへ引きずっていかれ、そこで何やら言われたあとに深い深いため息を吐いていた。

「ダグラスさま、降ろしてください」

この際だからと、不機嫌を隠しもせずに抗議の声を上げると頭上からさわやかな声が降ってくる。

「遠慮するな」

「してません」

よくよく考えるとスライムの媚薬の件、ちょっとおかしかったよね？　その辺の木陰で排泄とかでもよかったよね？　なんで気絶するまでいじくり倒したの？

最後のほうなんかは、もうほとんど記憶がない。

何度も名前を呼ばれたことだけはぼんやりと覚えている。

じろりとダグラスさんを睨み上げると、上機嫌に微笑まれた。ダメだこいつ反省していない。

お腹はなんかべとべとしてるし、お尻はなぜかスースーする。おそらくノーパンだがそうすると私のパンツの行方はいったい……いや考えるのはよそう。

ダグラスさんと一緒の馬に乗せられて、帰路に着く。

私を包んでいたマントはふたたびダグラスさんを包む仕事に復帰し、そのついでに彼の腕の中にいるわたしを覆っている。ダグラスさんの前、鞍に横向きに乗せられた私の全身をすっぽりと隠せるその布から顔だけを出して風を感じる。

なんだかとても疲れた。おもにうしろの男のせいで。

疲労のおかげで無駄な力が抜けたのか、行きよりは馬の揺れに体をゆだねるのが上手になっているらしい。

二人羽織風に包まれたマントの中は温かくて平和だ。倦怠感からくる眠気にうつらうつらしていると、背後から私を抱えていた片手が服の上から腹や胸をさわさわとなではじめた。

「……ダグラスさま？」

なんのつもりだケダモノ。

「思ったんだが、チカはもう少し食べたほうがいいな」

親戚のおじさんみたいなことを言いながら胸を広い手のひらで揉まれ、そこから甘いうずきが身体全体に伝播しはじめた。おさまったはずの熱がぶり返すような心地がし、あせって抵抗する。

「つ、ダグラスさま！」

「暴れると落ちるぞ」

離した体が警告どおりバランスを崩しかけ、慌ててダグラスさんにすがりつく。頭上からくつくつと笑う声が聞こえて、まさぐる手は調子に乗って布越しにたいしてない胸の頂点を責めはじめた。

なんのつもりかと見上げると、青灰色の目はかすかに笑みのかたちを作っていた。

そうかそうか、ダグラスさんはご機嫌か。

スライム姦ですっきりして、人のことをさんざんおもちゃにしてテンション上がってるのか。

そして馬上で暇なあいだ、適当に私を弄って遊ぶ気なのか。

マントの中、ダグラスさんの服をつかんでいた手を片方外して、おもむろに彼の股間に手を伸ばす。うむ、半勃ち。

「な」

適当に指を絡めて雑にぐにぐにしていると、あっという間に臨戦態勢だ。あれだけ搾り取られておいてまだ勃つという事実にうっすらと不安を覚えるが、いまは置いておいて。

「部下さんたちの前でヒイヒイ言わされたいんですか」

意識して笑顔を作り、ダグラスさんを睨みつけるとゆるんだ口元が小さく引きつった。

「――すまなかった」

そのまま笑顔で謝罪されるのを聞きながら、屹立の頂点を人差し指でぐりっとしてみた。笑顔のままで。いや、だってまだ余裕ありそうだったから。

「つ、ふ、チカ……！」

今度こそあせったらしいダグラスさんが、小声でささやいてくる。

「最近、いただいた服が古くなってきていまして」

「わかった、手配しよう」

亀頭のあたりを親指でスリスリしながら、話を続ける。

「それから、欲しい本もあって」

「つ、いいだろう」

布の上からでもそこそこ効果はあるらしい。乱れそうになる呼吸を押し殺して腹筋に力が入る。

ちなみに、このあいだ、ふたりとも笑顔。なぜかあとに引けなくなってしまった。

「あと、このあいだ食べたケーキ、すごくおいしかったです」

「また買ってくる」

「それから――」

平原を抜けてみんなの馬間距離が狭まるまで、私の恐喝（おねだり）は続いた。

ちなみに気絶しているうちに行方不明になったパンツはダグラスさんのズボンのポケットから出てきた。まさか私のパンツを所持したまま王城までユニコーンの角を納めに行ったのでしょうか。

怖い。

［2］流行りの服は嫌いじゃない

あのさんざんなユニコーン狩りから、一週間後。

私の目の前に鎮座する箱、箱、そして箱。

色とりどりの箱には上質な素材を使ったであろう、ツヤツヤのリボンが結ばれている。

さまざまな素材感のそれらは、ひとつの店舗ではなく複数の店が関わっているのを感じさせた。

ちゃんと数えていないのでわからないが、十数個あるそれらが次々と玄関から運び込まれたときには何事かわからなくてぼう然としてしまった。

乙女チックな雰囲気の箱たちが所狭しと洋室に並ぶ光景は、ちょっとした洋画みたいだ。

中身は開けていないが、もしかして先日恐喝（おねだり）した服とかだろうか。

正直、心当たりはそれくらいしかない。

しかし、こんなかわいらしい箱でくる服とは……！

フリフリか、フリフリが入っているのか。

行く場所が図書館か商店街しかないような私に、そんなものきても対処しきれない。

新しい服が欲しいとは言ったけど、こういうのは望んでなかっ――万が一ダグラスさんの私物だったらどうしよう。

まさかのファンシーへの目覚め。いや、趣味は自由であるべきなんだけど。

本当はフリルとパステルカラーが好きだったとしたら……。

ど、どうしよう。ドレスの着つけとかできるようになったほうがいいんだろうか。

そもそも、普通の着つけ方を覚えても、はたしてダグラスさんで可能なのか。あの筋肉を包むなら特殊なテクニックが必要だろう。コルセットとかどれだけ締めても意味なさそうだ。

むしろコルセットが負ける。筋肉のかたちに歪む。

鉄で作ったやつとかならなんとか、いやそれだと鎧だ。

コール夫人に聞いて教えてもらえるかな、いや、でもたぶんこれ秘密の趣味だろうし――。

「なんだ、もう届いたのか」

色とりどりの立方体にうろたえていると、背後からなじんだ声が聞こえた。

少女が熱心にカラフルな箱たちを眺めている。中身が気になってしかたないのだろう、視線をさまよわせてそわそわとする様はいつもよりさらにあどけなく、愛らしい。

彼女が好きそうなものを探したかいがあった。

そんなに気になるなら開けてみればいいのに、主人の帰りを待つ律儀さに笑みがこぼれる。自分が用意したものに釘づけになっている様も楽しいが、そろそろ彼女の表情が見たい。

扉が開く音にも気づかずにいる少女に声をかけると、落ち着きをなくしたチカが裾を揺らしてこちらにくるりと振り返った。

「ダグラスさま！　これは……」

緊張感をあらわにして、チカが語りかけてくる。

いつも言ってくれる「おかえりなさいませ」もすっ飛ばすほどの興奮ぶりに胸が温まった。

そういえば、あえてプレゼントを用意したのは初めてだ。

「開けてみなさい」

笑って言えば、唇をきゅっと引き結んで箱を見る。喜色というよりも、むしろ戸惑いに染まった瞳だ。遠慮よりは喜んでもらえたほうが嬉しいのだが。

内心で固唾を飲んで見守る中、小さな手がゆっくりとひとつの箱に近寄り飾りひもをほどき、息を飲む音が聞こえた。

まずひとつめの箱の中から現れたのは、淡い水色のワンピースだ。チカが手に取って見ると、手触りのいい生地がさらりと揺れる。地味すぎず派手すぎず、洗練されているが街で浮かない程度のデザイン。しっかりとした縫製は質の高さを示している。

シンプルながら上品なデザインのそれを、チカはひと目で好きになった。

「気に入ったか？」

うしろから両肩に手を置かれ、ささやかれた問いに少女は息を止めてこくこくとうなずいた。チカが想像していたよりもずっと実用的なそれは、むしろダグラスが彼女の生活を考えて用意したことがうかがえる。

「ほかのも開けてみろ」

そううながされて、チカは次々に箱を開けていった。

中に入っていた物の多くは実用的で洗練されたデザインの洋服で、チカは表情を取り繕うのも忘れて夢中で検分した。

嬉しい。すごく嬉しい。

長い奴隷生活でひさしく忘れていた、服への関心がよみがえる。

おしゃれがどうとかなんて考えたのは何年ぶりだろうか。

目を輝かせた少女を、ダグラスは穏やかな気持ちで眺めていた。

恐喝のかたちを取っていたとは言え、チカが初めて欲しいものを口にしたのだ。なんとしてでも叶えてやりたかった。

ふたりの関係は、徐々にダグラスが望む方向へと変わっていっている。上気した少女の頬を見つめて確かな手応えを感じていたところで、その少女が服から視線を外してこちらを見た。

「あの、ダグラスさま、ありがとうございます。でもいいんですか……こんなにたくさん……」

喜んだと思えば、すぐに不安そうな表情をする。

この娘はとことん自分の幸せというものに懐疑的だ。

「俺がやりたくてやったんだ、素直に喜んでくれ」

「……ありがとうございます！」

苦笑しながら思ったままを言うと、一拍考えてチカがとびきりの笑顔を見せる。

そうだ、それでいい。彼女の歓心を得る、それこそが今回の至上命題なのだから。

「どれがいちばんだ？」

彼女の好みのことは覚えておきたい。

そう思って尋ねると、チカはじっと服の一群を見つめてから一枚の服を持って見せた。

「私、この色が好きです」

落ち着いた水色のワンピースを大切そうに持って笑う少女の、愛おしさに目がくらむ。

彼女の首の鉄が外される日は、もはやそう遠くはないはずだ。

そのとき、少女が自らの意思で選ぶ場所が自分であればいいのに。

淡かった思いは、いまやダグラスの内側をじわじわと炙るように熱いものへと姿を変えていた。

◇　◇　◇

晩御飯前、自室でダグラスさんがくれた服をあらためて検分する。

ワンピース、ペチコート、ブラウス、スカート、柄タイツ、ズボンに髪飾りと、じつにさまざまな物がプレゼントされていた。ちょっと尋常じゃない量だとは思うけど、ダグラスさんが喜べと言ったのだから喜ぶのが礼儀だろう。わーい！

箱から取り出してはたたんで、ハンガーにつって、大事に仕分ける。たくさんあるのにぜんぜん使っていなかったハンガーたちが、こんなところで役に立つとは思わなかった。

触り心地のいい布たちは、触れるだけで心が躍る。

新品の服の匂いは異世界でもたいへん素敵だ。

これで大きい箱は全部だろう。

あとはこれとこの小さい箱……、リボンをほどいて蓋を持ち上げ、時間が停止した。

視界に飛び込んできたのは、白かったり、ピンクだったり、水色の、フリフリで、極めて少女趣味の、卑猥な……たぶん、下着。なんだかすごく透けているキャミソールや主要な箇所をさっぱり守っていないフリフリパンツ。その他もろもろ。複数あるところにネタではない執念を感じる。

見直したと思った瞬間これだよ‼

もうひとつの箱もおそるおそる開けてみると、そっちはマトモな下着でした。サイズがぴったりすぎるけど。

　この世界のマトモな下着とは、ブラジャーと紐パンのことを指す。

　お貴族さまはその上にドロワーズを穿くらしい。下半身が冷えなくていいね。

　いつ測ったのか、それとも測らずともわかるのが騎士なのか。――騎士すごい。

　ということは、当然そっちのエロ下着もサイズはぴったりなんだろう。確かめてないが確かめる気も起きない。

　どんな顔で買いつけてきたんだ。真面目エリートという称号をいますぐ返上してきてほしい。

　げんなりしているうちに、夕食の時間がきた。自室から出て台所で仕込んでおいた料理を食卓へと運び込むと、それはもうご機嫌なダグラスさんが座って待っていた。

「服は確認したか？」

　煮込みハンバーグにナイフを入れながら、ダグラスさんが話しかけてくる。

　この世界にお箸はない。いや、この文化圏に、かもしれないが。ともかく煮込みハンバーグって、ナイフはいるんだろうか。

「ええ、ありがとうございます」

「全部確認したんだな？」

「……はい」

　わざわざ強調してきたからには、何か意図があるんだろう。わかりたくないけど。

　青灰色の目がこちらをとらえて笑う。笑ってはいるが細まった目に宿る光には熱がこもっている。

「俺は、チカの礼儀正しく、律儀なところを、すごく評価している」

にっこりと上がる口の端が、言外に『誠意を示せ』と主張する。

「……買いかぶりすぎですよ」

「そうか」

目を見ずに、つけ合わせのニンジンのグラッセを口に入れた。

私もダグラスさんもそこまで好きじゃないこれを、ハンバーグの横にどうしてもつけておきたくなるのは日本での刷り込みなのかもしれない。

ダグラスさんの期待に満ちた視線をばっしばし感じる。

たくさんの服をもらったことは嬉しいが、これは一応お詫びの品のはずだ。

お詫びのお返しに『お礼』とはこれいかに。

奴隷にすぎた待遇だとは思うものの、これにただ従うのはくやしい気がする。

この人、最近の開き直りっぷりはなんなんだ。自分が勃つと知ったとたん、この迫りよう。

いままでは自分が押し気味だった自覚があるから、最近の状況が腹立たしい。

ちらりと視線を上げダグラスさんを見て、すぐに後悔する。

強面(こわもて)をゆるめてこちらを見る大柄なマッチョのうしろに、ぶんぶんと左右に揺れる犬の尻尾(しっぽ)が見えた気がした。最初のころは、もうちょっと大人っぽかったような……。

いつから、どうしてこんな感じに。

じっと見ていると、はにかみながら目をそらされた。

ちょっとかわいいな、などとは思っていない。決して。

「もちろん、チカがやりたいようにしてくれればいい。好きなときに好きな物を着て、望むように行動してくれればそれでいいんだ」

欲を孕んだ光に代わって、慈しむような色を宿した目がこちらを見る。

この目はずるい。この世界に来て、そんなまなざしをくれるのはダグラスさんだけで、そして私はそんなダグラスさんのことを憎からず思っているわけで。

頭の中で天秤が揺れる。

義理と好意か、プライドと意地か。

悩む私を見て青灰色の目が輝く。その勝利を確信したような顔に、天秤はがちゃんと倒れて用をなさなくなった。

「——私の好きにしていいんですね？」

「もちろんだ」

微笑みと共に言質を差し出した変態紳士を見ながら、ハンバーグの最後のひと欠片を飲み込む。

この人は案外こりないタイプなのだろうか。それともワザとなのか。

無意識、というのがいちばん正解に近い気がする。

にこりと笑顔を作ると、ダグラスさんも嬉しそうに笑った。

少女の笑顔を思い起こしながらベッドに寝そべる。
さて、彼女は来てくれるだろうか。可能性の薄い試みではあるが、妙に義理堅い少女のことだ。

もしかすると、もしかするかもしれない。

そうでなくても、チカの気持ちが自分のことで波立つのはたいへん好ましいことだ。

特殊な下着たちの前で渋面をつくる少女を思い浮かべてくつくつと笑う。寝室でひとり笑っている姿は悪だくみをする悪役のようだったが、それを指摘する者は幸いながらここには存在しない。

どうせ扉の前まで彼女が来れば、気配で目がさめる。

そう思って目を閉じたころに、廊下から遠慮がちな足音が聞こえてきた。

――来た。

ダグラスの心臓が跳ねる。自分で仕掛けたことだが、まさか本当に。

扉が三度ノックされる。

それに応答して入室の許可をすると、少女の声が扉の向こうから聞こえた。

「……目、つむってもらっていいですか？」

「わかった」

素直に従って目を閉じたまま待つと、扉が開いて軽い足音が寝台に近づいてくる。

「そのままいてくださいね」

暗闇の中で響く声が心地よく、こころよくうなずいた。

ベッドのスプリングがたわみ、小さな気配が上がってくる。

目を開ければ、否、目を閉じたままでも手を伸ばせば簡単にとらえられる。少女は無力で、己には研ぎ澄まされた感覚と頑健な身体があるのだから。

だがダグラスは静かに待った。

少女の身柄は己の物ではあるが、いずれ解放したときに心が離れるのはいけない。

彼女がいると思うだけで甘い気すらする空気を味わっていると、まぶたになめらかな布の感触がもたらされる。

「チカ？」

「……私の好きなようにしていいんですよね？」

どうやら目隠しをされたらしい。

そっと目を開けてみるが、視界に広がるのはやはり暗闇のみだ。

「もちろんだ。だが、これは……？」

「目隠しをとったり、自分で動いたりしたら、泣きます」

「!?」

脳裏に寝室で泣かせた少女が浮かぶ。

同時にそのとき感じた良心が軋む感触も。それは充分、ダグラスへのおどしとなった。

「ダグラスさまは、私が嫌がることはもうしないんですよね？」

「あ、あぁ」

「じゃあ、それを信じさせてください」

固まったダグラスを見て、チカは満足気にうなずく。

基本的にシラフのときの紳士なダグラスは、自分に強く出られると一蹴できないことは経験則で知っていた。自分がダグラスを縛れることなど本当は何ひとつないのだが、彼は自分で自分に課した縛りを破れない。

義理堅く、律儀なのは彼のほうだろうとは口に出さず思うだけにしておいた。

あまり挑発してもいけない。

力では勝てない、ならばどうにかして上手に心を縛らなければ。薄氷の上を歩いているのはいつだって自分のほうなのだから。

ベッドサイドの魔術灯（まじゅつとう）をつけると、寝衣姿の男がほのかな光の中に浮かび上がった。鍛え上げられた身体は戸惑いながらも従順に、あお向けのまま両手を身体の横に沿わせて動かさずにいる。怜悧（れいり）な青灰色の目は、赤の幅広いリボンで隠された。

「いただいた服の箱についていたリボンなんですよこれ」

くすくすと笑いながら状況を教えると、ダグラスから伝わる困惑の空気が強くなった。

「これではチカが見えない」

抗議を無視して作業を進める。

寝衣のズボンと下着を取り去ると、外気が冷たかったのか男の性器がぴくりと反応した。

「チカ？」

「どうしました？」

隠すもののなくなった男の下半身、筋肉で覆われた脚のひざを立てさせて、いわゆるM字開脚になるように手で誘導すると、たいした抵抗もなく卑猥な格好の男ができあがる。

立ったひざに、またリボンを巻きつけていく。両脚それぞれを太股とふくらはぎが合わさるように固定すると、男の股はすべてがあらわになった。

「このリボンがちぎれたりしたら、全部中断して終わりです」

ごくりとダグラスがつばを飲む。少女が仕掛けた『遊び』の全貌をおぼろげに理解したからだ。

完全な拘束をあえて行わないことで、彼を試すつもりなのだ。

これからのことに思わず期待で身体が熱を持ち、ダグラスの陰茎が何も触れていないのにもかかわらずゆるく勃ち上がりはじめた。

「ダグラスさまがくださった服のお礼に、すごく気持ちよくして差し上げます」

だから、おとなしくしてくださいね。

笑いを含んだ声が、脳髄に甘く染み込んでいく。

劇薬のようなそれは、ダグラスのなけなしの抵抗感をいとも簡単に溶かす。

視覚を封じられた暗闇の中、食卓で見た少女の笑顔がはっきりと思い浮かんだ。

薄暗がりの中、闘うために鍛えあげた肉体を女性へのプレゼント用のかわいらしいリボンで固定された姿は、滑稽に違いない。きっと嗤っているのだろう少女の繊細な指が陰茎をつ、となぞる。

甘やかな感触にあらがう術はダグラスに存在しなかった。


「服については本当に嬉しかったです。……プレゼントなんて初めてでしたから」

この世界で、贈り物をもらったことなどなかった。

綺麗にラッピングされた箱、新品の服、日本ではあたりまえだったそれら。

「だからダグラスさまにも、初めてをあげようと思います」

「〝初めて〟……？」

それは、もしかして操(みさお)のことか——と問いかけようとダグラスが口を開こうとしたとき、まだ握り込んでもいないのに勃ち上がっている凶悪にすぎる陰茎にやわらかい何かが巻きついた。色とりどりの包装の中でチカがいちばん気に入った、シルクの青いリボンを丁寧に根もとに巻きつけ蝶結びにしたのだ。

「……チカ？」

呼びかけは無視され、かわいらしく飾られた陰茎に少女の手が添えられる。

「ドライオーガズム、やったことありませんでしたよね？」

ドライオーガズム——とはなんなのか。

ダグラスにはさっぱり見当もつかない。少なくとも先ほど期待したものではなさそうだ。

少女の吐息が敏感な箇所にかかり思考が熱ににじんだ瞬間、ダグラスの陰茎が温かく滑りのある場所に迎え入れられた。ダグラスのモノをすべて収めることはできなかったが、いちばん感覚が鋭敏なところを少女の口が、そこに含みきれなかった部分は少女の手が刺激する。

そういえば口淫はひさびさだなぁと、チカはぼんやりと考えながら舌を駆使してダグラスの雄を追い詰めていく。

「う、あ……っ、チカ……！」

苦しげに名を呼ぶ声に、かすかな優越感がチカの胸に沸き起こった。

ダグラスさんがこんなふうに名前を呼ぶのは、きっと私だけだ。ほかの人は誰ひとり知らないんだろう。

仕上げとばかりに鈴口を吸い上げれば、ひゅっと息を吸ってたくましい喉がさらされる。

あえて自由にした手はその真下にあるシーツを強く握りしめていて、その律儀さに苦笑した。

私に欲情できるというのなら、そのまま好きにしてしまえばいいのに。

衝動にまかせて犯したところで、私が逃げられるはずもない。

それなのに奴隷にいいようにされる様は、たまらなく健気だった。

「チカ、これでは……」

「ええ、射精──できないですね。よかった」

試しにと前を触ってみたが、うまく結べていたようだ。ダグラスの陰茎は欲を放てないままで、内股の筋肉がぴくぴくと痙攣している。

またも困惑しているダグラスに、チカが今度こそちゃんと説明する。

「射精さずにイくことを、ドライオーガズムって言うんです」

口を離すついでに、裏筋に一度だけ舌を這わせてから概要を説明する。

そんな刺激でも射精を許されなかった男は必要以上にあおられて腰が泳いだ。

かーわいい、とは思ったが口に出さない。

かわりに世間話とばかりに会話をつなぐ。

「媚薬のときはちゃんと出てたからトコロテンですね」

この世界にトコロテンはあるのか、と思ったらダグラスさんも不思議そうな顔をしていた。やっぱりないのか。

あらかじめ用意しておいた軟膏の缶を開けて、中指でそれをすくい取る。そして軟膏をたっぷりつけた指で、ダグラスさんの後孔をゆるゆるとなでた。

冷たかったのか、そこが生き物のようにきゅうと硬くすぼまる。

「ひ、あぁっ……！」

腰をほんの少しだけ浮かしたのは、逃げたい気持ちの表れだろう。律儀なダグラスさんはそれ以上の抵抗はせず、シーツを血管が浮き出るほど握ることでその衝動をいなしたようだった。

「痛いようにはしませんから」

そんな問題ではないことは重々承知だが、わざと話をずらしながら本来なら出口であるそこを指でほぐす。しかし、緊張からかいっさいの侵入をそこは許さない。

「う……く……」

「ダグラスさま、力抜いてください」

「は、無理……だ……！」

苦しげにあえぐダグラスさんは眼福ものだが、これではいつまでたっても目的に辿り着けない。予定より早いがしかたない、爆弾を投下しよう。

「ダグラスさん、私いまどんな服装だと思いますか？」

唐突と言ってもいいタイミングで、チカから質問される。

後孔をほぐそうと蠢く細い指先に意識を取られながらも、その質問の意味を考えて思い至った。

「ふく、そ……？　っ、まさか……！」

まさか例の下着か、そうなのか。

上体を起こしそうになる身体をとどめて、チカのくすくすと笑う声を聞く。

「今回はお礼ですから」

こんな卑猥な状況でなければ、いたずらっ子のような笑い声は微笑ましく思えたろう。

いま自分には目隠しが施され、動く許可もない。こんなささいな縛めをほどいて、チカを確認するのはたやすいことだ。だが最初に与えられた『信じさせろ』という要求がそれを阻む。

「チカ、見たい」

「だめー」

恐ろしく軽い調子で拒否された、そう思った瞬間ダグラスの後孔につぷりと細い指が侵入した。

「ああぁっ……！」

「あいかわらず狭いですねー」

チカの姿の話題で気がそれて、力が抜けていたらしい。

一度侵入されてしまえば、あとは彼女が望むがままだ。一応の手加減なのか、ごくごく浅い箇所を少女の指がぐにぐにと動く。チカが自分に触れている、それだけでダグラスの心は快感を拾おうとする。そもそも性感に使う場所ではないそこは快感よりも違和感のほうがずっと強い。

「ダグラスさんが最後まで意識を保ってれば、見られるかもしれませんね」

中を探るように動く指から意識を外そうとでもいうのか、わかりやすく餌を出される。

だが、少女が自分のことを失神するまで追い詰めたことがあるのを、ダグラスは忘れてはいない。

「せめて色だけでも……！」

「えい」

「……っあぁ、ふ、うく……！」

食い下がろうとした瞬間、指が深くまで沈んできた。

思わず逃げようと腰を浮かすが、姿勢が変わったことによってある一点を指がかすめる。

「ん、ぐ……！」

みっともない声を抑えようと歯を食いしばるが、その程度の隠蔽(いんぺい)をチカが見破れないはずはない。

「あ、ここですね」

「ふ、あああっ……!!」

腰が勝手にびくびくと痙攣した。

苦しいぐらいに気持ちがいいのに、自身の陰茎はきつく縛られて吐精を許されない。

要領を得たらしいチカは、ダグラスの善いところを容赦なくえぐる。気づかぬうちに二本に増えた指からもたらされる快感で気が狂いそうだ。これ以上は気持ちがよすぎて死んでしまう、そんな考えが浮かんで、次の瞬間にはチカに殺されるという甘美な夢想に酔う。

何も見えない暗闇の中、チカだけを感じる。

自分の痴態にほんの少しだけ熱くなった少女の呼気、ささいな変化も決して見逃さないほどに、自分に集中している少女。彼女の動きが、呼吸が、視覚を失ったダグラスの感覚を支配する。

いまこの瞬間、ダグラスの世界にはチカしかいない。

すがるようにシーツを握り締めていた手の甲に、温かくやわらかな感触が触れた。

「チカ……？」

「はい、ここにいますよ」

反射的に手をゆるめると、己の指に細い指が絡まり優しく握られる。

手のひらから伝わる体温は、この夜には不釣り合いなほど優しい。

ほぐされ、執拗に快感を教え込まれた後孔から指を引き抜かれる。自分を辱めていたそれが去っていくことに寂しさを感じる自分にがくぜんとする。

ダグラスの内部を犯した指が、限界まで腫れ上がった陰茎に触れた。

「ダグラスさま」

少女の声が、優しくダグラスをうながす。

その意味を正確に読み取り、身も世もなくダグラスは懇願した。ためらいも羞恥もプライドも、彼女の前ではもはやなんの意味も持たない。

「……っチカ、頼む……イかせてくれ……！」

「かしこまりました」

蝶結びの端を引き、縛めがするりとほどけた。

開放感に息を吐いたタイミングで小さな手が的確にダグラスの陰茎をしごく。少女の片手に自分の手をつないだまま、ダグラスの視界は真っ白になった。

少女の目論見(もくろみ)どおり、ダグラスは過ぎた快感によって意識を失ったのだ。

だから彼は知ることはできなかった。

果てた男に思慕(しぼ)の念をにじませた視線を送る少女も、頬に唇を寄せられた理由も。

そして。

少女の服装は普通の寝間着だったという事実も。

五章　我輩は犬である

［1］海は広いし大きいが

雨季が終わり、秋の月が来た。今年も王家の尊い方々が神に実りを感謝し、捧げた祈祷はつつがなく天に受け入られた。めでたく実りの季節が始まったのだ。

王家の祈りと善良な民によって、我が国は今日もおおむね平和だ。

己の書斎に隠すように置いた、一通の手紙。

鍵のかかった引き出しに厳重にしまっておいた〝それ〟を取り出し眺める。

宛先は『チカ』。

封蠟印には王家の紋章である、羽の生えた獅子。

中身は読まずともわかる。王家から彼女への用事などひとつしかない。彼女が自分に手紙が来るはずがないと決め込んで、確かめずに寄越した紙の束にこれが紛れていたことを幸運というべきか不運というべきか、ダグラスには判断がつかなかった。

いまや、見違えるように洗練された所作を見せるチカ。

教養に関しても、コール夫人が太鼓判を押した。

彼女であれば出自が奴隷であるとはいっても、メイドや、商会ギルドの事務職員などとして生きていくことは充分に可能だろう。

もしかすると、故郷へ帰ろうと旅に出るかもしれない。

ときどきダグラスの知識にないことを口にするのは、故郷への愛着ゆえだろうか。

この手紙はすぐさまチカに見せるべきだった。

だが一度隠してしまった〝それ〟を少女に渡そうと思うたびに、背中を見せて去る彼女の姿が脳裏にちらつき、手紙を手渡そうと思っても〝それ〟を持つための手はぴくりとも動かない。

ダグラスは開封もしていないその手紙を見て、深いため息を吐いた。

新しい服とはどうしてこんなにも心躍るのか。

朝方にダグラスさんを仕事に送り出してから、吟味に吟味を重ね今日の一着を決める。

家事はどうしたってメイド服のほうがいいからそっちのほうを着ているけど、買い物のときくらい私服でも罰は当たるまい。べつに何を着ろと指定された覚えもないし。

本日の一着は肌寒くなってきたのでカーディガンを羽織って、ウエスト部分が締まったワンピースにいつものブーツ。髪は今日はハーフアップだ。

姿見の前でくるりと回ってみると、ヒラヒラする裾が楽しい。

うん、普通の街中を行くお嬢さんみたいだ。首の鉄輪(てつりん)さえなければね。

これに関してはしかたがない。お金も家族もない私にとっては、屋根や安全と引き換えになる大事な首輪なのだから。奴隷にしては破格の扱いを受けているわけだし、ポジティブにいこう。

用意した買い物メモを持って家を出る。

まずはもらったお小遣いで本屋、そのあと食材の買い出しだ。

「おや、チカさんは新しい服をもらったのかい」

本屋のおじいさんがさっそく私の服に気がついて話題にする。いつもはメイド服だから差が歴然といえばそうなんだけど、やっぱり他人に指摘されるとじわじわと嬉しさがこみ上げてくる。

そうです新しい服なんです。かわいいでしょう。

上がったテンションを隠しきれずににやにやしてると、微笑ましいものを見るようなおじいさんの視線がくすぐったい。

何十冊買ってもありあまるような金額のお小遣いは一部を欲しかった本に、こまごまとした必需品を買ったあとは貯金だ。ときどきもらうお金は基本的に貯めているが、それを主人に悟らせないほうがいいと奴隷仲間が言っていたのをぼんやり思い起こす。

二冊買って本屋をあとにして、商店街を巡る。

今日はご機嫌なのでちょっとよけいに歩こうとあちこちふらふらしていると、曲がり角から茶色い壁が飛び出してきた。突然の障害物を避けきれもせず、ぶつかって尻餅(しりもち)をついてしまう。

あぁ、おろしたての服に砂が！　もらいものなんだぞ、なんてことするんだ!!

「悪い！　怪我は？」

怒りにまかせて見上げた先には、壁みたいに大きな男の人が立っていた。

編み込んだ茶色い髪に濃い茶の目、日に焼けた茶色い肌。

街人の服に包まれてもわかる筋肉。年のころは二十代前半くらいだろうか。

がっしりとした手が目の前に伸びてきたのでその手を取ると、ひょいとそのまま引っぱられて簡単に身体がもとの体勢に戻る。

いくら私が痩せ型とはいえ、これはそうとうな腕力なんじゃないだろうか。

「いえ、大丈夫です。お気遣いありがとうございます」

尻についた砂をぽんぽんとはたきながら応えると、男の人がニカッと笑った。

「そうか！　悪かったな！」

大きな手が頭の上に載せられて、わっしわっしとなでられてしまった。

まがりなりにも女の子だというのに、なんだこの扱いは。頭がぐらんぐらんする。

ひとしきり人の頭を回して満足したのか、動きを止め手を引いた男性がじっと私を注視する。

「あの……？」

「嬢ちゃん、奴隷なのか」

「そうです」

「ふーん、嬢ちゃんがねぇ」

つまさきから頭のてっぺんまでを、じろじろと見ながら男性が何事かを考えている。

確かに奴隷にしては自由な自覚はあるが、そんなにじっくり観察するほどかな？

いまさらながら、もしかしてこの人不審者なのだろうか。

「まぁいいや、気をつけて」

男性はふたたびニカッと笑って去っていった。

なんだったんだろう、いまのは。

ぶつかったときに本を落としたらしいことに気づいたのは、家に帰ってからのことだった。

王城騎士団本部、ダグラス・ウィードの執務室で、机を挟んで男がふたり座っている。

そして部屋の扉には護衛官がふたり。

お互いの腹心である騎士団のジルドレ、海軍のラッド。

机の前に座っている片方はもちろん執務室の主、ダグラス・ウィードだ。

相対するもうひとりは褐色の肌にこげ茶の髪と目を持つ筋肉質な男。

街で奴隷と相対したときとは違い、海軍の制服を身にまとっている。胸元にあるたくさんの勲章は、彼の階級と功績を示すものだ。

見る者が見れば、ふたりの目元がそっくりなことに気づくかもしれない。

男の名前はディーク・ウィード。海軍の特務中尉で、家名のとおりダグラスの弟だ。若くして海軍兵としての頭角を現した彼は、ときたまこうしてダグラスと世間話をしにくる。反目し合う騎士団と海軍の人間がこうしてテーブルを囲めるのは、ひとえに彼らが兄弟であるためだ。

いつもはその場で世間話と称した情報共有を行う。すべてはこの国の平和のために。

だが、今回は少々趣が違う。

ふたりのあいだにある、よく磨き上げられ深いツヤを出しているコルシ木材の机の上、この場には少々似つかわしくない本が鎮座していた。


『サバイバル!! 素手でも森を生き延びる方法 ～餓え死に回避編～』


「ダグラス兄」

「……なんだ」

「今日、王都でウィードの紋章をつけた奴隷を見た」

「……俺の奴隷だな」

いまはまだ、と、うしろにつくが。

ダグラスは心の中で弁解する。チカの自由を奪っているのは、いまだけのことだ。

彼女が自由を勝ち得るまでの期限つきの関係、それももういくばくもない。

「オレ、たしかダグラス兄がその奴隷をめちゃくちゃかわいがってるって聞いたけど」

「俺もそのつもりだった」

「その奴隷が、なんで森で生き抜こうとしてんの」

しかも素手で。

「……俺にもさっぱりわからん」

ダグラスが本を手にとって、パラパラとめくる。

内容は食べられる野草と、獣の残した獲物の食べ方、獣の足跡の見分け方、寒さのしのぎ方、森の素材で行える釣り、熊の縄張りの判断方法、食べられる虫百選、いますぐできる感染症予防。

タイトルに反して実用的なそれに、少女の確かな本気を感じる。

しかし、なぜ素手なのか。何を想定しているんだ。

ナイフはサバイバルの基本だぞ。刃物を扱う訓練も入れるべきか。いや、火打ち石の扱いも教えたほうがいいな。火が扱えれば生存率はぐっと上がる。

「言いたかないけどさぁ、その奴隷……脱走しようとしてんじゃないの？」

「まさか……ありえん」

思わず低くうなるような声で反駁する。こげ茶の目は静かにこちらを見ていた。

「わかってるんだろ？　奴隷が懐いてるように見えるのなんか、そうするしか選択肢がないからだ」

違う、彼女は俺のことを好いてくれている。少なくとも、信頼関係はあるはずだ。

最初はそうだった。彼女は俺を慕うフリをして、身の安全を図っていた。

だが、その誤解はもう解けた。そしていまの俺たちには確かな絆がある。

なぜなら、なぜなら――。

チカは自ら離れてなどいかない。

「じゃあこの本は？」

弟の忌憚なき意見が、じくじくと嫌な痛みを訴える胸をさらにえぐっていく。深い茶色の目はダグラスが現実から目をそらすことを許さない。

「ユニコーンの乙女なんだよな、その奴隷は」

「そうだ」

「だったら、なんでまだ奴隷でいる」

「……っ、おまえには関係ない」

絞り出した声はみじめに歪(ゆが)んでいた。騎士として、貴族としてあまりに無様なふるまいだった。

向かいの男は、ただ静かにダグラスを見ている。

「今日はもう帰れ」

「兄貴」

「帰れ！」

忌(い)ま忌(い)ましげに叫んだ兄に、弟が肩をすくめる。

「手放したくないなら、それなりの方法があっただろ」

奴隷なのだ。主人の思うままにする方法はいくらでもあった。だが、もう遅い。

「ダグラス兄がそれでいいってんならいいけどさ、ちゃんと考えといたほうがいいよ」

茶髪の青年はそう言ってから席を立ち、副官のラッドを伴って執務室をあとにした。

彼らを外まで送りながらジルドレは思う。

ダグラスは、確かに変わった。部下に無理を強(し)いることはなくなり、仕事も適度な量を覚えた。

だが、かわいがっている奴隷に対しては？

手放すと口では言い、しかし彼女の首にはいまだ鈍い光を反射する鉄の輪がはまっている。

手元に置いておきたいのなら、ジルドレの提案に乗るべきではなかった。

自由にしたいのであれば、いまは充分にその条件を満たしている。その矛盾が、いったい彼女に何を引き起こすことになるのかを考えて、ジルドレは少しだけ憂鬱（ゆううつ）になった。

◇　◇　◇

たとえば夜、料理をしているとき。

ふと振り向くと真うしろで無表情のまま突っ立ってたり、私が玄関に近寄るとさり気なく進路妨害したり、それでなくてもふとした瞬間に無言でこちらを見ている。

前からそこそこ早く帰宅していたけど、最近はとくに早い。

さらに言えば私が何かの用事であとから家に入ると、扉の真ん前で待っている。

息を切らして我が家の扉を開けてもいるのは私だけですよ。

……小さいころ、うちにいた犬もこんな感じだったなぁ。

「行ってらっしゃいませ」

「……ああ」

浮かない顔でダグラスさんが職場へ向かう。何か言いたげにはするけども、うながしても何も言わないので言いたくなるまでそっとしておくことにしました。

めんどくさいなんて思ってないよ、決して。

ダグラスさんを送り出してから家事をして、買い出しに行こうと扉を開けようとしたそのとき足元に名刺サイズの紙が落ちていることに気がついた。

ツルツルの床に張りついて取りにくいそれは、目が細かくて真っ白な上質紙。

爪を立てて床から剝がし手に取ってみると、黒いインクでひと言だけ『ユニコーンの乙女』と書いてある。

なんだろうこれ、雌のユニコーンってことだろうか。

ダグラスさんが落としたのかと一瞬だけ思ったけれど、ときどき見る彼の筆跡とは少し違う。

ダグラスさんは見た目に反してまるっこくてかわいい字を書くのだ。いや、こっちではそれが男らしくて綺麗な字らしいんだけど。

なんだろう、この謎のメモ。

たぶんダグラスさんが落としたんだろうけど、ユニコーン（雌）と書かれる用事って何。

今度は雌のユニコーンを探してこいってことだろうか。

というか、いままで見てきたユニコーンは雄だったのか。そもそも聖獣に性別あるのか。

とりあえず持っていてもどうしようもないし、ダグラスさんへ渡す手紙の束へまとめておく。

紙だからいいでしょう、たぶん。

さて、あらためて買い出しだ。今日は魚の気分なので魚屋に向かおう。

この世界の冷蔵庫は家一軒くらいの値段がするらしく、肉屋や魚屋さんくらいしか持っていない。

あ、牛乳屋さんも持ってた気がする。

魔法があるわりに、へんなところが不便だ。

その状況にも慣れてしまった自分に、不思議な気持ちになる。

車も飛行機もない、でも馬車と騎乗できる鳥がいる。

冷蔵庫もコンロもないけど、氷の魔法と火が出る魔石が存在する。

来たばかりのころは悪い夢だと思っていた。いつか目覚めるから、これは夢だからと自分をごまかして、その日殴られないですむことだけを考えた。しばらくして、どうも目覚めは来ないらしいとわかってからは、できるかぎり生き延びようと思った。

殴られるのも辱められるのもすごく嫌だったけど、死ぬよりはマシだった。

夢の中でも痛みは確かで、こんな場所で死んでたまるかの一心でがむしゃらに努力した。

ダグラスさんの奴隷になってからは痛みも尊厳を踏みにじられることもなく、ふわふわと平和に生きている。好意を持った男性は、少なからず私に好意を抱いていて、際限なく甘やかそうとしてくる。宝物を見るようなその視線も声も、私の奥底の何かをじわじわと温めていった。

いまの私にはこれが悪夢なのか、それとも幸せな夢なのか判断がつかない。

この夢がこれからも続いていくというのなら、彼が側に置いていてくれるあいだにさまざまなことを学んで、愛玩奴隷ではなく家事奴隷程度のキャリアアップは果たしたい。

いつか帰れたらという思いはずっと胸の奥でくすぶってるが、いい加減六年、もうすぐ七年になるけれど、帰れそうな兆しはいっこうにないのだ。

もう、向こうの世界にいた年数の半分を超えつつある。

もしもいま帰れたとして、私は本当に日本になじめるだろうか。

家族は私のことを覚えてくれているだろうか、それとももう忘れちゃったかな。

心配していつまでも探してくれているならそれは申し訳ない。死体すら見つからない状況は辛いだろう。でも、もし家族が私のことをきれいさっぱり忘れていたとしたら？

ぼんやりと歩いていると、大通りにある噴水までたどり着いた。

ここを通りすぎて角を曲がると、感じのいい魚屋さんがある。

昼下がりのうららかな午後に、子ども連れの母親たち。誰も彼もが幸せそうに笑っている。

子どもは母親の目が届く場所でほかの子どもたちと遊んで、それを見ながら母親たちが井戸端会議にいそしんでいた。側にあるのは噴水だけども。

あたりまえの幸福な光景に胸が締めつけられるような気がする。ここにいる人たちはみんな、家があって家族があって、明日も愛しい人と一緒にいられることを疑いもしていない。

そしてきっと、そのとおりなのだ。みんな、あたりまえに家族がいる。

まぶしいものを見て思わず動きを止めていると、肩にぽんと軽い衝撃を受けた。

「や、このあいだの子だよな」

振り向くと全体的に茶色い感じの青年が、笑顔で立っていた。

「……どちらさまでしょうか？」

以前ぶつかった人だとは思うものの、そんな人に話しかけられる用事が思いつかない。ていうか誰だ。何者だ。警戒心をあらわにした態度に青年が苦笑する。

イケメン度数の高いその顔は、女性に警戒されることなんてなかなかないのかもしれない。

「いや、本を落としていっただろ？　覚えてない？」

さわやかに笑いながら、先日落とした本をひょいと差し出される。分厚くて武器にもなりそうなこれは、確かに私の落としたサバイバル教本だ。

「……ありがとうございます」

もう帰ってこないものと思っていたからありがたい。ありがたいが、なんでこの人、私の本を持ち歩いてたの？　まるで今日ここに来るのがわかってたみたいに。

「なぁ嬢ちゃん、なんで森で生き抜こうとしてるんだ？」

茶色い目が笑みを形作りながらも、油断なく私を見つめている。どうも私に具体的な用事があるようだ。だが、私のほうは彼に用事がない。だいたい奴隷の女への用事ってなんだ。

絶対ろくな用事じゃない。

「知らない人と口を利いてはいけないと主人から言いつけられております。本、ありがとうございました」

昼間に外をブラブラしているような、怪しい男には関わらないに限る。

ダグラスさんを見習え。あの人、どんなに嫌そうでもちゃんと仕事に行くんだぞ。社畜つよい。

本を受け取ってそそくさと離れよう、魚屋は明日でもいい。

「……あの」

「なんだ？」

「手を離していただけないと、本を受け取れないのですが」

相手は片手、こっちは両手で本を引っぱっているというのにびくともしねぇ。

かかとで踏んばって全力を出してみるものの、あえなく敗北した。石畳でよかった。土なら、かかとは埋まっていただろう。

面白いものを見るような目の男性が、たいへん気にくわない。お代を取りますよ。

「質問に答えてくれりゃ渡すさ。なんでこんな本を買った？　いまの暮らしが嫌か？　奴隷ってやっぱツラい？　それとも、ご主人さまが嫌なヤツなのか？」

「貴方(あなた)には関係ないです、いい加減離してください」

「嬢ちゃんが望むなら、俺が嬢ちゃんを故郷に帰してやってもいいぜ？」

思いもしなかった言葉に、思わず見上げると静かな茶色の目がこちらを見据(みす)えていた。

『故郷に帰してやる』

そう言うと、先ほどまでこちらをまともに見なかった黒い双眸(そうぼう)と目が合った。

迷子がすがるものを探すような、そんな目だった。

この辺りでは見ない顔立ちの少女は、おそらく外国の出身なのだろう。

だが、海軍に所属している自分であれば海外に少女を送り届けることも不可能ではない。

公正な兄が、本人の権利を無視してまで執着している少女。このまま放置していれば、兄が道を踏み外す可能性も高い。

ある日を境に『完璧な騎士』になったダグラス。国のために自らを削り、ひたすらに国に仕えている。ディークにとってある種神聖な存在となった兄だ。その歪みとなる要素は、できるかぎり排除しておきたい。

兄には、いっさいの汚点が在(あ)るべきではないのだ。

「故郷、ですか」

動揺を押し殺したような声だった。か細く、かすかに震えている。

驚きと、不安と、苦々しい感情に隠しきれない期待。

奴隷の逃亡は大罪だ。

それを押してでも逃げたいのであれば、そんなつもりで兄の側にいるのなら――。

「俺、海を渡る仕事してんだ。嬢ちゃんをついでに国に帰すくらいできるぜ」

そう口に出せば少女はひどく裏切られたような顔をこちらに向け、見下すように薄く笑った。

何もかもをあきらめたような黒の目は、確かにディークを嘲笑っていた。

「船で帰れるなら、とっくに帰ってますよ」

普通であれば魅力的だったかもしれない提案をする男性に、落胆を隠しきれないのはまだ期待があったからだろう。そんな甘いことを考えていた自分にさらにがっかりする。

そうだ、ただの人間が私を故郷に帰せるわけがないのだ。

距離や海が問題なんじゃない。そもそも世界が違う。

「故郷は、ないんです。ご親切にありがとうございました」

もう本のことはいい。泣きだす前にここから逃げ出したい。

こんなうららかな午後に、こんな幸せ家族たちの真ん中で泣くとか本当にない。やりたくない。

ぱっと本から手を離して走り出す。

笑顔を保てているあいだに、どこかへ逃げよう。

そもそも、こんな不審者にかまったのが間違いだったんだ。

人混みをぬうように走り抜ければ、後方で何かを叫ぶ大柄な男は追ってこられないようだった。

男に捕捉されないことを最優先に考えて走っていると、いつのまにか薄暗い路地に出ていた。

さっきまでいた王城周りとはまったく違う、ほこりっぽく湿った空気にはかすかに酒の臭いが混じっている。

狭い道の向こうには、こんな昼間から開いている飲み屋が辛気くさく建ち並んでいた。

――そういえば、ここには来ちゃいけないと教えられていたなぁ。

私の住んでいる王城周りは、いわゆる一等地。品行方正なお金持ちたちが、お上品に生活している。そこからさらに外側の一周は商店街、そのお金持ちたちの使うお店が並んでいる。

そして、そのさらにさらに外側。グラデーションのように住民の所得は下がっていき、それにともなって治安が悪化していく。

外街と呼ばれているそこは、身なりのよい小娘がひとりで歩くには少々難のある場所だ。もちろん、さらに外側に点在する貧民街(スラム)よりはマシだが、地元民以外には厳しい土地柄ではある。

乱れた息を整えながら、辺りを見回す。

暗くて、狭くて、誰もいない。

ここはたぶん外街の中でも、住宅地域だ。住民は働きに出ていて、人間の気配は遠い。

こんな寂しい場所なら、私が泣いても誰も気づかない。

「ふ、ぐ、うぇえ……っ、おかあさ……」

一度生々しい感情を思い出してしまえば、もう駄目だった。

せっかく封じ込めていた願望がぽたぽたと溢(あふ)れ出して、煤(すす)けた石畳に水玉を作っていく。

帰りたい、家が恋しい、どうして私だったんだろう。

首輪は重たいし、街の人たちの同情の視線は煩(わずら)わしいし、入学してからぼんやり描いていた進路なんか全部無意味になったし、家族の顔が見たい。本当だったらもう大学生で、勉強をして、友だちと遊んで、あたりまえで普通だった何もかもがひどく遠い。

しゃがみ込んですすり泣いていると、いつのまにか背後に誰かの気配を感じた。

「ねぇ、どうしたの？」

振り向くと、小麦色の髪をおさげにした女の子が立っている。年齢は私と同じくらいだろうか。鳶色(とびいろ)の瞳は、平民によく見る色彩のひとつだ。

「女の子がひとりでこんなところにいると危ないわよ、ほら、こっちにおいで」

おいで、と言いながら女の子は私の腕をぐいっとつかんで立たせる。

「貴女(あなた)は……？」

「あたし？　あたしはね、マリーって言うの。あぁもう、涙で目が真っ赤じゃない。ほら、顔洗わせてあげるからこっちに来る！」

中街ではあまり聞かない早口な口調は、外街のものなのだろう。

私はぽかんと口を開けたまま、なかば引きずられるようにして彼女に着いていった。

◇　◇　◇

チカが家に帰ってこない。

今日もいつもどおり、定時に仕事を終え帰宅した。

チカの件に関していっこうに考えがまとまらないまま、不安に突き動かされて帰った屋敷には誰もいなかった。魔術灯のついていない暗い部屋には、誰の気配もしない。

稀にあることだ。チカが暗くなってから食材の不足に気づき買い物に行ったりすることはある。

この辺りは治安がいいとはいえ、万が一のことを考えるとやめてほしい。だが、完璧主義な彼女はときたま暗い街を歩く。しかも、俺にバレなければよいと思っている節さえあるのだ。今日こそは帰ってきたところをつかまえ、釘を刺すべきか。

灯りをつけてから書斎へ向かうと、机の上に今日の分の手紙がまとめて置かれている。

どうも出掛けたのは昼以降らしいなと当たりをつけながらその束を手に取り、固まった。

手紙の束のいちばん上には、『ユニコーンの乙女』と書かれたカードが載せられていた。無地の簡素なカードに背筋が凍る。

筆跡に見覚えはないが、確実にチカのものではない。

いったい誰がこれを、いや、そんなことより彼女はこれを見たのだろうか。

にわかに心臓が早鐘を打ちはじめる。

ここにまとめられているのだ、きっと見たのだろう。

そしていま、チカはこの家にいない。

最悪の想像が頭を過り、いてもいられずに家を飛び出した。

彼女に連れられてきたのは外街と中町のあいだにある、下町情緒あふれる商業地区のパン屋さんだった。

涙でみっともなく崩れた顔をした奴隷を連れてきた彼女に、店長（なぜか非常に〝いい〟体つきをしている）が、何も言わず店内の作業場に椅子を用意してくれて、さらには売り物のパンをいくつか表から持ってきて、私にごちそうしてくださったのだ。

まったく似ていない両者はなんと親子だそうで、マリーさんはここでパンの販売を手伝っているらしい。アレだ、いわゆる看板娘。

「もう本当びっくりしたんだからねー。忘れもんを取りに行ったら、路地裏で女の子がしゃがみ込んで泣いてるんだから。最初、心霊現象かと思ったわよ」

確かに薄暗がりで黒髪の女がすすり泣いていたら、それは心霊現象かもしれない。

私なら走って逃げる。

「ほら、元気出た？」

「ふぁい」

口いっぱいにパンをほおばりながら、返事をする。

行儀が悪いとは思うのだけれども、何せ次々と追加されていくパンに追いつきながら、マリーさんにも対応するという荒業のためにはしかたがないのだ。

「すみません……」

「謝ることじゃないわよ。ほら次」

「むぁい」

クロワッサンを飲み込みきってしゃべると、たまごサンドを口に突っ込まれる。おいしい。適度な水分休憩のほかは、パンを途切れさせることを許されない。わんこ蕎麦ならぬ、わんこパン。

「あんた奴隷だからさ、いろいろたいへんなことといっぱいあるんだろうけど、お腹がいっぱいになればちょっとはマシになるでしょ。食べなさい」

言いながら、今度はいい大きさにちぎった塩パンを詰め込まれた。

私の身分をこうも直球でコメントされるのは、初めてかもしれない。たいてい同情するか、嘲るかの二択だ。その本質には見下しがある。

マリーさんは不思議な人だ。私が奴隷だということを理解したうえで、それになんの感想も抱いているように見えない。彼女の無口なお父さんの首にある、ちょうど鉄の輪のような太さのひきつれた火傷跡が関係あるのかもしれない。

温かい紅茶を飲んでホッとひと息をつく。途切れなくパンを口に突っ込まれているうちに、詰まっていた鼻もいつのまにかすっきりとおった。

目元も冷やさせてもらったので、最初のどろどろした顔よりはずいぶんマシになっただろう。

「あの、いろいろとありがとうございました」

「いーのいーの。あのまま置いてったほうが寝覚め悪いから」

顔の横で手をひらひらと振ってマリーさんがしゃべる。その横でマリーさんのお父さんが静かにうなずいた。彼は生き抜いて、自分の居場所を見つけたんだろう。

表からドアにくくりつけられたベルが鳴る。たぶん、お客さんが入って来た音だ。

「あ、ちょっと待っててね」

はーい、とさわやかな返事をして、前髪を整えたマリーさんがパタパタと表へ出ていく。接客担当らしく、はきはきとした態度がかっこいい。働いている女性は素敵だ。

マグカップに口をつけながら、店長とふたり静かに待つ。

「やぁ子猫ちゃん、いつものやつお願いできるかい？」

「ごほっ……！」

「はい、用意してますよー」

そして聞こえてきた男の声に盛大にむせた。目をまるくするお父さんを意識する間もなく、気管に入った水分を追い出そうと激しくせき込んでしまう。

「つれないね、俺は君という天使のことを考えてると仕事も手につかないというのに」

この声はつい最近聞いたことがある。

いや、私が聞いたときよりだいぶ甘いが。

なんだこの、砂糖で煮詰めたみたいなピンク色のセクシーボイスは。

街で雑草を眺めていたとき、森にひとりで入ったとき、騎士団と一緒にユニコーンを狩りに行ったとき、そこそこお世話になった気がする。

しかし、これは。

どうリアクションするのが正解か考えるが、もう遅い。

げほごほとせき込んでる拍子に、鼻にまで入った。痛い、めちゃくちゃ痛い。

店長が私の背中をさすりながら、おろおろとする気配を感じる。申し訳ない。鼻の奥がプールで溺れたみたいにつんと痛む。

「ちょっと、大丈夫？」

「ごほっ、ごめんなさ、だいじょうぶです……えほっ」

さすがに騒がしくしすぎたか、マリーさんが声をかけてくれる。そのもう少し向こうから、聞き覚えのある声が重ねるように言葉を投げかけてきた。

「その声……もしかして、チカちゃん？」

「……はい」

ジルドレさんと私のあいだに、長い長い沈黙が横たわった。

表から顔をのぞかせたジルドレさんと目が合ったまま、硬直して何秒だろうか。

客観的に観測すれば数秒であろう時間は、しかし私たちにとっては数時間に相当していたと思う。

沈黙を破ったのはマリーさんだ。

「チカ、知り合いなの？」

いえ、知らない人です。と答えるわけにもいかないので、ジルドレさんから目が離せないままこくこくとうなずく。

知らない人ならよかった。切実に。

ジルドレさんも同じ気持ちだったんだろう。

限界まで開かれた目が、何度も私の顔と首輪を往復して確認している。

はい、残念ながらチカです。

貴方の上司の奴隷の。

「……ちなみに隊長は？」

「あ」

言われて気づいた、そういえばもう夕刻も終わりかけ。ジルドレさんがこんなところに私服で出没しているということは、ダグラスさんも仕事が終わっているということだ。

「まさか何も言わずここにいるの……」

「まぁ、結果的には……」

ジルドレさんのあっけにとられた顔を見ながら、いまさらながらまずかったかもしれないという思いが湧いてきた。

ダグラスさんに限って怒ることはないだろうけど、確実に心配はかけているだろう。

暗くなる前に帰るつもりだったんだよホントだよ。

主人の話が出たからか、マリーさんとお父さんが心配そうにこちらをうかがう。

大丈夫です、主人から逃げてきたわけではないです。

そういう意味を込めてふたりに笑いかける。

「今日は本当にありがとうございました。ご主人さまが心配するので帰りますね」

お礼を述べると、お父さんが静かにうなずいた。

「またいつでもおいで」

低くしゃがれた声はとても優しくて、前とは違う涙が出そうになる。

何度もお礼を言ってから、送ると言ってきかないジルドレさんと一緒にパン屋さんをあとにした。

日が沈んだ街を、ジルドレさんとふたりで無言で歩く。

お互い今日あった出来事をどうしたらいいのか、消化できていないのだ。

気まずいまま歩いていると、それに耐え兼ねたのかジルドレさんがとうとう口を開いた。

「チカちゃんはどうしてあのパン屋にいたんだ？」

「いろいろありまして……」

ジルドレさんが露骨に『いろいろじゃわからん』みたいな顔をするので、かいつまんで説明した。

不審者に謎のお誘いを受けて走って逃げたら、パン屋のマリーさんに捕獲されてパンをもりもり食べることになったんですよー、と。

そういえば夕方にあんなにたくさんのパンを食べてしまって、お夕飯は大丈夫だろうか。

隙間なくパンを詰められた胃が重い。イースト菌つよい。

いま、川とかに落とされたら間違いなく浮いてこられないなこれ。

「茶髪に茶色の目で茶色い肌の筋肉質な男……チカちゃん。もしかして、その人の目元、ダグラスさんに似てなかった？」

不愉快な男の顔を思い出す。幸か不幸か昼下がりの日の下で、ヤツの顔ははっきりと覚えていた。

「そういえば、似てる気もしなくはなかったです」

ダグラスさんのほうが圧倒的に男前だけどな!!　ダグラスさん圧勝だ!!

中身もダグラスさんの方が紳士だし！　ダグラスさん圧勝だ!!

心の中で無意味に主人と不審者を張り合わせながら答えると、隣で歩くジルドレさんの口元がわかりやすく引きつった。

「お知り合いですか？」

「知り合いっていうか……。あー、チカちゃん、その方のことはしばらく隊長に内緒にしてくれないかな」

どういうことだ。歯切れ悪く口止めしてくるジルドレさんに顔を向けてじっと見ると、自分の頭をガシガシとかきまわしながら言葉が続く。

「くわしくは言えないんだけど、いまはちょっとまずいっつーか、そこで問題が起きると個人の問題じゃすまなくなるっつーか」

「不審者の味方をするんですかジルドレさん」

ムッとして睨むと目をそらされた。

ほぉーう、いい度胸だ。ならこっちにも考えがある。

「つれないね子猫ちゃん」

「ごほっ」

棒読みで鮮度最高の黒歴史を掘り返すと、ジルドレさんがせき込んだ。

こういうのは他人にマネされるとことのほか辛いよね。

「君という天使が気になって夜も眠れなくなるよ」

「やめ……やめて!!」

動揺極まったジルドレさんが、私の両肩をつかんでゆさゆさと揺さぶろうとする。

そして、そのまま私の向こうを見て固まった。

「ジルドレ（天使）さん？」

暗闇でよく見えないが、顔色が悪い気がする。心なしか肩に置かれた手が冷たい。

どうしたんだジルドレさん、まるで彫像みたいじゃないか。一点を凝視して動かなくなった視線をたどって首を動かし、身体もひねって背後を見てみる。そこにはもうひとり、彫像と化した男が立ちすくんでいた。

「ダグラスさま？」

声をかけると、青灰色の目がぎこちなく私をとらえた。

◇◇◇

衝動に従って家を飛び出し、心当たりのある場所をひととおり回ったが彼女は見つからなかった。

一度帰って捜索網を手配しようと家に向かう道で、意図せぬかたちで少女を見つけた。

少女は、自分の部下と一緒にいた。

声をかけようと近づいたとき、もれ聞こえたのは少女の信じられないほど甘い言葉だ。

それに応えた部下が少女の肩に手をかけ、ふとこちらを見て目を見開く。それにつられるように振り返った少女の黒い双眸に、心臓に剣を突き立てられたかのように動けなくなった。

◇◇◇

「ダグラスさま？」

なぜか動かなくなった男ふたり、どちらを優先させるかというと当然ダグラスさんなので彼のもとに近寄って声をかけるが、青灰色の目はぜんぜん焦点が合わない。

目の前で手をひらひらしてみる。


へんじはない、ただのしかばねのようだ。


「あーっと、チカちゃん」

先ほどまで黒歴史を採掘されていた男の声が背後から聞こえて、ふたたびそのまま振り返る。

こんなにくるくる回ってたら、いつかコマになっちゃうんじゃないの私。

「隊長がいるなら大丈夫だよね。もともと家に帰ろうとしてたんだもんな、うん。じゃあ、俺もう行くから……隊長もお疲れさまです！」

なにやら説明くさいことを言いながら、ジルドレさんが早々に離脱した。

速足から小走り、そしてダッシュへと変移する様はいっそさわやかですらある。

見る見る間に小さくなっていく背中を見送ってから、ダグラスさんの方向に振り返ると、彼はいっさい動いた気配のないままそこにぼう然と立っていた。

……石像かな？

こんな強面（こわもて）の石像があったら、王都の治安向上に一役買いそうだ。あと子どもの脅（おど）しに効きそう。

めっちゃ効きそう。悪いことするとダグラス像に頭からばりばり食べられちゃうわよ、的な。

なにそれこわい。

「ダグラスさま、帰らないんですか？」

「…………」

困った、さっぱり反応がない。

私は正直さっさと帰って、お夕飯をお出ししたいのだけれども。いや、私はもう食べなくてもいいけどね？　ダグラスさん肉体労働だからか、めっちゃ食べるんだよね？

たくさん食べてもらえるのは嬉しいけど、したくがたいへん。

「帰りましょーよ」

所在なさげにぶらりと下がっていたダグラスさんの右手を握って引っぱると、握られた手がぴくりと動いた。

おお、ここに来て初めての反応だ。

まだまだ無抵抗なダグラスさんの大きな手を意味もなく開けてみたり閉じてみたり、手のひらを親指で押してみたりする。硬くて分厚くて、ところどころに剣ダコのある武人の手のひらは、家事ばかりしている私の手とはとても違うようで、少し似ている。

「帰るのか」

ぽつり、とダグラスさんがつぶやいた。

「帰るって、どこへ」

「もちろんダグラスさまのお屋敷ですけれども」

それ以外に『帰る』と表現できる場所があっただろうか。

首を傾げてダグラスさんを見ると、やっと視線がかち合った。

「……そうだな、帰るか」

普段よりいくぶんかぼんやりとした口調に、疲れているのかなと思いながら、ふたりで帰路に着いた。


少女が手を離そうとしたのをさり気なく拒否し、手をつないだ状態で道を歩く。

小さな手は少し冷たいが、俺が触れているうちに体温が移っていくのを感じるのは好きだ。

低い体温も、小さな歩幅も、悲惨な過去を含んでも、なお前を向く黒い目もすべてが愛おしい。

俺ひとりであれば数分ですむ道のりは、彼女と一緒に歩けばもう少しかかる。

その事実すらくすぐったいような気持ちになるのは、そうとう彼女に傾倒しているからだろう。

彼女は先ほど、帰る場所は俺の家だと答えた。

当然だ、彼女にほかに身を寄せられる場所などない。

だが自由にしたあとは？

ジルドレにささやいていた言葉が、脳内で何度も再生される。

チカの言葉に、ジルドレもまんざらではなさそうだった。

「チカは、ジルドレが好きなのか？」

聞きたくない、だが疑念を持ったままの状態に耐えられそうになかった。

チカがジルドレを好いているというなら、どうしようか。

俺を好きになるまで、家に閉じ込めてみるのはどうだろう。

その瞳に映るのが俺のみであれば、その想いも俺のものになるだろうか。

それはひどく容易で、無性に魅力的なアイデアに思えた。

自分のもとから離れるつもりなら、笑顔を俺以外に向けるのなら——。

「私が好きなのは、ダグラスさまですけど」

きょとんとした少女がこちらを見ながら、信じられない言葉を放つ。

まさかチカに執着しすぎて、とうとう幻聴が聞こえるようになったのだろうか。

「……は？」

「ダグラスさまは私が好きじゃないんですか？」

「好きだ」

首を傾げて上目遣いでの問い。

思わずノータイムで返事が出る。脊髄反射と言ってもいいかもしれない。目を見開いた状態で固まっていると、「あれ？　また固まった」とチカがつぶやいていたがそれどころではない。

「チカは、俺のことが好きなのか」

「えっ、はい」

なにをいまさらと言いたげなチカが、どうでもよさげに返事をする。

俺が立ち止まってしまったのが気に入らないらしく、つないだ手をぐいぐいと引っぱる。

残念ながら俺にはさっぱり影響はないが。

「チカ、もう一回言ってくれ」

「えっ、はい？」

「違う、その前」

「私が好きなのはダグラスさまですけど？」

「もう一回」

「あんまり引っぱると晩御飯作りませんよ」

「抱き締めていいか」

「置いて帰りますよ」

感動のあまり抱擁(ほうよう)を求めると、心底面倒くさそうな顔をされる。

どちらかというとあきれの色を多く含む瞳からは嫌悪は読み取れなくて、それがやけに嬉しい。

あまりしつこくすると手を振りほどかれる気がして、おとなしく従って引かれるままに歩く。

自分に比べればよほどゆっくりな速度に感謝しながら、移りはじめた体温を噛(か)みしめるように感じて彼女の少しうしろを歩いて家に向かった。

◇◇◇

「ジルドレ(天使)、チカに妙なことを吹き込んだ不審者に心当たりがあるそうだな？」

「ぶはっ」

ダグラスの執務室で珍しくお茶を飲まされていたジルドレが、思わずそのまま紅茶を吹き出した。

眉をひそめたダグラスに慌ててジルドレは私物のハンカチで机の上を拭く。白いそれは見る見る間に茶色を吸った。

おかしいなとは思った。やけに機嫌がよかった隊長が個室に自分を呼び出した時点で、逃げるべきだった。少女があっという間に自分を売ったらしいことも衝撃だが、口説き文句の件を容赦なく伝えたことにも末恐ろしさを感じる。悪魔か何かか。

「ジルドレ、お前のことは誰よりも頼りにしている。俺を失望させるな」

青灰色の目が、ジルドレを射抜いて細まる。

それはかつて数々の戦場を駆け抜けてきた、戦鬼の目だ。

少女が彼にもたらされて以来、見ることのなかった凶悪な容貌に背筋から悪寒が走った。

——誰だ機嫌がいいと言ったのは。そうとう怒っているじゃないか。

暑くもないのに汗がひと筋、額を伝う。

昨晩、明るい部屋の中でチカの泣きはらした目を認識したダグラスが、少女を問いただした。

微妙な顔で口をつぐんだ彼女に事情を吐くか今夜ベッドに来るかと聞いたところ、即座にジルドレを売りダグラスが複雑な心境になったことは、ジルドレには知る由もないことである。

夕暮れ時の告白はいったいなんだったのか、浮かれたのもつかのまでふたりの関係は一ミリも変化せずに、いつもどおりの日常を送らされた。

ハグもキスもなし。

『そういう雰囲気』に持っていこうとしたところ、深い深いため息を吐いて見下された。

ちょっと興奮した。

『ユニコーンの乙女』の件については、まだ話し合えていない。少女は王城からの手紙について忘れているかのようにふるまっていた。俺が言い出すまで待つつもりなのかもしれない。彼女がくれた猶予期間、その優しさにつけ込んで触れないままに仕事に出た。

　カードを送りつけた人物を聞いてみたところ、チカにも心当たりはないらしい。

　だが、そちらについても落とし前はつけなければなるまい。眉間にシワを寄せて考え込めばチカが指で伸ばしてくれた。

　かわいかった。

　昨晩のことを思い起こしていると、ジルドレが先ほどの問いについて答え出す。

「……その不審者に心当たりはありますが、確証がないかぎり言えません」

「なぜだ」

「いまの隊長が公私を分けられるとは思えないからです」

　取り繕わない諫言にダグラスの表情がますます厳しくなる。だが、ジルドレは引かない。

「どういう意味だ」

「わかりませんか？」

　もちろん、腹心の言いたいことは理解できる。

　チカのことを解放すると言っておきながら、いざその時が来ればいまだに躊躇し続けている自分だ。彼女のことになれば、いつもの清廉な己ではいられない。

　だが、ジルドレの忠誠から発された言葉を蹴るほど、ダグラスは理性を失ってはいなかった。

「ユニコーンの乙女の件、ちゃんとチカちゃんと決着をつけてください」

　チカを故郷に帰そうと誘った男に対しては煮えくり返るほど腹が立つが、ジルドレの言葉にはうなずくしかなかった。

[2] 酒と泪と男で女

ダグラスさんはいつもより少しだけ遅く帰ってきた。

赤らんだ顔に潤んだ瞳、力なく開いた口からはきつい酒精の香り。ベロンベロンである。

むしろ足取りがしっかりしている意味がわからない。

こういうのって鍛錬でなんとかなるの？

「……おかえりなさいませ、ダグラスさま」

「ただいま、チカ」

出迎えて上着を受け取ると、そのまま抱き込まれた。

「チカ、話がある」

こんな感じのダグラスさんに抱き込まれた経験は、前にもある。

「まさかまた媚薬(びやく)を――」

「違う」

違うのか、よかった。

「これはただの飲みすぎだ」

「とりあえずお水を飲みます？」

「口移しでか」

「いえ、普通にコップで」

不満げにきゅうと寄せられる眉根は、ちょっとかわいい。

こんないかついお兄さんにそんな感想を抱くのは、私ぐらいじゃないだろうか。

「用意してくるので離れてください」

「嫌だ」

ますます強く抱き込まれて、脱出できなくなる。

まいった、これでは介抱できない。とりあえず離れてくれとお腹のあたりをぐいっと押すと、頭の上で感じていた呼吸がぴたりと止まった。

「ダグラスさま？」

「……出る」

私を囲んでいた手が離れて、形のいい口を覆う。悩ましげな表情は心なしか青い。

「え、まさか」

せり上がる何かをこらえるように背をまるめたダグラスさんを見て、こちらの顔色も悪くなってきた。

これはまさか、ダグラスさんの上のお口が決壊するのか。

口をきつく押さえたダグラスさんが無言でこくりとうなずく。

「ちょ、ちょっと待っててくださいね！」

決壊寸前のダムから離れた私は、全力で桶を取りに走った。

あれやそれをちゃんと処理してから、自室で落ち込んでいるダグラスさんに水差しを持っていく。

階段を上がる振動に水差しの中の液体がちゃぷちゃぷと音を鳴らした。

怒ってなど、いない。

酔っぱらって帰ってきて話があると言いながら、思いっきり中身を出したことについては決して怒ってはいない。べろべろの人のお腹を押しちゃダメだってことがすっかり頭から抜けちゃってた私も悪いしね、うん。

「失礼します」

「……ああ」

先ほどお風呂に押し込んだので清潔になったダグラスさんは、寝間着に着替えてベッドに横たわっていた。臭い消しにとお湯に含ませた香油のおかげで本人からはさわやかな香りがするが、顔色はすこぶる悪い。

「気分はどうですか？」

「……最悪だ」

でしょうね。

ベッドサイドに置かれた机の上で水を注ぎながら、ちらりと様子をうかがう。

……へこんでいる。とてもへこんでいる。

ダグラスさんがお酒を用いるときは、だいたいわかる。勢いの要る話をしたいとき、彼はアルコールの力を借りるのだ。たぶん今日も何か真面目な話をしようとして、飲みすぎたんだろう。

完全にアル中の行動だから、今後はやめていただきたい。

「お水です、どうぞ」

嘔吐で荒れた胃と、口に残っているであろう不快感を鎮めるために香草とレモン（に、よく似た果物）を漬けた液体を注いだコップをダグラスさんの顔の側に持っていく。

これを飲めば、ひとまず食道が荒れたりはしないはずだ。

かつてないほどしょんぼりとした様子のダグラスさんが、ちらりとそれを見て眉尻を下げた。

「すまない」

迷惑をかけたと思っているんだろう、謝罪が弱々しく発される。迷惑は迷惑なんだけれども、そんなに弱られるとどうもやりにくい。へこみ倒したダグラスさんが、水を飲むために身体を起こそうとしたのを胸元に手を置いて阻止する。

「チカ？」

問いかけを無視して、手に持っていたコップに口をつけて水を含む。清涼感のある味はダグラスさん好みにきりっとした口当たりで、自分の腕前に満足する。

先ほどまで気だるげにしていた目を見開いて、こちらを凝視するダグラスさん。顎を片手で軽くつかんで固定し、顔を近づけて唇を奪う。何回見ても、彼の意表を突かれた表情は小気味よい。

反射的に開いたらしい口に、含んでいた水を流し込んだ。まるでいつかの再現だと思っていると、ダグラスさんが小さな声でもう一度、とねだってきたのでふたたび水を口に含んだ。

小さな口が己のもとに水を運んでくる。

口の中に広がるすっきりとした味は、チカが気を遣ってつけてくれたものだろう。

胸にくすぶった濁り（にご）が溶け消えていくような感覚。それと同時に少年との最後の日がフラッシュバックする。夜よりも黒い髪と目、華奢（きゃしゃ）な手足、首輪からのぞくほっそりとした頸（うなじ）。

重い身体は、自分の願望のためなら素直に動く。

二度目の口づけのとき、少女の後頭部を片手で固定してから開いた唇に舌を差し入れた。

「ん!?　むぅー!?」

予想外だったのか暴れようとする少女を、もう片方の腕で抱き込みベッドの上へ引きずり込む。

行き場をなくした水がふたりの合わさった唇からもれ出て枕元を濡らすが、それはどうでもいいことだ。逃げようとする舌を絡め取って蹂躙（じゅうりん）すれば、小さな身体が必死に抵抗する。

「ん、ふ、んん……！」

自分の胸を押す手は全力なのだろうが、残念ながらなんの効果もない。身体をよじろうとしたところで、細い肉体は片手で封じられる。

抱きすくめたまま、思うぞんぶん口内を蹂躙すれば徐々に少女の身体から力が抜けていく。満足いくまで薄い舌に自分の舌を絡ませてから唇を離すと、互いに銀の糸がつうとのびてから切れた。

肩を上下させながらこちらを責めるように睨む黒い瞳は、あの日とまったく同じ色をしている。

「チカは少年だったのか？」

少女の身体に、ふたたび力がこもる。

注意深くこちらを観察するような目は、いつもの彼女よりむしろ『彼』に近い。

「……だとしたら、どうしますか？」

彼女の頭に添えたままだった手に、やわらかな頬がすり寄せられる。

猫のようなしぐさ、少年の黒い目が、笑みのかたちを作ってこちらを射た。

表情とは裏腹に小さく震える少女を認識したとき、頭の中にずっとあった何かが弾けて消えた。


なんでこんなことになったんだっけ。

「つあ……や、ダグラスさん、やぁっ……」

大きな体軀がベッドの上で私にのしかかって、あちこちをなでたりさすったり、あげくの果てにはなめたりしている。耳なんかはもうベトベトだし、胸はいじられすぎてジンジンする。

あれよという間に脱がされた服は私から遠く、ベッドから落とされてぐちゃっとなっている。

あれを洗うのは誰だと思っているんだ。

少年かと問われて、思わず肯定寄りの態度をとったのは私だ。

棄てられるか詰られるか、それとも痛めつけられるか。

いずれにせよダグラスさんに黙っておくのが辛くて、過去を暴露した私には罰があたるんだと思っていた。それでも好きにしたらいい、と思える程度にはダグラスさんが好きになったわけで。

「チカ」

低い声が耳元で聞こえて、背筋に甘い痺れが走る。「ふ」とか「あ」とか音をともなった吐息が甘ったるくもれ出して、自分のモノと思いたくないそれに耳を塞ぎたくなる。

ダグラスさんのお口が私の片耳を食んでいるので、残念ながらそれも叶わないが。

「ダグラスさま、うぁ、……ああっ」

温かい手が胸のいただきを執拗にいじって、もう片方の手がそれと同時に下着の上から花芯をこする。手慣れた動作に翻弄されきった身体は股のあいだからだらしなく液を溢れさせて、下着なんかもうひどいことになっているのにどうして脱がさないんだろうか。

紐パンなんだからサイドのひもをスルッとほどけば、それですむ話なのに。

「チカ、好きだ」

低い声が耳をくすぐってから、頭を移動させて胸のいただきをついばまれる。身体を泳がせて逃げようと背を浮かしたら、その下に空いた空間に手を差し込まれ固定されてしまった。

「ん、ふぁ……あ、」

尖らせた舌で私の乳嘴をなぶりながら、逃げ出せないように背に回された腕が徐々に腰に降りていく。私をなぶる舌が引っ込んで、今度は胴体のあちこちに口づけを落とされる。

ただそれだけなのに頭がおかしくなるくらい気持ちよくて、息もまともにできない。

感覚が鋭敏になってあらゆる快楽を拾って高みに登ろうとするのに、私の身体の強ばりを見抜くのかその直前で中断されるのを何度行われただろうか。

「チカ」

「っは、ぁ……んん！」

ため息のように名を呼ばれたと思うとショーツの中に大きな手が侵入する。伸縮性のない下着の中でダグラスさんの手が蠢く。直接の刺激に身体が跳ねるが、もう少しのところでまた中断された。

「や、ダグラスさま、なんで……」

どうしてイかせてくれないんだろう。その気になれば私を気絶するまで追い詰めるクセに、突然始めたと思えばまったく終わりをくれない。

つらい、きもちいい、おかしくなる。

「イきたいか？」

ダグラスさんの声が直接脳に響く、違う、耳元でしゃべられてるんだ。

一も二もなくうなずくと、悲惨なくらい濡れたそこに指が挿し入れられた。それだけで甘い感覚が背筋を駆け抜けて、身体が反る。反ったぶんだけ上にいるダグラスさんに身体が密着して、そのまま強く抱き締められる。

きもちいい、あったかい、うれしい。

「チカ」

「あぁっ……！　ん、ぅ……」

私の中に侵入を果たした指は、ゆっくりと探るように内臓を暴き立てる。息もまともにできないのに、あえぎ声だけはきっちり出る自分の身体の浅ましさも、快感に灼かれた脳ではうまく認識できない。

「チカ、返事を」

「……っ、は、ぃ……」

膣内の指を曲げて、早々に見つけたらしい私の『善い』ところを刺激しながらダグラスさんが返事を要求してくる。そんなむちゃな、と思っても飾くれだった長い指が急かすように蠢いてあえぎ声の合間に必死で言葉を絞り出す。

いい子だ、といわんばかりに指が溢れるほどの快感を私に注いだ。

よかった、これで正しかったらしい。

私の中にいる指はいつのまにか二本に増え、ばらばらと動きながら的確に私をあおるのに、やはり直前で動きが弱まる。果てさせてもらえない快楽は、だんだんと責め苦じみてきた。

これがダグラスさんなりの報復その一なのか。陰険すぎる。

「チカ、俺のことは好きか」

「あう、ん……は、い」

ゆだった脳内で意地の悪いダグラスさんを責めていると、せっぱつまった声が割入ってくる。

私をゆるやかに苛（さいな）む指が、耳元で聞こえる吐息が、すべて快楽に変換されていく。

はいはい、好きです、大好きですから早くイかせてください。善すぎて辛くて気持ちよくて、死んじゃいそうなんです。

何度か似たような問いかけがささやかれて、働かなくなった頭をどうにか回してすべてにはいと答える。

なんでもいいから、はやく、もうむり。

「チカ、結婚してくれ」

「んっ、はぁ……はい……えっ？」

反射的に答えて、遅れて内容が頭に染み込んだ。

思わずダグラスさんの顔を見ると、それはそれは嬉しそうな表情の肉食獣と目が合って、それと同時に下腹からもたらされた快感に頭が真っ白になった。


ちゅん、ちちち、と窓の外で鳥が鳴く。朝のやわらかな光が寝台の状況を浮かび上がらせている。寝転がった私の頭の下に、差し込まれた太い腕枕。硬い。高さが合わない。

つまりあれだ、いわゆるおきまりのやつ。まさか自分が体験するとは思わなかった。

これはもうコーヒーも淹れたほうがいいんだろうか。夜明けのあれ。

私コーヒー好きじゃないけど。

顔を横に向けて、昨日最低にもほどがあるプロポーズをかましてきた男を見る。

くそう、イケメンだな。

あのあと、満面の笑みで自分のズボンを脱ごうとしたダグラスさんは、不思議そうに言いました。

「む……？　勃っていない……」

深酒のせいだよ。

ともかく突然の貞操危機一髪から生還した私は、両手を組んで神に感謝した。まだ死にたくない。

それを見た不満そうなダグラスさんに、力尽きるまでとんでもない目に遭わされたことは割愛します。割愛ったら割愛。

おかげさまで腰は痛いわ喉は嗄れているわ最終的に全裸だわ、横で服を着てすこやかに寝ている男が憎い。求婚するにしたってもう少し何かあったんじゃないの。

あんなプロポーズで人生決定とか、絶対に嫌だ。

『結婚のきっかけは？』と訊かれて『ベッドでのじらしに耐えかねました』と答える人生はさすがにちょっと。

というか、そもそも私とダグラスさんでは身分差がありすぎる。結婚と言われても現実味がない。解決しなければいけない問題は山ほどあるのに、なんであんな勢いしかない場面で求婚されたのかもよくわからない。

……古今東西、ベッドの上での約束はノーカンという文化がある。

私の正体を知ってムラッとした？　ダグラスさんが勢いで言った可能性は、充分にあるだろう。

いや、そのタイミングで興奮した意味はよくわからないんだけども。

「チカ」

耳元に響く低音は、ちょっと引くほどに甘い。

うっかり昨日のアレは本気だったのかと思ってしまうほどだ。

身じろぎした私を引き寄せて、腕の中に閉じ込めて、うっとりとこちらを見つめた。

青灰色の目は優しく眇められて、これでもかと幸せを主張している。

じっとりと睨んでやると、苦笑しながら額に口づけを落とされた。

「よく眠っていた」

「気絶してたんですよ」

「そうか」

だから、なんでそこで笑顔なんですか。

怒っているんですよ私は。

いい加減喉は渇いたし、今日も普通にダグラスさん仕事だったはずだし、いろいろ動き出したい。

腕の中でうごうごしながらそう訴えたら、口移しで水を与えられた。違うそうじゃない。なんでついでに舌を入れた。

「ん、ふ……ダグラスさま……」

咎めるように低い声音で呼ぶと、ますます口づけは深くなった。どうしたことか、抵抗すればするほど状況は不利になっていく。

寝室に置かれた時計をちらりと見る。まだ朝早くはあるけれども、こんなことしてる場合ではないことは確かだ。厚い胸板を両手で押し返すと、ダグラスさんの動きがぴたりと止まる。

「……まだ余力がありそうだな」

独り言のようにそうつぶやいたと思うと、ふたたび意識が途切れるまでいじり倒された。

◇　◇　◇

朝の光の中、精魂つき果てた少女が眠るように気を失っている。

細い肢体は力が抜けきって、まるで人形のようだ。

昨晩の情事の跡を上書きするように鬱血痕を増やし、ささやかな征服感に満足する。

言質は取った。動けぬほどに快楽を与えた。

彼女は今日、寝台から降りることもままならないだろう。

狂おしいほどに執着した『チカ』が、いまや俺の腕の中だ。

少年だった少女は、静かに寝息を立てている。

仕事を終えたら真っ先に役所に寄ろう。

そして彼女に、いくら抵抗してももう遅いことを教えよう。

◇◇◇

ふたたび目を覚ますと、窓から見える景色は夕暮れに変わっていた。

あれー？　おかしいなー？　さっき一瞬起きてたときは朝だったんだけどなー？

起き上がって辺りを見回すと誰もいない。そりゃそうだろう、ダグラスさんは仕事だろうし。

ふと自分の身体を見下ろしてゾッとした。

あらゆる場所に、紅い跡が散らばっている。ご丁寧に服で隠せるであろうところ全部だ。

床に打ち捨てられたメイド服を着る気にもなれなくて、シーツを羽織って寝台から降りた。

靴は右足のほうはすぐ見つかったんだけど、もう片方はたぶんベッドの下奥とかなんだろう。見当たらない。

もういい裸足で歩く。

ぺたぺたと間抜けな足音はしない。

なぜなら、寝室のある二階にはふわふわのじゅうたんをひいているからだ。

そんなわけでもふもふと廊下を歩いて、風呂場で身体を流す。この世界にシャワーが存在してよかった。魔法万歳。

身体中に染みついた気がする生々しい匂いを落とそうと、香りつきせっけんを使う。蜂蜜の香りのするそれは、貧乏な私がなけなしの小遣いで買って大事に大事に使っているのがダグラスさんにばれて大量に購入されてしまった物だ。

レンガみたいなサイズ感のせっけんを渡されたときは、わりと途方に暮れたよね。細かくカットして、使いやすいサイズにすることで解決したけど。

シャワーの音に紛れてお腹が鳴いたので、キッチンで適当にパンにソーセージを挟んだズボラ飯を食べていると、玄関の扉が開く音がした。


逸る気持ちを抑えて行うべきことを行い、帰宅すると裸足のチカがぺたぺたと足音を鳴らしながら出迎えてくれた。シンプルなワンピース型の寝衣の裾から見える生脚がまぶしい。ところどころに咲く紅い所有印に、昨夜の喜びの記憶がよみがえる。なぜ裸足なのかはよくわからないが、これ幸いと抱き上げると鼻腔に届いた甘い香りにくらくらとする。

「ダグラスさま、自分で歩けます」

「裸足で何を言っているんだ。いいからつかまっておけ」

誰のせいで靴が行方不明になったと思っているんですかと恨みがましげに言われたが、それを黙殺して書斎に向かう。

おとなしく首に巻かれた腕の温もりに高揚しながら、少女をひざに抱いたまま机に向かい座る。

何をするのかまだ見当がついていないチカが、首を傾げてこちらを見ている。

「チカ、これに署名を」

うやうやしくペンを差し出し、机に婚姻書を置いた。

上質な紙に優美な曲線で文言を書かれたそれは、平民が使うものとは違い契約魔術が織り込まれている。これに名前が書かれれば、少女はもはや自分の物だ。

性急に事を進める男をあきれたように見て、口をひらくチカ。

「そもそも私たちが結婚するのって無理があると思うんですけど」

「何？」

ダグラスの凛々しい眉がしかめられた。ここに子どもがいたら泣いていたかもしれない。

チカの次の言葉を待ちながら、心臓が嫌な感じに早鐘を打ちはじめる。

何がいけないのか。プロポーズのタイミングか、それとも彼女の言う「好き」とは自分のイメージしていた「好き」と違っていたのだろうか。

——まだ、故郷に帰ることをあきらめていないとしたら？

「だって、身分とか、そもそもご家族とか……問題っていろいろありますよね？」

ひざの上で足をぶらぶらさせながら、チカが問いかけるようにダグラスを見る。

「身分に関してはどうにでもなる。家族も……まぁ気にしないだろう。兄上も結婚して子どももいることだし」

「問題ないんですか？」

「すべて俺が解決する。頼む、チカ」

小さな身体を潰してしまわないように気を遣いながら、チカをうしろから抱きすくめた。

風呂上がりの少女からは蜂蜜の甘い匂いがする。腕の中のぬくもりを永遠にしてしまいたくて、祈るような心地で形のいい小さな耳に言葉を重ねる。

「妻はチカしか娶らない。寂しい思いも……できる限りさせない。俺がいなくなったあとだってどうにかなるように手配する。死んでもお前を愛している」

「思ってたより重い……」

思いついたままにしゃべると、チカがあきれたように息を吐いた。

それでも、抱きすくめられたチカは身じろぎもせずにダグラスに身体を預けている。

ダグラスにとっては永遠にも思える沈黙のあと、チカはペンを手に取り側に置いた墨壺からインクを吸わせた。

息を詰めてその光景を眺める。

もうすぐ、腕の中の少女が自分のものになる。

あの地下牢の中で出会ってから、こがれてやまなかった少女が――。

チカの視線がふと宙空をさまよい、机の下の暗がりを見て停止した。

「チカ？」

「ダグラスさま、何か落ちてます」

ひざから猫のようにするりと降り、暗がりから何かを拾い上げてチカが机の下から顔を出す。

己のひざのあいだから顔をのぞかせる少女、その位置取りの危うさに何かを思う間もなく思考が固まった。

チカの手にあるのは、白い封筒だった。

鍵のかかった引き出しに入っているはずの、王家の印の入ったそれを明るい場所で確認したチカが停止する。

「これ……私宛てですよね……」

じっと手紙を見つめてから、少女が手紙をあっさりと開封した。

止めるべきだ、ここで露見してしまえばすべてがだいなしになる。だというのに、身体は自分のものではないかのようにまったく動かない。

封筒から取り出された手紙の内容を、黒い眼が静かに追う。

「……私に、報奨金。しかもこんなに……」

ユニコーンの乙女には、名誉と報奨金が贈られる。

かつて家計が傾いた貴族が恋人のいる娘を差し出して得ようとしたほどの――奴隷が己を買い取れるほどの。

――知られてしまった。

息が詰まる。視界が歪んだような気さえする。

ひざのあいだの少女が、黒いまなざしを手紙から俺に移した。

「これ、結婚するまで隠しておこうとしてましたね？」

何か返答するべきだ。謝罪を、しなければ。

少女が脚のあいだから立ち上がる。太股に手を載せた彼女が俺の目を見据えた。

「お金を与えたら逃げると思ってたんですか」

「っ、チカ」

何を言うべきか考えつかないまま少女を抱きしめようとして、胸元を押し返される。

「ベッドで追い詰めてプロポーズ了承させて、朝から動けないように気絶させて、婚姻届を書くまで手紙を見せないって……そんなに私、信用なかったんですね」

ぽつりと落とされた言葉に、かすかに混じった怒気に胸が詰まる。

違う、怖かったんだ。自由を手に入れたチカには俺に執着する理由はない。

だが、俺はチカがいない人生などもう考えられない。

何を言っても言い訳につながる気がして言葉を見つけられずにいると、チカが椅子に座る俺の目の前、机の上に腰かけた。

墨壺と羊皮紙を脇にのけてからまたこちらを見る。細まった双眸が少し高い場所から俺を見下ろし、こんな状況だというのにその美しさに生唾を飲み込む。

ワンピースから生える白い脚、その付け根を薄布がふわりと覆うだけで隠している。

その無防備な様に反して、彼女は何者にも犯（おか）しがたい雪山の獣のように冷たく微笑んだ。

「チカ、すまない。本当にすまなかった。俺から離れないでくれ、お願いだ」

必死の思いで懇願する。机に座る少女がいなくなる、それだけは耐えられない。嫌われてもいい、軽蔑（けいべつ）されてもいい。だが、俺のもとから消えることだけは駄目だ。

彼女がそうしたいというのなら、いっそ監禁して――。

「ダグラスさまは、そんなに私が欲しいんですか？」

予想に反して、少女は笑みを含んで問いかけてくる。

もちろんそのとおりだとうなずくと、チカは笑みを深くして白いつまさきで俺の胸元をトン、とつついた。立てられたひざの向こうに見える太股に眼がいきそうになり、必死に自制する。

「私はダグラスさまが欲しいんですよ。ねぇ、交換こしましょうか」

少女が小首を傾げて微笑む。

「あぁ、俺のすべてを捧げる。だから、チカ」

胸元にあった足を片手で持ち、願いを込めて彼女の小さなつまさきに口づけを落とす。

よくできましたと言うように、頭を優しくなでられた。

「いいですよ、ふつつかものですがよろしくお願いします」

クスクスと笑う声に誘われて顔を上げた瞬間、下腹部に衝撃が走った。

「ぐっ……!?」

下腹部というか、もっと具体的に言うと股間に、先ほど口づけたつまさきが、けっこうな勢いで着地している。

「まぁでも、それとこれとは話が別っていうか。今回の件についてはだいぶ問題があったと思うので」

容赦なく股間につまさきをうずめながら、少女がにっこりと笑う。

「ちょっと反省を態度で表してください」

黒い目で明確に燃えている怒りを眺めて、ようやっと自分の『間違い』を認識した。

行儀の悪さには目をつむって、机の上からダグラスさんを眺める。

大柄な彼は座っていても大きくて、突然の衝撃に背をまるめた状態でやっと頭の高さが私と合う。

ことさら優しく頭をなぜると、先ほどまでの勢いをすっかり失ったダグラスさんがうかがうように私を見た。犬が主人を見るかのような視線に、ゾクゾクする。いつもならもう、これだけで空気はやわらいだはずだ。

でも私は少し怒っている。

そうかそこまで私のことを信用していなかったのか。

姑息（こそく）なことをせずに、正々堂々と告白してくれたほうが嬉しかったなー。いまさらだけれど。

踏んでいたつまさきで股座（またぐら）をやわやわとあおる。布地の下のそれが少しずつ熱をもたげはじめた。

「ダグラスさま……」

わざとあきれたように声をかけると、ダグラスさんが気まずそうに顔をしかめた。

「いや、チカ、しかしだな……っ」

言い訳の途中で、先端がありそうな箇所をつまさきで強めに押す。ダグラスさんが息を詰めた。

「布の上で、しかも足で踏まれてこれですか」

熱はますますつのり、下肢を覆う布を邪魔そうにしながら支柱でゆるやかな三角を形作っていた。

「つは、ぁ……すまない……」

そうさせているのは私だという事実はあえて忘れて、羞恥を感じているらしい偉丈夫を誹ると頬を染めて謝罪を口にする。

反省しているのか興奮しているのかどっちだ。

まぁ興奮でしょうけども。

「今度から、私に隠しごとなしって誓ってくれますか？」

布の下の形を確かめるようにつまさきでなぞると、ダグラスさんが色っぽい息を吐く。

快楽に潤んだ青灰色の眼が、不安気に揺らぐのを見てなんとなく気に入らない気分になった。

「何がそんなに不安なんですか？」

両手でわしゃわしゃと灰色の短髪をかき回しながら、問いかける。

威圧感はあるけど整った顔立ちに、悲壮な色が含まれた。形のよい口が、かすかに歪んでから言葉を紡ぐ。これではまるで、ダグラスさんが子どものようだ。

「……チカが、いつか離れていくかもしれないのが怖い」

「行くところなんて、どこにもありませんが」

自分で言っていて心臓がきゅうと締まった気がするが、気にしない。

「奴隷でなくなれば、どこにでも行ける」

「どこにでも行けるならダグラスさんのとこがいいです」

ダグラスさんがハッとした様子で顔を上げる。

なんかちょうどいい高さに顔が来たので、髪をわしゃわしゃしていた手を下にスライドさせて両頬をつかんで唇を奪ってみた。

かちん、と音がしたような気がするほど露骨にダグラスさんが固まる。

見開かれた青灰色の目いっぱいに、私が映っている。

それを視認している私の目にも、きっと同じようにダグラスさんが映っているに違いない。

軽く唇を食んでから離れたあとも、ダグラスさんは固まったままだ。

「ダグラスさま？」

「……っ、チカ！」

おーい、と目の前でひらひらと手を振ってみると、いきなりせっぱつまったような表情になったダグラスさんに顎（おとがい）をつかまれて深い口づけをされる。

貪（むさぼ）るようなその口づけを享受しながら、足元に感じる熱源を心持ち強く踏みつけた。

急所を押さえられたケダモノが、ぎしりと強ばった隙に蹂躙された口を離す。

「ぐ、チカ……!?」

緊張感で張り詰めた様子のダグラスさんが、私を見つめる。

「ダグラスさま、反省は？」

笑って尋ねると、途方に暮れたようにダグラスさんが眉尻を下げる。かわいい。

「悪いことをしたダグラスさんの『これ』のお世話を私がするのって、なんだかおかしくないですか？」

猫が甘えているときのつもりで軽く陰茎（いんけい）を踏み踏みすると、張り詰めたそれがもう一段階硬くなった気がした。変態だ。

「チカ、どうすればいい……」

荒い息を殺しながら、吐息まじりにダグラスさんが問いかけてくる。ここまできてお預けなのかと哀しい顔をする彼の股座から、つまさきを離す。

残念そうな、もの欲しそうな表情のダグラスさんに身体の芯がじわじわと熱を持つ気がする。

「私はお世話しませんが、見てて差し上げますので、どうぞご自分で気持ちよくなってください」

「なっ……!?」

絶句するダグラスさんを見て、やっと私の鬱憤は溶けはじめた。

少女の黒い一対の目がじっと俺の手元を見る。

普段気にもしていなかった動作が、それだけで背徳的な意味を持った。

いまから自分は少女の前で自らを慰めるのだ。

怒り顔から一転、楽しそうに己を観察する少女からは甘い香りが立ち上り、さながら獣を誘う果実のようだ。

いつもよりも少し手間取りながらもズボンの前をくつろげ、下着をずらし己の怒張した性器を取り出す。情けないほどに猛りきったそれは、先ほどの嗜虐に悦びを覚えていた証明だ。

窮屈だったそこを解放できた喜びと、いまから行わなければいけないことへの期待に俺の陰茎はもはやはち切れんばかりだった。

少々もたつきながらも、ダグラスさんがズボンの前をくつろげる。

そこから現れた肉の棒は相変わらず凶悪なサイズをしている。……入るんだろうかこれ。

お互いにトラウマしか残らない結果になったらどうしよう。

『今』に関係ない想像を頭から振り払って、不安と興奮でない交ぜになった男の表情を見る。

潤んだ目、赤みの差した目元、もの欲しげに開いた唇。さっきわしゃわしゃしたせいで、乱れた髪もなかなかの色っぽさだ。リーリアさんなら即死だった。

「どうしたんですか？　見ててあげるから、早くすましてください」

くすくす笑いながら挑発すると、おそるおそるといった体で無骨な手が自身を慰めはじめる。

初めて行ったというわけでもないだろうに、ぎこちないのは私の視線を意識してだろうか。

だとすれば、とてもかわいい。

そう、ダグラスさんはかわいいのだ。

子どもっぽいわけではない。強いて言えば犬っぽい。

ちなみに、この世界の犬のカラーバリエーションはすごい。

定番の茶、白黒からピンクや黄緑までいる。

前の世界でもカラーひよこを見たことはないが、犬版ならこの世界で見た。天然物だけど。

まぁでも私は、目の前で熱い息を押し殺している灰色の犬がいちばん気に入っている。

ためらいがちにゆるく握る手を上下しながら、私と目を合わせてはそらす。

多分に羞恥を含むそのしぐさに、悪戯心が湧いた。

「ダグラスさま」

「は、ぁ……チカ、」

すがる視線を無視してもう一度頭をなでる。

うっとりと目を細めるダグラスさん。

だいぶ犬に近づいている。大丈夫かこれ。

「ダグラスさまダグラスさま、わんって言ってみてください」

「チカ……」

さすがにムッとしたのか、自分の現状に気がついて羞恥が増したのか、それとも間の抜けた要求に気が紛れたのか、なんとも言えない表情でダグラスさんが私を呼ぶ。

「チカにとっては俺は犬か？」

「まさか、もっとかわいいですよ」

何が、とは言わない。

犬はダグラスさんよりかわいいし、ダグラスさんは犬よりかわいい。どっちもとてもかわいい。

世界は平和だ。

だんだんと状況になじんできたのか、ダグラスさんの手が速度を増していく。手慣れたなめらかな動きはまぁ、男ならたぶん当然なんだろう。

明確に熱を孕(はら)んだ視線が私の素足を這い回る。ダグラスさんの所有印があちこちについた肌を見て、昨晩のことを思い出しているのかもしれない。

握りしめた手から見える肉棒は徐々に硬度を増して、透明な液を先から出しはじめている。少し粘度のあるそれを手に絡めることで手淫の摩擦が弱くなっているみたいで、ダグラスさんはますます気持ちよさそうに息を吐いている。

「……っは、く、ぅ……！」

「そんなに気持ちいいんですか？」

こらえきれなくなった声を聞きながら、尋ねてみる。

意外と見るだけってのが暇だったとかじゃないよ。

もれ出た声を恥じるように唇を引き結んで、ダグラスさんがうなずく。快感のせいか、厚い胸が大きく上下している。たぶん陰茎どころか、全身の血流がよくなっているんだろう。

「いつもこんな感じなんです？」

かすかに水音がする彼の手元に意識を向けながら、質問を続けるとダグラスさんが切なげにこっちを見てから首を小さく横に振る。

「つあ、チカが……」

「私が？」

首を傾げて続きを待つ。潤んだ青灰色に、私が映っている。

「チカが、俺を見てると……すごく、……ぁ」

その先は聞かなくてもわかる。

自然と笑顔が浮かんだ。

私にとっては凶器みたいなサイズの陰茎も、ダグラスさんの大きな身体には見合ったものらしい。

大きな手が一生懸命快感を求めて上下する。

最初よりもずいぶん乱暴になった動きは、果てがそろそろ近いからだろう。

眉間にしわを寄せて、眉尻を下げたダグラスさんが私の顔を見る。見続ける。

「ダグラスさま？」

「チカ、触れたい……っは、お願いだ……」

せっぱつまったように懇願するダグラスさんに、ほんのちょっとだけ残っていた怒りが溶けてなくなる。目の前に女がいて、触っちゃいけないから自分で慰めて、触りたくなってもまず私にお伺いする。この人は、ちょっと普通じゃないくらい私のことが好きなようだ。

ダグラスさんの目の前につまさきを差し出す。

「よしよーし、はいどうぞ」

「っ、チカ！」

心底嬉しい、みたいな様子で表情が蕩けた。

ちょっとした意地悪のつもりだったんだけど、いいのかこの人。まぁいいか。

差し出した足の甲に、温かい舌がぬるりと這う。

片手でかかとを包んで固定して、唇でついばんで、またなめて、少し上に進んでを繰り返す。

まるで私を味わうみたいに愛でながらも、利き手で自分を慰めている。

「……何か味します？」

あんまり熱心になめるから、不安になってきた。

徐々に進んできた舌を足首に感じながら問うと、うっとりとした視線が上がって私を見る。

「チカは、甘くておいしい」

……この世界に食人文化はなかったはず。とはいえ一瞬怖気づいて脚を引き戻そうとするも、大きな手が添えられていた脚はびくともしなかった。

そうだ、この人すごく力が強かったんだった。

私が引いたのを感じたのだろうダグラスさんが、こちらを見て小さく笑う。

青灰色の目に、不服そうな私の姿が閉じ込められている。

私を味わっていた舌はいつのまにか向こう脛まで這い上がってきている。

なめて、甘く噛んで、吸って、脚に紅い所有印が追加された。

「チカ、愛している」

はたしてそれは人の脚を堪能しながら言う言葉だろうか。

恍惚とした表情で愛をささやきながらも、舌はじわじわと移動する。ひざに口づけて、そのまま太股を食み、身体を傾けてまで上を目指しているようだ。内股を吸われて、ほんの少しだけ身体が跳ねた。

「……っ」

「チカ……」

心底嬉しそうに笑うダグラスさんに、犬の耳と尻尾を幻視する。もちろん、尻尾はちぎれるんじゃないかってくらい振れている状態だ。

しまった、興奮が理性を上回ったらしい。

「ダグラスさま、ちょっと……！」

これはまずいと思って腰を引くと、ひざの裏に手を入れられてそのまま引き戻される。

机から落ちるか落ちないかぎりぎりのところで踏んばっていると、ここぞとばかりに舌が這いまわり両脚の付け根に到達した。脚元にいたダグラスさんに一瞬で距離を詰められて、太股と太股のあいだにグレーの頭がうずめられる。

さっきまで他人事のように眺めていた熱くて荒い吐息が、布越しに敏感な場所へ当たる。

「えっ、ちょっと……待っ……ん」

頭をつかんで押し返そうにも、ダグラスさんは急に岩になったかのように揺るがない。なんだこの馬鹿力。小揺るぎもしない。

「ふ、ぁ、ダグラスさん、あっ、ん、反省はどうなったんですか……！」

下着のひもをするりとほどかれる感触を感じながら、途切れとぎれに責めると私に攻め入る動きがいったん止まり顔が上を向く。

私と目を合わせたダグラスさんは、なぜか思いっきり笑顔だ。

「ダグラスさま……？」

「わん」

「へ？　なに……！　あぁっ……！」

棒読みで犬の鳴きまねをしたと思ったら、ふたたび私の股座に顔をうずめる。下着を剝かれたそこにさえぎるものは何もなくて、ぬるりとした刺激が花芯を直接襲った。すでに少し湿り気を帯びていたらしいそこを、指よりもやわらかい感触が行き来して下肢がびくびくと跳ねる。

室内灯のついたここでそんなことをすれば、当然ダグラスさんの目には何もかも見えているわけで。というかまぁ、舌がそこを確認した時点ですべて暴かれたわけで。

「……チカ、濡れている」

耳に届いた言葉に反射的に暴れる。

脚をばたばたと動かしてどうにか逃れようとするが、私の下半身を固定した大男は意に介した様

子もない。先ほどまで私が支配していたはずの男の行為に、息が上がっていく。

「……は、やめ……！　んん……！」

分厚い舌が秘所をつつき回るのを感じて脚があらぬところに跳ねる。

やりやすさを考えてか、片脚をダグラスさんの肩に乗せられて脚を閉じられないようにされた。

残ったほうの脚をじたばたと動かすと、一度ダグラスさんのお腹のあたりを蹴って（でもまったくダメージを受けてなかった）、跳ね返るように下に泳いだつまさきがひときわ温かい何かをかすめた。

「……っ！」

途端、ダグラスさんの動きが一瞬だけ止まる。

……これは。

そのまま足で探って、原因のモノを見つける。

いつのまにか手を離していたらしい、棒状のそれの形を確かめるようにつまさきでたどると、ダグラスさんから熱い吐息がもれた。私の動作を阻止するかのように性急さを増すダグラスさんを、できるかぎり無視してぐにぐにとつまさきで彼の中心をあおる。

脚のあいだで受ける吐息まじりの声に私自身もびくびくと身体が反応するが、負けてたまるか。

必死でつまさきで突いて、押して、加減をしつつ刺激を与える。

「ふ、ぅ……く」

ダグラスさんが苦しげにあえいで私の腰をかき抱く。快楽で揺らぐ舌はそれでも私を高みにやろうと懸命に奉仕を続ける。目論見(もくろみ)どおり、絶え間なく与えられる快感に息も絶え絶えにあえぐ私を見てダグラスさんが嬉しそうに目を細めた。

さっきまでかわいかったのに、なんでこんなことに。

気持ちいい、恥ずかしい、気に入らない。

ダグラスさんなんか、ダグラスさんなんか――。

「や、もぅ……！　この、駄犬……！」

なんだかくやしくてダグラスさんを睨みながらつまさきで陰茎を強めに踏んだ瞬間、私に蓄えられた快感が弾ける。

白む意識の中びくびくと痙攣(けいれん)する脚の先、たぶん足首あたりに温かいものが付着した。

シンとした部屋にふたりの荒い息が響く。

「……は、ダグラスさま、いま、足で」

「…………すごかった」

私よりも早く呼吸が整っていくのは、鍛えているからだろうか。

思わず、といった様子でぽつりと言葉をこぼしたダグラスさんはあれで達した自分に衝撃を受けたようでぼう然としている。外気に触れたダグラスさんの精液は徐々に熱を失いながら、つまさきに向けてのびていく。とりあえず、

「お風呂、入りたい……」

脚に伝う精液を見て目を輝かせたダグラスさんに思いきり不満な表情を見せつけると、うやうやしくお風呂場まで運ばれた。

お姫さま抱っこも、人目がなければそう悪いものでもないなぁ。

お風呂場で、ダグラスさんの発情により三回ほど脚にかけられた。

四回目でいい加減面倒くさくなってため息を吐くとシュンとしていた。

かわいければ何してもいいというわけでもない。

身体を大きなタオルで包まれ、全身わしわしと拭かれる。力が強いせいで私が多少ブレるが、丁寧にされるその行為にはさすがに性の匂いは混じらない。全裸の男に風呂の世話をされている状況をはたから見れば、恋人よりは親子に近い情景かもしれない。

もちろん私は知っている。

私は異世界（ここ）に来たばかりの十三歳の子どもではないし、ダグラスさんが私に求めているものは親子の情よりもずっとかわいくないものだ。

たぶん私が抱いている感情も、かわいくはない。

首輪のところは水がたまりやすいので、別の小さなタオルで内側を拭いていると視線を感じた。

ダグラスさんが何か深刻な顔で私の首輪を眺めている。

身ぶりでしゃがむように要求して、近くなったダグラスさんの頭を抱き込む。

されるがままの男が、ゆっくりと私を抱き返す。

素肌同士でくっつくと温かくて、少し安心する、ような気がする。

「明日、朝に身分を買い取ってきます」

「……ああ」

「それで、帰ってきたら婚姻届を書きます」

「……わかった」

私にすがりつくように抱きしめてくるダグラスさんの背中を、ぽんぽんと叩いてなだめる。

広い背中に手を回すのはひと苦労だ。仕上げに心臓があるあたり（もちろん正確な場所なんて知らないから、たぶんこのへんだろうという予想だ）の皮膚に口づけを落とす。

目いっぱい吸ってみたが、いっさい色の変わらない頑強な肌をしていた。なんてことだ。

しかたないので、思いっきり噛んで歯型を残した。

その日は、ダグラスさんの寝台でふたりで寝た。

ダグラスさんのかたわらに引っついて寝ると、一度形容しがたいうめき声が聞こえてきた。

その後たくましい腕で抱きしめられて、眠りに落ちた。

六章　そうして、いつか

［1］ふり返れば奴がいる

次の日は、あいにくのくもり空だった。

何、問題はない。雨が降る前に帰ってしまえばいいのだ。

複雑な表情をするダグラスさんを仕事に送り出してから、例の小切手を銀行ギルドに持っていく。

奴隷の私が大金を手にすれば怪しいのが普通だけれども、首輪に彫り込まれているウィード家の紋章が私の身元を保証する。コレに関しては奴隷でよかったことのひとつかもしれない。

自由の代わりに、安全を与えられていたわけだ。

異世界人で保護者の存在しない私を、守ってくれた（ような気がする）のが奴隷身分だ。

普通の人が持っている多くの権利を持たない奴隷ではあるが、そのぶんその奴隷を害せば持ち主から賠償責任を負わされるので、奴隷を無闇に害する人間は少ない。

とくにこの王都では。

そのかわり、奴隷を持ち主がどう扱っても問題はない。なので奴隷の幸、不幸というのものは持ち主におおいに依存する。だからこそ奴隷たちは必死に主人に気に入られるように行動するし、それが結果的に奴隷の働きを向上させ、効率的な搾取のかたちを作る。

ダグラスさんに買われたのは、恐ろしく幸運だった。

何度でもそう思う。

でも奴隷のままで婚姻を結んでしまえば、きっと気に病むのはダグラスさんのほうだろう。このまま結婚すれば、ことあるごとに私の愛情を疑うだろうし、意外と卑屈な彼は私に対しての引け目でいっぱいになることだろう。正直めんどくさいし、私の素敵な家庭像とかけ離れているので断固阻止させていただく。

薄ぐもりの空の下、銀行ギルドまでの道を歩いていく。

分厚い雲と薄い雲がまだらに覆いつくす空は、少しだけダグラスさんの眼の色に似ていた。愛しい人を想えて幸先がいいのか、こんなところでも監視されている気分になって幸先が悪いのかは意見の分かれるところだ。

銀行ギルドに奴隷が現れるようなことはめったにない。

だって、銀行が関わるような金額を奴隷に扱わせる主人はなかなかいないからね。

受付カウンターのお姉さんにいぶかしげな顔をされながらも、小切手に金額を書き込んで認印をもらう。これでこの小切手は記載された金額分の効力を持つ。

これを持って奴隷商会で申請すれば、晴れて私の身分は奴隷から解放されるのだ。

その時点では、私の身分は奴隷でもないけれど王国民でもない。さらに奴隷商会でもらった解放証明書を持って役所で自由市民の身分を買い取れば、私はこの国の一般市民となる。

……これ二重取りって言わない？

ちなみに、この制度のおかげで外国からの移住者も戸籍をもらえるという寸法らしい。

異世界人でも戸籍が手に入るんだから、感謝すべきだろうか。

『やっと』なのか『もう』なのか、私には判断がつかないけれど。

小切手を、鞄の奥深くにしまって大事に持つ。私以外が使うことはできないはずの小切手だけれども、紛失したら再発行してもらうのはとてもたいへんなのだ。

カウンターから離れて荷物を確認していると、視線を感じた。

顔を上げてその視線のもとを確認すると、大柄で岩みたいな風貌のおじさんがこちらを凝視している。

紺色の髪にオリーブグリーンの目。

日に焼けているらしい真っ茶色の肌はなんとなくあの不審者を思い出す。

目があったことに気づいた、岩のおじさんが近寄ってきた。

銀行ギルドでの暴力、犯罪行為はご法度だ。行えばすぐに警備がすっ飛んできて制裁をする。

なにせお金を扱う場なのでそのへんのことは、ちょっとした役所よりもよっぽど厳しい。

だからといって、近づいてくる男への警戒心が薄れるわけもない。

じわじわと近づいてくるおじさんに合わせて、私もじわじわとうしろに下がる。

まわりの人たちも気づいてないわけないと思うのだけれども、見て見ぬふりを通している。

ちくしょう、ことなかれ主義者たちめ。私もそっち側がいい。

あとじさるうちに、壁へたどり着いてしまった。

背中の硬質な感触が、ここで終わりだと私に伝えてくる。

「……何か？」

覚悟を決めて声をかけると、岩みたいなおじさんの目が戸惑ったように私を見る。

「……あぁ、いや」

歯切れ悪い返答とともに、目をそらされてしまった。

まさかの用事なし。じゃあなんで寄ってきた。

そんな私の疑問を察したのか、気まずそうにおじさんの眉尻が下がる。

あれ？　この人、意外と怖くない。

岩というか、気の弱い熊みたいな感じ。

「すまない、俺はラッド。……ウィード殿の……そうだな、知り合いだ」

なんとまあ、熊のおじさんはダグラスさんの知り合いだったらしい。

「君がカウンターから受け取ってきたものは、娘さんひとりで持ち歩くには少々危険だ。俺に護衛させてもらえないだろうか？」

なぜか申し訳なさそうに親切な提案をしてくるおじさん……ラッドさんにむしろ警戒心が上がる。

「それで、ラッドさまにどんな得があるんですか？」

うまい話には裏があるのが普通だ。

最高のご主人さまだと思っていたのに、性的にとても倒錯していたダグラスさん然り。洋服をいっぱいプレゼントしてくれたと思えば、エロ下着を紛れさせていたダグラスさん然り!!

「得というか、詫びというか……君はしっかりしているな。代償がなければ安心できないというなら、俺の相談に乗ってくれないだろうか」

「相談？」

「あぁ、恋愛に関しての話なんだが」

「あっはい、よろしくお願いします」

おじさんは怪しいが、おじさんの恋話とかはめちゃくちゃ興味がある。

私は各種手続きを終えてから、ラッドさんとお茶をする約束を交わした。


大通りを少女奴隷と大柄な男が歩く。

大事そうに鞄を抱えた少女に付き添うようなかたちで歩く男の風貌は、頑強な岩のようで威圧感がある。少女ひとりでは気にもとめない街人たちも心なしか、ふたりを遠巻きにして歩いていた。

少女に接触するほど近づこうものなら、かたわらの男が睨みを利かすのだ。

そんなふたりから、また少しうしろを歩く男がいる。

当初の予定であれば、ひとりで歩く少女をそっと見守るだけであった。

それがどうしたことか、少女の横には筋骨隆々の海の男が付き従うように歩いている。

これでは、自分に与えられた護衛任務が果たせそうにない。

街の不届き者程度なら、少女の隣の男が片づけるだろう。

隣の男が不埒(ふらち)なまねを働けば、自分にはそれを止めることはおそらく不可能だ。

自分の気配に気づいているであろう男——海軍のあの若造、つまりディーク・ウィードの腹心の——ラッドの背中を視界におさめながら、ジルドレは内心で頭を抱えた。

陸に敵の多いディークが、自由に王都をうろつける理由はこの男にある。

十二分に威圧感にあふれたラッドという男は、武力はもちろん知能もそうとう高い。

出世欲のなかった彼はディークに見出され、忠誠を誓い海軍の中でめきめきと頭角を現した。

周囲に実力を認められたいまでも彼はディークよりも上の役職につくことをよしとせず、己の力すべてを使ってディークに仕えている。

彼が、そこまでディークに心酔している理由を知るものはいない。

しかし彼がいる限りディークを陥(おとし)いれることは不可能、それは厳然たる事実なのだ。

そんな男相手に、俺ひとりでいったい何ができるというのか。

いいや、何もできまい。

しかし任務を放棄して帰ってしまえば、それこそ自分の上司に何を言われるかわからない。

否、何か言ってもらえればマシなほうだ。この状況を見逃してのこのこと騎士団に帰ろうものなら、待っているのは斬首だ。

解雇じゃない。斬首。

そして現場に駆けつけた隊長により、ひと悶着(もんちゃく)。

さようなら騎士団と海軍のかりそめの平和。こんにちはいがみ合い。

想像するだけで胃がキリキリとする。

隊の中で、己のアダ名が天使になった瞬間と同じぐらいキリキリと痛む。

ちなみに公衆の面前で大の男を天使と呼ぶことが意外と恥ずかしいと判明し、ジルドレ天使呼ばわりブームは早急にすたれた。

これに関しては、ジルドレは心底神に感謝している。

そしてマリーのことを天使とか子猫とか呼ぶのは、心の中だけにしておこうと決めた。

ジルドレは少し大人になったのだ。

しかし、ラッドがなぜ隊長の想い人と歩いているのか。

さらに不可解なのは、まばらな雑踏の中もれ聞こえてくる会話の内容だ。

「なるほど、それでラッドさんはなかなか進展せずに困っているんですね」

「あぁ、どうしても向こうが踏みきってくれなくてな。俺としても相手の自由は尊重したい。しかし、あんなに魅力的ではいつ誰かにかっさらわれてしまうのではと思うと……気が気でないんだ」

「青春ですねぇ」

感嘆するようにコメントをもらす少女に、岩石男が照れたように頭をかく。この光景を海軍のやつらに見せたら、白目剝いて泡を吹くんじゃないだろうか。

……蟹は海の生き物だ。きっと吹く。

さて、あの岩石男に恋人などいただろうか？　俺はてっきりラッドの旦那は、ディーク中尉にすべてを捧げて一生を終えると思っていたのだが。恋愛をする暇などいったいどこにあったというのか。しかも相手方はそうとうモテている様子。

そんな恋人がいたら、普通、出世を目指さないか？

可能なら囲い込んじゃうのが、男の本能じゃないの？

なんでディーク中尉の部下として、かいがいしく世話を焼くだけで満足しているのか。

大通りの終わり近く、そこにかまえている奴隷商会にふたりが入っていく。

なんのつもりで少女に付き添っているのかはわからないが、重要な局面だ。

ジルドレは覚悟を決めて背後から慎重に、こっそりと追跡を続けた。


書類と小切手を受付の机に並べて、ひそかに緊張する。

これで、とうとう私の身は自由だ。

これからは私は自分が誰の所有物か名乗らなくていいし、主人の意向をいつでも気にとめておく必要などない。

小切手の照会のために受付嬢が奥に入っていくのを眺めながら、ふわふわと現実感を失っていく。

夢みたいだ、本当に。

「……君は、自由になったあとはどうするんだ？」

ふわふわの脳みそに、ラッドさんの静かな問いかけがじんわりと染みこんでくる。

「ご主人さまのお嫁さんになります」

「なぜだ？　これで君はもう自由だ」

ずっと思っていたことがある。

私はこの世界に来た瞬間、何のしがらみもなく、五体満足で誰よりも自由な存在だったんじゃないだろうか。

誰のものでもなく、誰にも守られず。

そして、自由だったから捕まって奴隷にされてしまったのだ。


自由と幸せは同義ではない。

少なくとも、私にとっては。


「私は自由になりたいんじゃなくて、幸せになりたいんです」

きっと、ダグラスさんとなら幸せになれるだろう。

だって、私はダグラスさんが好きなんだから。

そんな趣旨のことを言うと、ラッドさんが眼からうろこみたいな顔をした。

「自由でなくとも幸せ……」

「私の場合はそうですね。無力な人間の自由なんてロクなもんじゃないんですよ」

自嘲を含めて笑うと、ラッドさんが顔をしかめた。

「君は充分、強かに見えるが」

またまた、こんなか弱い美少女をつかまえて、岩石みたいなおじさんが何を言うのやら。

「肉体面の話ではない。心のありようの話だ」

あれ？　口に出してた？　と思った瞬間、「顔に出ていた」との指摘をいただく。

ラッドさんはすごい観察力をお持ちらしい。

「安心してくれ、褒(ほ)めている」

意外と多弁なラッドさんと話をしていると、申請を受け付けた女性が戻ってきた。

高価そうな服を着た、魔術技師の男を隣に伴っている。

にこやかに祝いの言葉を述べてから、私の首輪に男が指をかけて呪文をささやく。

からん、と乾いた音がして首輪はあっけなく床に落ちていった。

首元がスースーする。

ひさしく感じてなかった場所に感じる外気は少し冷たくて、嬉しさと不可解な不安感が背筋を上がってくる。このままどこかに走っていってしまいたいような、家に帰っていつもどおりで過ごしたいような、ふたつの気持ちがない交ぜになる。どちらを実行してもいい。


だって、私を咎(とが)める首輪はいま失われた。


そうだ、自由ってこんなのだった。

知らぬ間に詰めていた息を吐いて、なんとなくラッドさんを見上げると静かにうなずかれた。

私もそれにうなずき返して、足早に奴隷商会をあとにする。

奥に入ればひしめいているであろう、ほかの奴隷たちのことは考えない。

私が考えたってしかたないことだ。

そのまま役所に行き、自由市民の身分を買い取り、私はこの国の人間になった。

「それで、結局ラッドさんはどうしたいんですか？」

昼間からにぎやかな大衆食堂（お酒も出る）で、ラッドさんの話の続きをねだる。

せっかくだからカフェでお茶でも、と言ったらラッドさんの顔色が見る見る間に悪くなったゆえの選択だ。

ああいうファンシーなところは苦手だそうな。椅子小さいし、視線は痛いし。

そんなことを言えば、うら若き少女を相手に酒を飲みながら恋愛相談をしている状態に集まる視線なんかもっと痛いと思うのだけれども、それはべつにいいんだって。

男心は複雑だ。

なんでも、ラッドさんの恋人は良家のご息女で世間体のために結婚を躊躇しているらしい。

海軍将校なんて立派なお仕事だし、保証もばっちりなのに何がダメなんだろうか。

「職業柄いつ死に別れするかわからん。できれば、あの人と確かなつながりが欲しい」

大きなマグでキツいお酒をぐびりと飲んで、赤ら顔で切なそうにつぶやく。

向かいに座った私は、薄〜い果実酒を飲みながら話を聞くスタイルだ。

一回は遠慮したけれども、おごりだと聞かされて思わず注文しました。

酸味はほとんどなく、甘いジュースみたいで飲みやすい。

「世間体がアレでも、好きならもう突き進んじゃえばいいんじゃないですか？　自分で言うのもなんですけど、ダグラスさまなんか元奴隷と結婚する気ですよ」

貴族の坊っちゃんが、出自も由来も怪しい元奴隷と結婚するんですよ。良家のご息女と海軍将校の結婚なんか、ゆるいゆるい。

「君は本当に、強いな」

「ラッドさんは見た目のわりに遠慮がちですよねぇ」

あっ、しまった。思ったことを吟味せずに口に出してしまった。どうもアルコールは私の思慮深度を浅くしていくらしい。失礼な口を利いてもラッドさんは薄く笑うだけだ。

「あの人にすべて捧げて、少し応えてもらえただけでこんなにも欲深くなってしまった」

「少しって？」

「何度か床を共にした」

「まじで」

マジだ、とでも言うようにラッドさんが重々しくうなずいた。

セックスを『少し』と表現するとは、この世界の価値観はどうなっているのか。

まさか私とダグラスさんのやってることって、日本でいえばお手てつないで歩いてるくらいの感じなのか。いや、そんなまさか。

「あの人が俺に興味を持ってくれたとき、本当に嬉しかったんだ」

言葉とは裏腹に、諦念のにじんだ表情だ。アルコールで陽気になっていた気持ちがきゅうと締まる。何これ切ない。

ラッドさんにはぜひ幸せになって欲しい。

そのご令嬢から迫ってきたのに結婚は嫌とは。でも、そんな女性でもラッドさんは好きなのだ。なんとも一途じゃないか。

「ウィード殿がうらやましい。ユニコーンの乙女となったことを知っても君は自由より彼を選んだ」

「いや、ユニコーンの乙女の件を知ったのは、選ばれたあとなんですけどね」

熊が豆鉄砲くらったみたいな顔で、ラッドさんが停止した。

「……何？」

「いやだって、そんな制度あるとか教えてもらえなかったし」

背後のテーブルで、がちゃんと何かが落ちる音がした。ほんとににぎやかな大衆食堂だなぁ。

「……それは、つまり、いや……君はユニコーンの乙女について可能性を少しも考えなかったのか？」

聞きながらラッドさんのマグを持つ指が白くなっている。握りすぎだ。さすがに酔いがまわってきたんだろうか。

「そんな制度があるかもしれないって可能性？」

「そうだ……たとえば、ソレを示唆するようなものを目にしたことは」

果実味のアルコールで揺れる頭で思い返せば、脳裏に白いカードがぼんやりと思い浮かぶ。見たことのない紙、知らない人の字。

『ユニコーンの乙女』

そう。確かにそう書いてあった。そういえば、あのカードどうなったんだろう。処分を頼まれてないから、まだダグラスさんが持っているんだろうか。

「あれ……メスのユニコーンってことじゃなかったのか……」

ぽつりとつぶやくと、ラッドさんの目がますますまるくなった。彼は案外愛嬌のある大男だ。

「ふ……アッハッハッハ」

何がツボに入ったかわからないが、ラッドさんが大口を開けて笑う。

同時に背後のテーブルで「ブハッ」と飲み物を口から吹いたような音が聞こえた。

汚いから絶対に視界にいれないでおこう。

「ラッドさん？　そろそろお水頼みますか？」

もしかして笑い上戸なのかもしれない。

そして、このおじさんが酔い潰れたら手に負えない自信がある。

店員さんを呼んでお水をふたつ注文して、ふたたびラッドさんに視線を向ける。彼はまだクックツとできるかぎり静かに、でも心からとわかるほどあきらかに笑っていた。

「……君をずいぶんと誤解していたのかもしれないな、全員が」

「全員？」

はて、なんのことやらと、首を傾げる。笑いすぎて涙目のラッドさんが、こちらを見返した。

なんのことかはさっぱりわからないが、恋に悩んでいたラッドさんがこんなに笑顔になれたのだからいいことだ。ラッドさんはにやりと笑って、言葉を続けた。

「何、君の結婚を祝福できそうだという話だ」

「私もラッドさんがその恋に決着つけて、結婚されたら祝福しますね」

「結婚か、それはいいな」

オリーブグリーンの瞳が、まぶしいものを見るように細まる。こらえきれない切なさをたたえたようなその色味を、酔っぱらって定まらない視界にぼんやりととらえた。

「難しいんですか？」

「あぁ、とても」

「じゃあ、取っておきの方法を教えてあげます」

よくわからないが、酒精とは私を陽気で親切な人間にするらしい。彼の幸せのために、必殺技を教えてあげよう。

ラッドさんが幸せなら私も幸せ。私が幸せならダグラスさんも幸せ。ダグラスさんが幸せならジルドレさんも幸せ。うん、みんなが幸せになれる。素敵なことだ。

「ほう？」

ジェスチャーで耳を貸すように指示すると、大きな頭が素直に近づいてきた。

熊みたいな大男からうっすらと潮の匂いがする。

「今度――するときに、――して、――で――なアレを――までしてから、相手が意識朦朧なタイミングでプロポーズしたらいいですよ」

貴女もあきらめたほうがいいですよ、顔も見たことのないご令嬢さん。

でもここまで貴女のことを好いているなら、きっと幸せになれると思うんです。

ラッドさんのため息と共に吐き出された「なるほど、な……」という低い低い言葉と、決意を固めたような光を秘めたオリーブグリーンが、アルコールでふわりとたゆたう思考に焼きついた。

ふらつく脚で自宅への帰路をたどる。

隣を歩くラッドさんは、あれだけ飲んだのに確かな足取りで歩を進めている。

なんだこの差は。私が飲んだやつ、ジュースみたいに薄いやつなんだけど。

自分が気づかないうちに、酔いを深くしていたと判明したときにはすでに遅かった。

ご機嫌にベロンベロンだ。

ラッドさんには謝られたが、飲みすぎたのは私の判断なので完全に私が謝る側である。

大通りをふわふわした気分で歩いていると、いつかの噴水の近くに見覚えのある日に焼けた茶髪の青年がいた。

「あ、不審者」

「なっ……!?」

思ったことをそのままぽろりとこぼすと、青年が驚いたように声を上げる。心外だと言わんばかりの表情だ。奴隷を海の向こうへさらおうとするのは、不審者以外の何者でもないだろう。

「ディークさま」

「ラッド、なぜそいつと一緒にいる」

不審者の名前らしきものを呼んで、ラッドさんが立ち止まった。それに従って私も立ち止まる。

ラッドさんの名前を呼んでたということは、知り合いなんだろう。

なぜかずいぶんと苦い顔をしている。呼び方的には向こうの彼のほうが身分が高いらしい。

「おひとりで歩いておられたので、保護も兼ねて同行していました」

「お前が？」

「はい、彼女に何かあればディークさまの兄君が悲しまれます」

「ダグラス兄が？」

「ご結婚が決まったそうです」

「は!?」

驚くディークさんの正面で私も驚く。

ディークさんの兄上がダグラスさん……つまりダグラスさんの弟はディークさん。

目元しか似ているところがないとか、そういうところはいまいったん置いておこう。

つまり、彼は
「義弟（おとうと）……」

苦虫を噛み潰したような顔、というのがしっくりくる感じの表情でディークさんに睨まれた。

眉間に深い溝を掘り、口角を下がるところまで下げた顔は、確かにちょっとダグラスさんに似ているかもしれない。

「貴様……」

なぜかめちゃくちゃ怒っているディークさんが、一歩こちらに近づく。不穏なものを感じて私も一歩下がる。縮まらないふたりのあいだに、ラッドさんの大きな身体が割って入った。

「ディークさま、宿に戻りましょう」

「宿……？　まだ明るいが？」

「戻りましょう」

理由を言いつのるわけでもなく主張を通そうとするラッドさんに、ディークさんが不思議そうな顔をする。

「長くかかりそうなので」

これまた理由にもならない言葉を発してから、ラッドさんがディークさんの側に立つ。

「……よくわからんが、お前がそう言うなら」

腑に落ちない様子のディークさんが、それでも意見を曲げないラッドさんに曖昧にうなずく。

それを見たラッドさんの目が、ほの暗く光った。

「ラッド？」

「いえ、参りましょう。チカ嬢、今日はじつに有意義だった。ジルドレ殿、あとは任せました」

「あっはい」

少し早口でディークさんにしゃべってから、いつのまにか背後にいたジルドレさんに声をかける。

「ジルドレさん、いつのまに」

「いや、諸事情あってね……」

やけに疲れた様子だけど、何かあったんだろうか。

騎士というのは事件のない日でもたいへんらしい。お疲れさまです。

私たちがそんなやりとりをしているうちに、ラッドさんたちは通りを宿に向かって歩き出していた。並んだうしろ姿はやけに近くて、ふたりの心の距離感をそのまま表しているようだ。

ディークさんはよっぽどラッドさんのことを信頼しているんだろう。

あんなに親切なラッドさんが信頼しているのだ。もしかしたらディークさんもほんの少しくらい、海の中に落とした角砂糖くらいのいいところがあるのかもしれない。

私にはさっぱりわからないが。

通りに消えていくふたりをぼんやり見送ってから、付き添いを申し出てきたジルドレさんと一緒に家まで戻った。

それにしても、今日はやたらとダグラスさんの関係者と出会う日だ。

というかジルドレさん、平日の夕刻前に騎士服なんだからお仕事中なのでは。

お仕事を邪魔するのは申し訳ないので、ひとりで帰れますよ？

そうジルドレさんに言うと、疲れきった笑みが帰ってきた。

なんだろう、ここ最近のジルドレさんの不憫感が止まらない。

今度マリーさんに、ジルドレさんのいいところを吹き込んでおこう。なんか気の毒になってきた。

「よくわからないけど元気出してください、ジルドレさん。マリーさん、たぶん脈なしとまではいかないですよ」

ジルドレさんがパン屋に来たときを思い起こす。

女の子が前髪直してから顔を出すのだもの、ほんの少しくらい意識されてるって。

「脈アリと言ってくれないか」

「嘘はちょっと」

励ましの言葉をかけたら、ジルドレさんの下がり気味の肩がますます落ちた。ごめん。

息を切らして家に帰れば、そこには何かやたらとかわいい生き物が待っていた。

「あ、ダグラスさん、おかえりなさーい」

赤らんだ頰にゆるんだ笑顔。

扉が開く音を聞いたのだろう、少し定まらない足取りで小走りで寄ってくるチカはあざといほど愛らしい。

首を戒（いまし）めていた無骨な首輪は失われ、ほっそりとした白い首がまばゆく目に映る。

小柄な生き物が近くに寄ったあたりで加速して男の胸の下あたりに抱きつく。遠慮なしに飛びついてきた勢いが男の肉体を背後に押す。

それで揺らぐようなダグラスではない。感じる温もりに、ただ喜んだ。

まるで、新妻が愛おしい夫を出迎えているようじゃないか。酒の匂いさえしなければ。

「チカ、酒を飲んだのか？」

身体に顔を押しつけてご機嫌に笑う少女を、包むように抱き込んで耳元でささやく。

ずいぶんと近くなったこの距離感は、自分のみに許されたものだ。

そう思うと、ダグラスの胸には心地よい何かが満ちる。

やっと、本当の意味で少女は己のものになった。

幸せに目を細めながら、彼女のやわらかさを堪能する。

少女もまた幸せそうに微笑み、口を開いた。

「はい、ラッドさんと一緒にお酒を飲みました」

楽しかった思い出を反芻するように笑う少女を抱きしめた状態で、ダグラスの身体はぎしりと固まった。

「……ラッドと、酒を？」

「はい」

「ふたりでか？」

ほろ酔いで気分が高揚しているらしいチカがこくりとうなずいて、すりすりと頬をよせる。

なぜ思いが通じあったと思った次の日には、よその男とふたりで食事をしているのか。

しかも酒まで飲んで。

何かあるといけないと思い、つけていたジルドレは何をしていたんだ。

緊急時にはチカを守れと命じておいたはずだ。これは立派な緊急事態だろうが。

抑えきれない鬱屈が、腹の底から湧いてくるのを感じた。

自由にしたとたん、彼女はほかの男と親しくする。ならばいまからでも遅くない。

閉じ込めて、ほかの誰とも顔を合わせないようにするべきだろうか。

首の無粋な鉄の輪はもうない。

次は彼女の首を傷つけないような、やわらかな革のものを用意しよう。

そこから伸びる鎖を家のどこかにつなげておけば、ようやっと安心できるのかもしれない。

「ダグラスさん、ダグラスさん、じゃーん」

剣呑（けんのん）な思考を巡らせていると、チカがエプロンについていた大きめのポケットから羊皮紙を取り出した。

見間違えるはずはない、昨晩だまし討ちのようなかたちで書くように要求した婚姻書だ。

ポケットに入るように四つに折りたたんだ痕跡が見えるが、それに関しての言及は避けよう。

ところどころ雑なのは彼女の愛嬌だ。

毎回思うが、チカの愛情表現は軽い。

しかし、そんな重さを感じられない表現には、本人も自覚していない莫大（ばくだい）な量の愛情が詰まっているのだ。ダグラスはそう思うことにした。

たぶん遠からず当たっているだろう。きっとそうに違いない。そうだったらいいのに。

前もって書いておいた自分のサインのすぐ下に、黒いインクで角張った記号がふたつ記されている。書かれている場所から察するに、それは文字なのだろう。しかしダグラスの知識の中に、そのような文字を持つ文化は存在しない。どこか硬質な印象を持つその文字にふりがなをふるように、この国の文字で『チカ』と書いてある。

「……これは？」

「婚姻書ですけど」

「不思議な文字だ」

「母国の文字です」

少しの郷愁（きょうしゅう）を含んだ声に、胸が締めつけられる。

見当もつかないほど遠くから、さらわれてきた少女。しかし、彼女を手放す選択肢はもはやダグラスには存在しない。

羊皮紙の下部には、ひとりでに浮き出てきた証印がある。

魔術を施された契約書によって、ふたりは公的にも離れがたい存在となったのだ。

たまらず強めに抱き締めると、ぐぇ、と女子らしからぬ声をもらしながらもチカの細っこい腕が背中に回される。肩甲骨のあたりまで届いた手が、とんとんと背を叩いた。

「ダグラスさん、くるしいです」

不満そうに言葉を紡ぐチカに、慌てて腕の力をゆるめる。絞り出された呼気を取り戻すかのようにチカが大きく息を吸った。鍛え上げられた己とは何もかもが違う。

いまさらながらに少女の肉体的な儚さに、ダグラスは彼女をすべてから守ろうと決意を新たにする。大切にしまい込んで、誰にも触れられぬようにしてしまいたい。

だが、少女を囲い込もうとすればするほど、事態が悪化することもダグラスは身に染みて理解していた。

ひとまず、彼女は自分の用意した囲いの中に望んで入ってくれた。

腕の中の小さな生き物は、いまや己の配偶者なのだ。

新婚ふたりがやることといったら、ひとつしかあるまい。

ダグラスは己のピンク色の脳内を悟らせないように、チカに向かって微笑みを向ける。

酒精によって体温の上がったらしい少女からは、ほんのりと甘い匂いがしてとてもおいしそうだ。

布の下のやわらかな肉も、ここまで少女が守り続けていたものも、すべてがダグラスのものだ。

もちろん、ダグラスのすべてもチカのものである。

ふわふわと笑うチカを抱き上げると、楽しそうな笑い声が上がる。

ダグラスの首に両手を回して、喉元に頬をすりつけられた。

なんだ、このかわいい生き物は。

普段は絶対にしないだろう行動に、心臓が早鐘を打ちはじめる。

そうか、チカは酔うと甘え上戸になるのか。とてもよいことを知った。

ありがとう酒、ありがとう弟の部下。

だが、ジルドレは許さん。

明日は休暇を取っている。心ゆくまで少女を堪能しようじゃないか。

ダグラスは足取りも軽く階段を登り、自室を目指す。

胸に抱いた少女は上下に揺れるのが楽しいのか、ご機嫌で男にすがりついている。

チカがこのあと何をされるのか気づいたのは、ダグラスの私室のベッドにそっと降ろされてからだった。

［2］ゴリ夢中

寝台の上に少女を乗せてから、自分も靴を脱いで上がる。

のしかかる己に甘えて笑うチカの細い足をたどって、彼女のブーツも脱がしてやる。自分の靴なら雑に扱うが、相手の靴の場合は話が別だ。なにせソレが包んでいるものはチカなのだから。

編みあげられたひもを丁寧にほどいてふくらはぎを楽にしてやると、少女がご機嫌に笑った。

「もう寝るんですか？」

「いいや、チカは眠いのか？」

「わりと」

寝るにはいくぶん早い時間だが、酒が回ったチカはもう眠いらしい。

「それはすまない」

軽く謝罪してからタイツを脱がす。黒い薄布が足先に下がり、白い太股があらわになる。

まだ意味を理解していないらしいチカが、不思議そうな表情でダグラスを眺める。

「ほら、バンザイして」

「ばんざーい」

服を脱がすために両手を上げるように誘導すると、チカは素直にそれに従った。

言われるままに身体を明け渡す彼女をいいことに、次々に装飾を剝（は）いでゆく。

白い肌が、やわらかな肉がダグラスの眼前にさらけ出される。

最後の砦（とりで）とばかりに要所を覆う下着を脱がしてしまえば、彼女を隠すものは何ひとつなくなる。

寝台に座った少女の裸体は、起伏に乏しく少しだけダグラスに罪悪感を抱かせた。

彼女は成人している。いくら見目が幼くとも、道義上まったく問題はない。まったく。

胸が小さかろうと、尻が薄かろうと、彼女は十九歳。

貴族令嬢でいえば、立派な結婚適齢期だ。

一般市民の平均結婚年齢はもう少し遅いらしいが、俺は貴族だし。うん。

きょとんとしているチカの前で、ダグラスも服を脱ぐ。

筋肉に覆われた鋼のような肉体は、数々の古傷に彩られている。どれもが彼の誇りではあるが、目の前の少女がそれに嫌悪を感じないか、それだけが心配だった。

何度か見せた身体だが、チカがそれに言及したことはあっただろうか。

「チカ、俺が好きか？」

「好きですよ」

「傷だらけでも？」

「ときどき、たしていいですか」

「……いくらでも」

胸の傷跡を指でなぞりながら、少女が物騒なことを口にする。

素手でやる気なのか、刃物を用いるつもりか。

そういえば前に歯型をつけられたな。

どれであってもチカが望むのであれば受け止める所存だが、冗談のつもりだったらしいチカは目をまるくしてダグラスを見ていた。

「つけてみるか？」

そう言って抱き寄せて胸元に囲い込むと、胸の中心、心臓のあたりを薄い舌がぺろりとなめてから甘く歯を立てられた。

こらえきれない衝動が込み上げて、少女の顎に指をかけて上向かせ口づけをする。おとなしくそれを受け入れている少女のやわらかな感触に夢中になって、性急に舌を差し込んで貪る。

「ん……む、ふぁ……んん、」

入れられた舌に応えようと、薄い舌が健気にゆるく動く。

狭い口腔内を味わいつくすように舌で探索し、少女の舌を巻き込んで呼吸を奪う。

苦しいのか、それとも快楽をともされたのか、彼女の薄く開いた目は潤みはじめている。すがるところを探し、ダグラスを這い回った小さな手は、とっかかりを見つけられないまま男の硬い太股の上に頼りなく乗っている。

ときどき力が入ったり抜けたりをする感触を太股に感じながら、ダグラスは空いたほうの手でチカの身体を愛撫していく。片手にすっぽりとおさまるささやかな胸を揉んで、チカの呼吸が乱れるのを楽しんだ。

「ん、や、ぁう……あれ?」

胸の飾りを指で弄びはじめた頃合いに、少女がやっと自分の状況に気づいたのか疑問符を浮かべてダグラスを見た。

ぱちぱちと瞬きをするまぶたに口づけを落としてから、前戯を続ける。

丹念に行う愛撫のおかげで、チカの身体は素直に反応してダグラスは深い満足感を得る。

温かくやわらかいその身を楽しむのは、己だけの特権なのだから。与えられる快感に混乱しつつ、無意識に己のひざをこすり合わせるチカを男が見逃すはずもない。

ダグラスにとってはないに等しい抵抗を無視して、脚のあいだに手を入れ、チカの中心に指を伸ばす。指先に感じる淫靡な感触に、笑みがこぼれた。

湿り気を帯びたそこに導かれるように指を侵入させると、チカが甘く鳴く。

「や、あの、ダグラスさ……あ、んんっ……!」

ここ最近で多少慣らしたそこは、素直にダグラスの指を迎え入れて、誘うようにうねる。

まだ狭い秘所ではあるが、ここに己をうめ込めばどれほどの快感だろうか。

温かいぬかるみにうずめる指を増やしながら、ダグラスは逸る気持ちを抑えてじっくりと少女をほぐすことにした。


正気に戻ったら、やけにワクワクした顔のダグラスさんが目の前にいた。

手際よく脱がされたらしい私は全裸で、むかいのダグラスさんも全裸。

私よりも立派なお胸がまぶしい。

ほどよく日に焼けた手が私の脚のあいだにうまって、指が私の中に侵入してばらばらと動かされる。

「ん、あ、はぁ、あっ……！」

巧みに与えられる刺激に思わず媚びた声がもれた。

嬉しそうに目を細めた男が片耳に口を近づけ、唇だけでそこを喰む。

耳に直接注ぎ込まれる水音に、下腹から聞こえる卑猥な音も増したような気がする。

二本だった指はさり気なく三本に増やされ、私の中を押し広げようと苛む。少々の圧迫感を感じて身体に力が入るが、なだめるように背をなでられるだけで行為はいっこうに中断の気配はない。

できるかぎりの官能を与えながらも、指は性急に私の入り口をほぐしていく。

あらぬ痛みに身体を硬直させればそれ以上の追求はなく、別の箇所を責める。

そうして快感にあえげば、頃合いを図ったようにまた指は私を開拓する。

間違いない、これは、やる気だ。

正面にあるダグラスさんの顔を見る。すごく、目がギラギラしている。

油断なく私を見据える青灰色は、きっと私のことをつぶさに観察しているのだろう。

目が合うと双眸を細めて、ついばむだけのキスを唇にひとつ。

私よりも少し硬く、ザラリとした感触を残してまたほかの場所を苛むために離れていった。

視線をスライドさせて、下へ。

鍛え上げられて六つに割れた腹筋の下、いつか見た凶器は存在感を減じることなくそこにそそりたっていた。部屋にかかる夕日に照らされて、残念なことによく見えるそれには少し血管が浮いていて、いやがうえにもダグラスさんの興奮が視覚から明瞭に伝わってくる。

凶悪なサイズの肉の棒を見て、ヒュッと喉が鳴った。

あきらかに固まった私を見て、ダグラスさんが苦笑する。

「チカ、大丈夫だから」

「いや絶対大丈夫なサイズじゃな、ん、ぁあっ……ダグラスさん！」

反駁の途中で、指の動きが再開されて声がもれた。

抵抗の意を示してべちんと顔を手で押すが、ダグラスさんの行動のいっさいがやむ気配はない。

この男、全部うやむやにして乗りきる気だ……！

「ひ、あ、ちょっと……ダグ、さ……ん、く、やぁ……！」

両手をダグラスさんの肩に突っぱって拒否をするが、さっさと再開された責めに負けてあっさりと硬直をほどいて首にすがる。

上下感覚も曖昧になるような錯覚に戸惑っていると、耳元でダグラスさんの低い声が聞こえた。

「チカ、かわいいな」

内容を理解すると同時に、頭に血が上るのを感じる。

ただでさえ赤くなってる頬が、さらに赤みを増したのでは。

嫌だ、察されたくない。恥ずかしい、いまさらそんな言葉で照れるなんて。

「や、もう……ダグラスさん……ん、う、あ、あぁっ」

どうしていいかわからなくなって視線をうろうろさせていると、ここぞとばかりに指が私の中で蠢いて視界を真っ白に染められた。

息を詰めて硬直した身体と裏腹に、私のそこはダグラスさんの指をやわらかくきゅうきゅうと締めつけた、らしい。

うっとりとしたため息が耳元にかかって、ぞくぞくする。

だらしなく開けっ放しだった口元から、言葉にならない音がもれて、身体が勝手に脱力した。

なかば意識を飛ばした状態でぼんやりとしていると、ダグラスさんが姿勢を変える気配がして脚のあいだに熱を持った『何か』が当てられる。慌てて身体をよじって逃げようとしたところをやんわりと阻まれる。それの先端が私の割れ目を探るように上下して、あっさりと目的地を見つけた。

「あ、や……った、いたたたたた!!」

ぐ、と押し入ってくる質量がもたらした想定以上の痛みに大声が出た。

いやほんとに、今年いちばんくらいの大声が。

顔の近くで絶叫したせいか、ダグラスさんの動きがぴたりと止まった。

その隙に巨軀の下から身体を上方にずらして、下半身に当てがわれた凶器から逃げる。

快感から一転、痛みに息を荒くする私を見て、ダグラスさんが驚きと罪悪感とがっかりの混じった表情をする。

「チカ……」

「嫌です、ダグラスさん、痛いです」

ぽつりと呼ばれた名前に込められた意を汲んで、そして拒否する。

あれはダメだ。あのサイズは私が受け入れられるものじゃない。

たとえダグラスさんの頭部に、しょんぼりと下がった耳の幻覚が見えても、駄目なものは駄目だ。

「せ、せめて口とかじゃ駄目ですか」

「……ここでつながりたい」

言いながら、人の蜜口にふたたび指を挿し入れて中を探られる。

「や、ぁ、そんなことっ、言ったって、ん、あぅ」

ぐちぐちと鳴る卑猥な音に、理性をかき混ぜられながらも抗議する。恨みがましげな視線がじっとりと私の顔を見て、下腹部を見る。

そして逡巡のあと、ひとつうなずいた。

もしかして、納得してもらえたのだろうか。

希望を見出して、ダグラスさんに声をかけてみる。

「……あの？」

「少し待っていろ」

そう言って眉間にしわを寄せたダグラスさんが、寝台から降りてペタペタと歩き部屋を出ていった。

全裸で。

何が起こるか予想もつかないが、ぜんぜんあきらめていないことだけはよく伝わった。


ダグラスが出ていって、時間にして数分だろうか。

展開をいまいち読めていないチカにとってはずいぶん長く待ったあと、ふたりしかいないというのに律儀に閉められていた扉がふたたび開く。

帰ってきたダグラスはやはり全裸で、片手に見覚えのある紫の小瓶を握っていた。

「ダグラスさん、それは……」

聞かなくてもわかることではあるが、つい疑問が口をついて出る。

痛がるなら媚薬でなんとかしようという考えだろうか。

しかしそれは、あまりにも力技なのでは。

それとなく感じる圧力にベッドの上で、じりじりと後退する。それを見たダグラスさんは優しく笑いかけながら、口を開く。

「我慢の利かなくなった俺に無理やり襲われるか、先にこれを飲んで痛まないようにしておくかどちらがいい？」

どのみち私は襲われるんですね？　とは言えなかった。

微笑むダグラスの目は真剣だった。ついでに言えば股間のダグラスも真剣だ。

それを見て、チカもダグラスの本気具合を察する。このまま抵抗しても、おそらく彼は引かない。

じらせばじらすぶんだけそのあとの行為は激しく、チカにとっては容赦のないものになるだろう。

たとえそれが、あまりいい印象のない薬だったとしても、ダグラスの逸物を素面で受け入れることと比べれば、答えはあっという間に出た。

「飲みます」

痛いのだけは嫌だと思った。――のちにチカはそうリーリアに語った。

「わかった、ほら」

固く締められていた蓋をあっさりと開け、甘い香りを立ちのぼらせるそれを寝台に座った少女に握らせる。

青灰色の瞳が、もどかしい思いを乗せてチカを見つめる。

小さな瓶を両手で受け取った少女は一度まじまじと眺めてから、小さな口に小瓶をあてがってひと口だけ飲み込んだ。

飲まれずに残った少しの液体が、小瓶の中でちゃぷんと高い音を立てる。

残っていたぶんをすべて飲むような愚をチカは犯さない。身体の大きいダグラスが半分飲んだだけでアレほど乱れたのだ。小柄なチカがすべて飲めば、痛みを感じないどころではすまないだろう。

飲み下したあと、自分の身体の変化を感じとってみようと集中する。

少し待てば、肚の中がほのかに温かいような、むずむずとするような心地だ。きっと効いたのだろう、そう判断してチカがダグラスを見上げると何も言わずに瓶を引き取られた。

「ダグラスさ——え？」

何を言おうとしたかは、チカの頭から吹っ飛んだ。

そのまま瓶に蓋をしてどこぞにしまうだろうと思っていたのに、ダグラスは残りのぶんをすべてあおったのだ。

「え、ちょっ、ダグラスさん、そんなの飲んだら……んむぅ!?」

そのあとに起きる事態を想像して青ざめたチカが、ダグラスの肩を揺すろうと手を伸ばした瞬間、媚薬を含んだダグラスがチカの口を塞ぎ、無防備なそこにうさんくさい甘さの液体を流し込んだ。

目を見開いたチカの後頭部を、剣ダコのできた大きな手が固定する。

反射的にした抵抗もむなしく、すべて飲み込むまでダグラスの拘束がゆるむことはなかった。

「む、んぅ……っん、はぁ……！」

ダグラスの舌がチカの口腔を無遠慮に探り、どこにも液体を隠していないことを確認してから口づけを止める。

名残を惜しむかのように銀糸がふたりをつないで、ぷつりと切れた。

チカの口端からは、薄い琥珀色（こはくいろ）の液体が細く曲線を描いて肌の上を垂れている。

そこでやっとダグラスはその媚薬の色を知った。

恨みがましくダグラスを見るチカを愛おしい気持ちで眺めながら、伝う液を指で拭う。

「ダグラスさん、どういうつもりですか」

「どうせなら、気持ちがいいほうがいいだろう」

たぶん手加減できそうにない、ということは言わないでおく。

結果として軽薄な言葉だけを聞いたチカが、空いた口をへの字に曲げてダグラスをあきれたように見る。

決しておびえられたくはない。だが待ちに待たされた自分がこれ以上お行儀よくふるまえる自信はまったくなかった。

座った状態でチカを胸元に抱き寄せ、ひざ立ちで腰のあたりをまたがせる。

先ほど拭った液がついた指をそのまま蜜壺にうずめた。狭くとも潤ったそこがきゅうとダグラスを締めつけるが、傷をつけないように気を配りながら丹念に塗り込めるよう意識して指を動かし、広げる。

直接塗っても効果があるのかどうか、ダグラスにはわからない。

だがチカに少しも痛いと思ってほしくはない。

そして死ぬほど気持ちよくなってほしいので、可能性が少しでもあるのなら行う。

「ん、やぁ、ダグラスさん、あ、あぁ……」

飲んだせいなのか、塗られたせいなのか、それはさっぱり判断つかないが媚薬を摂取したチカはだんだんと蕩けてくる。

長く太い指でチカの秘所をかき回せばかき回すほど、すがるように抱きつかれてダグラスはますます高揚する。

薄暗い牢の中、扉を開けて光を背に受けて現れたあの少年。

何度も何度も己を翻弄して、忘れ得ぬ快楽を身体に刻み込んだ自分の『唯一』。

その彼女がダグラスの腕の中、ダグラスにすがって甘い声をもらす。

己のトラウマで、元奴隷で、妻で、そして主人。

男を巧みに追いつめるクセに、己自身は未通という少女。

こみ上げる劣情にまかせて可能な限りの深みに指を沈ませると、ひときわ高い嬌声（きょうせい）を上げてチカがふるふると震えた。

下肢をつたう愛液は少女が『女』であると如実に主張する。

淫（みだ）らな光景に、ダグラスはもう限界だった。

達した直後で息を荒く吐く少女を、あお向けに寝転ばせる。

定まらない視線が、ダグラスをふらふらとさまよう。

己の影の中に寝た小さな少女の脚を開かせて、自分の腰を割り入れた。

ひたり、と先端を入り口に当てると、チカが息を詰める。

痛みはないはずだ。なら、先ほどの痛みを思い出しておびえているのか。

先刻の無体を思い出して、ダグラスは反省する。

無理やり思いをとげても、辛（つら）い記憶が残ればその次に支障が出る。

そもそも、少女が辛い思いをすることをダグラスは許容できない。

真綿で包むように大事にしたいし、彼女から聞く声は甘いものがいい。

自分のすべてを懸けて、そうして彼女のすべてをもらおう。

口には出さないままダグラスはそう誓ってチカの額にキスを落とす。額に、まぶたに、鼻に、頬にと軽い口づけを何度も落としていけば、誘い招くように花色の唇が小さく開いた。

遠慮なく舌を挿し入れて少女を味わう。

「ん、ふ、む……う、んん」

媚薬がまだ残っているのか、それともダグラスの心情がそう感じさせるのか、チカの口内は甘い。

夢中になって貪りながらも、舌の動きに翻弄されて力が抜けたのを確認してダグラスは腰をおし進める。狭い入り口は、それでもけなげにダグラスの剛直を迎え入れた。

最初はほんの先端だけ、蜜を絡めて引き抜いて、もう一度試せばほぐれたそこがもう少し奥までダグラスを許す。

「あ、あ、あっ、や、だぐらすさん」

快感とおびえ、両方に震えて少女が男の首を力いっぱい抱きしめる。

「――チカ」

愛しい名前を少女の小さな耳に注ぐと、応えるように秘所からトロリと蜜があふれた。

猛(たけ)りきった陰茎(いんけい)が、少女の秘所を少しずつ進んでいく。

かつてない圧迫感にチカが苦しげに息を吐くと、動きが止まる。

「……痛いのか？」

もはや言葉も出なくなったのだろう、潤んだ瞳の少女は声を出さずにふるふると首を左右に振る。

実際痛みはない。先ほどから止めどなくあふれる蜜が示すように、快感もある。

だが、それ以上に初めて受け入れる違和感が強い。

ただでさえ人並み以上の大きさを持ったダグラスの逸物を、処女が受け入れるのだ。

破瓜(はか)の痛みは圧迫感に姿を変えてチカの内臓を押し上げる。ギュッと眉を寄せながらこらえる健気さに、申し訳なさとは裏腹にダグラスのものはさらに質量を増す。

ダグラスの陰茎は、すでになかばまで侵入をはたした。

「や、うぅ……！」

背中に触れていた小さな手が、こらえかねて爪を立てる。わずかな鋭い痛みがさらにダグラスの興奮をあおった。凶悪さを増すダグラスの陰茎に、チカが喉を反らして圧迫感から逃げようとする。

ふと、ダグラスの視界に白い喉が映る。

いままでは鉄輪に阻まれて見えなかった、薄い肌。

日に焼けることのなかったそこは細く、白く、なめれば甘いのではないだろうかとやくたいもないことを思いついた。


日が落ちて、薄暗い部屋で細い首が浮き上がるようにダグラスの目に映る。

薄く光っているかのような錯覚に誘われて、分厚い舌を甘い声を出す喉に這わせるとただでさえ狭いチカの膣が締まる。

同時に、泣き出しそうな嬌声。

なかばまで収まったダグラスの欲望がその動きで追い出されかけて、それに抵抗するかたちで腰を強く進める。

「ん、う、や、あぁっ……！」

衝撃から体を反らすことで逃れようとするチカをかき抱きながら、気づく。

あいかわらず狭く締まるソコは、それでも先ほどより進みやすくなっている。チカの中心から溢(あふ)れる蜜の量が増えているのだ。媚薬の効きが強まった、という見方もあるだろう。

だが、ダグラスが過去に培(つちか)ってきた経験が、それだけではないとささやいた。

もう一度、生白い喉に舌を這わす。今度はゆっくりと、チカが感触をちゃんと飲み込めるように。

ぞわぞわとあわだつ肌に、感覚に、チカは翻弄される。

自分の身体の上で責め苦を与える男に、どうしようもなくなってさらに深く爪を立てた。

一分の隙もなく鍛え上げられた鋼の肉体は、チカがどんなに痛みを与えてもびくともしない。

ただ恍惚(こうこつ)としたような吐息が耳元でもれ聞こえて、チカの背筋を快感が駆け上がっていく。

「ひ、う、ぁあ……ダグラスさ、んぅ……っ」

あらわになった首筋を愛(め)でる舌先の温もりに、ぬめりに、チカがいまだ体感したことのない痺(しび)れが意識をそこへ集中させる。

力の抜けた下肢を、じりじりとダグラスが拓(ひら)いていく。

充分に潤ったそこはいまだ硬く、それでもダグラスを懸命に飲み込んでいく。

ひゅうと鳴った喉を甘く噛むと、ダグラスを迎え入れる潤みはさらに増した。

「ん、入ったぞ……」

最後の少しをひと息に沈め、ダグラスが深く息を吐く。

ようやっと全体を挿(い)れた秘所は、狭く、硬い。

まだ慣れておらず、ぎちぎちとダグラスを締め上げるそこは、間違いなく初めて男を受け入れるのだろう。

男にすがりついて息を吐く少女に悟られぬよう、ダグラスは静かに歓喜した。

己の背に少女の薄い爪が、小さく傷を刻む。チカの苦しみがそれで少しでも紛れるのなら、ダグラスにとってむしろそれは甘美な痛みだ。

圧迫感に声もなくあえぐチカを抱きしめて、少しずつゆっくりとダグラスのモノを抽送する。

媚薬によってあふれた液が、ダグラスの動きを助け、徐々になめらかなものにしていく。

「ん、ん、ぁ……や、だぐらすさ、んん、う、あぁ……んっ」

挿れたモノを抜き、ふたたび挿し込み、また抜く。

そのたびにチカの苦しげなあえぎ声に、少しずつ悦（えつ）が含まれていく。

だが、まだ逸るわけにはいかない。

薬のおかげで痛みは感じていない様子だが、媚薬で身体の作りが変わるわけではない。

このまま本能にまかせ性急に動けば、脆（もろ）い身体は簡単に壊れるだろう。

勝ち取った明日の休暇のことを頭の端で考えながら、ダグラスにすればじれったいほどの緩慢な動きでチカをなだめた。

「ふ、う……あ、ん、あぁっ」

「チカ、チカ……」

名を呼べば応えるように中が締まる。

狭すぎるそこがそうなれば、ダグラスは快感を過ぎて痛みを覚える。

しかし、動きは止めない。

圧迫感を逃そうと細く息を吐く少女の喉を軽く吸うと、ダグラスから見ればずいぶんと華奢（きゃしゃ）な脚

が痙攣して快楽を訴えた。

強すぎる刺激も、いまのダグラスにとっては快楽のひとつに過ぎない。それがチカに媚薬を強要したとき、口に含んだ液の効果なのか、それともただ状況に興奮しているのかはもうわからない。ただチカを貪れることが、少女が己の無体を許していることがダグラスの気持ちを駆り立てた。

自分の限界が近づいてきているのを感じてダグラスが腰の動きを少しだけ大きくする。

淫猥な水音と共に、行き来する感触にチカが熱い息を吐いてあえぐ。

「あ、あっ、ん、んゃぅ……！」

それをいくらか続ければ、ダグラスを助けるようにチカの潤みが増す。

媚薬の効果はさすがというしかない。狭さのことはさておいて、普通であれば痛みしかなかったであろう行為にチカは徐々に慣らされてきた。

膣内いっぱいに押し込まれた剛直は、無理やりに開拓したところを何度も攻める。

ダグラスの執拗な慣らしによって圧の逃し方を覚えたチカの中は、少しずつだが確実に快感だけが積もりはじめた。

それを見逃すようなダグラスではない。

チカが耐えうるギリギリを見極めては、その瀬戸際までを陰茎で突く。

一歩間違えれば暴力のようなそれも、いまのチカには快楽にほかならない。

内心で、やはりすべて飲ませておいて正解だったと胸をなでおろす。

いつかのチカが言っていたように、正直、小柄な少女の初めてを自分が行うのは少し無理があった。それまでに多少指で慣らしたとしても同じこと。

そもそもの大きさが違うのだ。

それこそ、媚薬でも使わないかぎりは少女を傷めつけて終わりだっただろう。

安堵と共に律動を速めながら、ダグラスは一心にチカを貪った。


一方、チカの意見は少し違う。

確かに媚薬のおかげで痛みはない。なんならとても気持ちがいい。

腰を動かすついでに首筋をなめられたときには、いままでになかった高みにまで達した。

しかし、下腹部に満ちる圧迫感がチカを本能的におびえさせる。初回で広がっちゃいけないところまで、自分の肉が広げられちゃっている気がする。

本当に、ダグラスさんは充分にほぐしてくれたのだろうか。

絶え間なく下肢を伝っていく液体は、もしかして血なのでは。

自分の身に起こっていることなのに、薬でまぜっ返された知覚では事態の把握もままならない。


怖い。気持ちいい。怖くて、気持ちいい。


過ぎた快楽は恐怖によく似ている。

チカが未知に脅えるタイプの人間だから、そう思うのかもしれないが。

「チカ？」

「うっ、あ、だぐらすさん……！」

そうはいってもチカにとって、いまこの場ですがれるのはダグラスだけだ。

快楽だけではないそぶりに気づいたダグラスの声に、潤んだ目で抱きつく。胸板に顔を押しつけて、必死で不安を押し流そうとする。

その様子に、ダグラスがよけい劣情をあおられたことは置いておいて、一度動きを止めて様子を見る。

「どうした？」

少女の浮いた背に手を差し入れてなでさすると、とくとくと脈拍する鼓動を感じる。

汗がぱたぱたと少女に落ちて、キメの細かな肌の上に浮いていた汗と混じり伝い落ちていく。

その光景に不思議と感銘を受けた。

「や、なんか、こわくって」

つながった場所を見ないようにしながら、チカがこぼす。そのあいだもダグラスの胸に顔を押しつけたままだ。正直いますぐにでも行為を再開したいが、ここは我慢の時だろう。

逸る下半身を理性でねじふせて、できるだけ落ち着いた声を出す。

「怖い？」

「中、きもちいいんですけど、絶対無事じゃないはずなのに気持ちいいのが、なんか……」

おびえる少女は、原因の男に素直に心情を吐露（とろ）した。

その無防備さで、ダグラスはますます高まっていく。

めちゃくちゃかわいい。

思いきり腰を振って、意識が飛ぶまで追いつめたい。

腕の中の少女の不安を思えばそんなことはできるはずもないが、ともかくそんな気持ちになった。

「……ダグラスさん？」

無言になった男に不安が増して、おそるおそる視線を上げる。端整だが厳しい顔つきが常のダグラスの表情は、あきらかに脂下（やにさが）っていた。


自分がこんなにも追いつめられているのに、なんだこの男。

余裕しゃくしゃく風の態度が気に入らない。

そりゃ自分はついさっきまで処女だったけど、ダグラスさんは数年前までとんでもない女たらしだったらしいけど。


くやしさのやりどころを失って睨みつけると、困ったように微笑まれた。

額に口づけを落とされてから、つながったまま抱き起こされる。ぞんぶんに濡れた結合部は、それでもチカの狭さゆえにダグラスの陰茎が抜けるということはなかった。

「ん、なんですか……？」

あぐらをかいたダグラスの腰をまたぐように抱かれ、ふたりで向かい合う。重力のせいで収まっていた肉棒がさらに奥へと進み、思わず声を上げると目の前の胸が笑いで震える。

体格差のせいでダグラスの顔を見るには自分の顔を上げねばならず、そうして目を合わすと目線で下を見るように誘導された。

視線をやった先の光景に、息を飲む。

絶対に入らないだろうと思っていたダグラスの剛直が、チカの秘所に収まりきっている。

危惧していたような多量の出血は見当たらず、結合部からは透明の蜜が室内灯のほのかな光を反射して淫靡な輝きを帯びてふたりに絡んでいた。

「ほら、大丈夫だろ？」

ひざの上の少女を優しく揺すると、くちくちと淫らな音が下腹部から鳴る。

「んぅ、うそだぁ、あ、あぁっ……」

チカが一時の恐慌状態を脱したと判断して、ダグラスが律動を再開する。

先ほどよりゆっくりと、しかし先ほどよりも深く。

ゆるやかな責めに、深さにチカはあっという間に達した。

強すぎた悦に、目尻から涙がこぼれる。ダグラスがすかさずにそれをなめとった。

しょっぱくておいしい。肌は舌触りがよく甘い。

食べてしまいたいという表現の意味を、ダグラスはこの日初めて実感として知った。

果てたチカの痙攣がダグラスを刺激して、誘う。

頃合いと見て、それに合わせ中に精を放った。できるかぎり奥へ、彼女の中心へと強く腰を押しつける。狭い彼女の、最奥に自分の雄をマーキングするかのように。

自然と出てしまった低いうなり声に、チカが目を瞬かせてダグラスを見る。

ゆるく何度か突いて、そのまま中で動かなくなった様子を見て察する。

イったのか、自分の中で。

昔見たえっちな漫画では中で出されると女の子が泣きながら嫌がっていたが、自分の場合はそうでもないらしい。

不思議と心の中にあるのは、満足感と愉悦（ゆえつ）だ。自分を包む太い腕が、耳元で深く吐き出される吐息が、そんな気持ちにさせるのかもしれない。なんとはなしにいい気分になって抱きしめる腕に応えてもたれかかると、腕の締めつけが強まった。

上がった体温が心地いい。

胸板を伝う汗をぺろりとなめる。塩からい。次いで歯を立てる。

ダグラスがびくりと反応した。

チカの中にいたままのダグラス自身もびくりと反応した。

「えっ」

それを敏感に感じ取り顔を見る。細められた青灰色の目は薄闇の中で依然ぎらぎらと輝いていた。

おかしい。一回出したら多少は落ち着くものなんじゃなかったのか。

揺らめいた男の腰から、揺さぶられた少女の股座（またぐら）から、卑猥な音が響く。

「あっ、あの、ダグラスさ……？」

ゆっくりと、陰茎が抜けてしまわないように丁寧にあお向けにされる。

万が一にもチカの中から出るまいという動作に、執着具合を感じて不安になった。

体重をかけないよう、繊細に巨軀が上からチカを覆う。

そのまま、ふたたびの律動。

「あ、あっ、んん、ひぁっ……」

一度受け入れ方を覚えた秘所は戸惑うチカのことを置き去りにして、従順にダグラスを歓迎する。

自らの蜜とダグラスの放った精が混ざり合った潤滑液が、何度もダグラスを奥へと誘った。

体力は、限界だと思う。限界なはずだ。

だってさっきからずっと、あんなむちゃなサイズのものをくわえ込みっぱなしなのだ。

最初のほうは、息も絶え絶えだったじゃないか。

だというのになぜ、自分はダグラスさんに何度も突かれてあえぎ続けているんだろうか。

「チカ」

飛びかけた意識を低い声が引き戻す。

眼前には満面の笑みのダグラスさん。

頬をなでられて、耳元にささやかれる。

「まだまだ、いけるな？」

反論しようと開いた口からは、嬌声しか出させてもらえなかった。

「チカ」

「いやですけど」

腹のあたりをすす、と、なでさする手をぺしんと叩いてシーツに包まる。頭まですっぽりとかぶって外界を遮断すると、白い布の向こう側からダグラスの困ったような気配を感じた。

腰が痛い、股間が痛い、身体のあちこちが筋肉痛、おまけに喉が傷みきっている。

日光に負けて目が覚めたが、正直まだ眠い。

無理やりシーツを引っぺがすのも気が引けるのか、布の向こう側で大きな男がオロオロと様子をうかがっているようだ。

傷んだ喉でしゃべったせいで、小さくむせる。痛い。

昨晩の過剰な交わりにより、チカはすっかり機嫌を悪くしていた。なにせ身体のあらゆる場所が不調を訴えている。ダグラスに容赦なく貪られた結果、終わった（正しくは気を失った）のは夜明け前。目が覚めたのは昼すぎだ。

いつのまにか身体は清められ、寝具も交換されていたが己は全裸。

横で自分を愛おしそうに抱きしめてなでていた男に、仕事は、と聞くと休暇を取ったとさわやかに笑われた。

細まった目で下腹を眺められてつい反射的に髪をすいていた指にかじりつくと、小さく悲鳴が上がった。

めげないダグラスの、不埒な手つきに嫌になったチカがシーツに籠城して、いまに至る。

シーツの外からあきらめたようなため息が聞こえ、寝台から降りようとする気配。

シャツとズボンをいい加減に着て室内履きを履き立ち上がろうとした瞬間、太い手首を小さな手がきゅっとつかむ。

おや、とダグラスが振り向くと、シーツから顔だけを出したチカが不機嫌そうな面持ちで見つめていた。

「チカ？」

「どこに行くんですか」

押し出す声は嗄れている。昨夜さんざん喉を酷使させたのだから、あたりまえか。

脳裏で甘くあえぐ少女がよみがえって、下半身がずくりとうずく。

しかしこれを悟られると愛しい娘の機嫌がさらに下降するだろうことを予想して、なんでもないようにふるまう。

「喉が渇いただろ？」

飲み物を取ってくるからそこで待ってるといい、と言って頭をなでると少女の表情はますますもの言いたげになる。これはどうしたことか、と考えて思いいたった。思わず口元がゆるむ。

包まっていたシーツごと少女を抱き上げて、片腕で支え持った。

少々親子に近い図だが、まぁいいだろう。

驚きに小さな声が上がったが、やはりかすれている。

喉の痛みに顔をしかめた少女に、罪悪感をじくじくと刺激されながら部屋から出て台所に向かう。

激しく執拗だった自覚はあるのだ。

歩いているあいだは抗議もなく、素直に首に手を回してつかまっていた。かわいい。

いまはチカにまかせているとはいえ、ひとり暮らし時代には自分の城だったのだ。

水と果物を手早く用意してトレイに載せて、ふたたび寝室まで戻る。

片手で上の物を落とさないように持つのはさして難しいことではないが、目をまるくして手元を見るチカの視線はくすぐったくていささか気分がよくなる。

寝台にチカをそっと降ろしてから、自分も横に座った。

トレイを側の椅子に置いて、水差しから水をコップに入れる。

待ちかねたように目を輝かせる少女を見て悪戯心が湧いた。

チカが見る前でコップに口をつけ、水を含む。

その状態でチカを見ると目的を察したようで、立ち直りかけた機嫌が目に見えて急降下した。

上目遣いに睨んでくる少女もかわいいと、ダグラスはご満悦だ。

見上げるチカに顔を近づけて水を与えようとした瞬間、嚙みつくように唇を奪われた。ダグラスが動揺に動きを止めた隙を見逃さず、チカの薄い舌が唇を割入って路を作る。甘露はそのまま重力に従って、チカのもとに落ちた。

少し体温の移ったそれが昨晩の傷みを癒していく。

ひと口程度の量ではたりなかったのか、小さな舌が無遠慮に中を探索してから離れる。

もちろんそんなことをされて、ダグラスがあおられないわけがない。

「チカ！」

感極まって名を呼ぶ。同時に抱きしめようと腕を広げた。

「いやです」

爆発しそうになった衝動は、少女の冷たいまなざしであっさりと萎えた。

広げた腕をやるせなく下ろす男を無視して、チカは水をコップにたして自分で飲む。喉が潤って人心地がつくと、次は空腹が気になってきてトレイの上の果物をちらりと見た。実が緑色のグレープフルーツといった風情のそれはみずみずしく、ちょうど食べごろだと知っている少女はそこから目を離せない。

ダグラスが心得たように小さなナイフで皮を剝いて切り、チカの口に持っていく。小さな口が果物を咀嚼する様を眺めながら、ダグラスはひどくいかがわしい光景を見ている気分になった。

指についた果汁を、チカがぺろりとなめたものだからなおさらだ。

もっとして欲しくて指を口の中に入れると、強めに嚙まれた。

同時に、じろりとチカがダグラスを睨む。

もう限界だ、襲ってしまいたい。

ふたたび抱きしめようとかまえを取れば、先ほどと寸分違わぬ冷たい視線がダグラスを射る。

「チカ……」

「身体のあちこちが痛いんですが」

「すまない」

思わずうなだれた。さすがに昨晩はやりすぎた。少女が自分の妻になったことが嬉しすぎて、はしゃいだ。薬のおかげで快感漬けになったチカを、体力を考えずに思うぞんぶん貪ってしまった。

野蛮な行いであったと言わざるを得ない。

素肌で白いシーツに包まり、肌に紅い所有印をいくつも散らされた状態でこちらを睨む少女は、扇情的過ぎる。しかし、ここで無理やりことに及べば怒られる。絶対に怒られる。

怒ったチカもかわいいのは間違いないが、せっかくのふたりきりの午後だ。できれば甘く過ごしたい。情けない表情で見つめていると、少女が深いため息を吐いた。

「やらしいことをしたら、自分の部屋で寝ます」

そう宣言してから、ひざに乗って身体を預けてくる。

身体の大半はシーツ越しとはいえ、はみ出た頭や手足の感触がたまらない。

許可を得たのでいそいそと抱きしめると、チカが満足気にため息を吐いた。

「キスをしても？」

せめてそれくらいは、とうかがえば、少し考えたあとに「ん」と唇を与えられる。

触れるだけの口づけを何度も与えると、チカの瞳に映る光がとろりと溶けて黒いまつげにふちどられたまぶたが降りてきた。

顔中にキスを降らせていると徐々に少女から力が抜けてくる。ふわりと香る果実の甘い匂いに、少女の甘さに興奮して、手でさり気なくなで回して様子を見るが抵抗はない。

これは、いけるのでは。

「チカ……」

耳元でできるだけ甘い声を意識してささやく。

どうもチカは耳が弱いフシがある。

嫌がることもなく、なされるがままの少女。

口では嫌がっていても、彼女も同じ気持だったのだ。

胸に温かいものが満ちるのを感じながら、ふたたび唇を奪う。

落ち着いた呼吸は、安心してくれている証左だろう。

穏やかな気分で目を閉じたままの少女に何度もキスをして――気づいた。

「チカ……？」

閉じたまぶた、すこやかな吐息、というか寝息。

あどけない表情の娘を小さく揺すってみても、くたりとしたまま反応はない。

……とても、よく、寝ている。

腕の中には無防備に身を預けた少女。自分の股間はすでに臨戦態勢。

このまま、ぺろっと食べてしまいたい欲求が鎌首をもたげる。

いま襲ってしまえば、勢いで流されてくれるんじゃないだろうか。

しかし、正気に戻ったときが怖い。添い寝まで拒否されてしまえば、俺は今後どうすれば。

それに、よく眠っている。

昨晩の疲れが残っていただろうことは、想像にかたくない。

だが、せっかくの休みだ。

腕の中の少女は、先ほどと変わらずすこやかな寝息を立てている。

ダグラスを疑いもしていないのだろう。

長い長い逡巡のあと、ダグラスは涙を飲んで〝おあずけ〟をくらうことに決めたのだった。

［3］チカ・ウィードの長い長い明日から

次に目が覚めたときには日が落ちて、暗くなっていた。

ベッドの上には私と、ちょっとやつれた顔のダグラスさんがいた。

私が起きたことに気づいて、嬉しそうに笑う笑顔がまぶしい。

やつれている件について尋ねると、

「最初はつらかったんだが、だんだんこれはこれでいい気がしてきた」

と、謎のコメントをして微笑まれて何か怖かったです。

被虐(ひぎゃく)趣味の人のなかには、相手への忠誠心を証明することを好むタイプがいるという情報を思い出したが、関係ないと信じたい。

過去にダグラスさんに行ったプレイのあれやこれやが走馬灯のように脳裏を過ぎ去ったが、全部忘れよう。もともとそんな性癖の人だったんだろう。きっと。

その日すっぽかした家事のいろいろを思い出して慌てると、今後はお手伝いさんを雇うことを伝えられた。

奴隷からニートへと進化するわけにはいかないので慌てて拒否すると、貴族の甲斐性(かいしょう)だと笑われてしまった。そのあと「しばらく家事をする体力もないだろうから」とつぶやいていたのは聞かなかったことにする。

空きっ腹をなだめるためにご飯を作ろうとベッドから降りた結果、足腰がまともに立たず、すとんと床に崩れ落ちて心底びっくりした。それを見てなぜかものすごく嬉しそうな顔をしたダグラスさんが何くれとなく世話を焼いてくれ、ご飯を作ってもらい身体を洗われるときに一回。

　ベッドに入った瞬間もう一回襲われて、ぎりぎり意識が残っているうちに勘弁してもらいふたたび洗われて次の日、ものすごく名残惜しそうなダグラスさんを、お仕事に送り出して昼まで二度寝して、いまに至る。


　そんな一連の出来事を、お年ごろの清らかなお嬢さんに話せる範囲を考えながら、目の前で期待に目を輝かせているリーリアさんに微笑みかける。

「聞きましたわよ!!」と高らかに言いながら、我が家に押入ってきたのが先ほどのこと。

　どうもダグラスさん（と私）結婚のニュースは貴族社会で風のように駆け抜けたらしく、リーリアさんはいても立ってもいられず突撃インタビューを敢行しにきたらしい。

　うしろでめちゃくちゃ申し訳なさそうな顔をしている、侍女さんと護衛さんの雰囲気に同情して家に入れてしまった。

　今回はゲストであるはずのリーリアさんの侍女さんが気まずそうな顔をしながら、お茶の用意をしてくれている。

　部屋の端には、同じように気まずそうな顔の護衛のお兄さん。

　何を感じ取ったんですか、おふたりとも。楽しそうなのはリーリアさんばかりだ。

「プロポーズのときのお話を聞かせてくださいまし。もちろん、ダグラスさまからですのよね？」

「そうですね、耳元でささやかれました」

ベッドの上でじらしにこらえかねて、意識朦朧な瞬間に。

「それで、初めての夜はどんなでしたの？　その……やはり痛みなどがあったのでしょうか……？」

「いいえ」

媚薬使われていたので快感しかなかったです。

何ひとつつくわしく答えられない質問ばかりで、曖昧に微笑んでごまかしているとリーリアさんの中でどんどん話ができあがっていくらしく、「まぁあ！」と興奮しきりで赤くなった頬がたいへんかわいらしい。

しかし、いったい彼女の中でどんな話ができあがっていっているんだろう。

「あの……」

「チカ、貴女は本当に愛されてますのね」

何かを夢想して、リーリアさんがうっとりと微笑む。

たいへん食べごろの笑顔である。

「私も、ダグラスさまのようにお優しく、紳士な方と結ばれたいものです」

どちらかというと結婚して以来、強引なケダモノと化していますよ彼は。

そんなことを言えるはずもなく、にっこりと笑うにとどめるとリーリアさんはますます嬉しそうに笑んだ。

「貴女が幸せになれて、本当に嬉しいわ」

異世界に来て、奴隷になって、私はもう幸せになれないものだと思っていた。

せめて痛い目も辛い目も、できるかぎり少なく生きていければと考えていたころが嘘のようだ。

身分にもかかわらず恋をした相手と結ばれた私は、結局すごく幸運だったんだろう。

なんの前触れもなく異世界に来た私だ、いつか突然彼の前から姿を消す可能性は否(いな)めない。

それでも私はきっと、明日も明後日もダグラスさんのことが好きだ。

私にとってはそれだけでいい。そう思えた。


後日、ダグラス・ウィードは処女にすら痛みを与えない『紳士』だと巷(ちまた)で噂(うわさ)が流れ、それを耳にした私が納得いかない気持ちになったのは別の話だ。

（了）

《番外編》

人間とは、どうしてこうも顔を突き合わせて喋るのが好きなのだろうか。

狼獣人同士であれば、共に狩りをすれば言葉すら要(い)らないのに。

森番は内心で首を傾(かし)げたが、それが人間流の親愛表現なら、つきあうのもやぶさかではない。

長年の友であるウィード家当主が、加齢により狩りを楽しめなくなったという事情もある。

先日チカが、第一子を産んだ。その祝いの席に森番は招待されたのだ。

庭での立食会で一通り関係者での顔合わせが済めば、あとは同性同士で集まる習わしである。

それぞれの同性親族で交友を深め、先達(せんだつ)から親としての心構えを習う。

それを言い訳にして、ただ集まりたいだけだと森番は睨(にら)んでいるが。

とはいえ、ダグラスの嫁には身内がいない。実質ウィード家の男衆での飲み会になる。

現当主たちの夫婦仲が非常に良かったために、ウィード家の子供は男兄弟だけでも相当多い。

養子込みとはいえ、六人もの息子は貴族でも珍しい数である。

子沢山の狼獣人でも、そこまでの子をもうけることはまれだ。

髪の色も目の色も様々な男たちは、思い思いに酒を楽しみながら朗らかに笑っている。

五男坊と六男坊の結婚で、当主の子供達はすべて結婚した。それもこの空気に一役買っているらしい。実際には独り身もいるが、生涯未婚の誓いをたてているので、それはそれでいいのだろう。

嫁の方は、別室でウィード家の女衆に囲まれて色々と可愛がられていることだろう。異民族であるあの少女は、年齢の割に小柄である。たしか当主の奥方がたいそう気に入っていたはずだ。

生まれて間もない子供は、ウィード家の他の子供たちとともに乳母や使用人と居る。
血族内での繋（つな）がりを深めるための催しでもあるらしい。

人間たちの歴史は我々獣人よりも浅いが、それ故に様々な方法で種の存続を試みている。

比較的新しい種族である人間たちが、この大地に馴染（なじ）むのもそう遠くはないだろう。

思い返せば、結婚式、懐妊祝い、出産祝いと彼らの慶事には一通り出席している。なんだかんだと身内扱いをしてくるウィード家は、森番にとっても大切な存在だった。

懐妊祝いに参加した折に、二人の匂いが染み付いた縄を見つけてしまったことを思い出して慌てて打ち消した。他者（それも他種族）の閨（ねや）での出来事を想像するなど、獣人にとっても下品な行いだ。たとえダグラスの方の匂いがより濃くついていても——つまり五男坊が縄で縛られている側だったとしても、二人が仲睦（なかむつ）まじいのならそれで問題ない。

少々、いや、かなりの衝撃はあったが、月日をかけ森番はちゃんとその出来事を飲み込んでいた。

目の前に並ぶ、色とりどりのチーズや干した魚。立ち上る匂いが食欲をそそる。

もちろん狼獣人にとっては、森で獲れた獲物が最上級の食事だ。

だが、たまにはこういう『美食』とやらに付き合うのもやぶさかではない。

森では手に入らない酒も、ここでは良いものが手に入る。

人間との付き合いが嫌にならない理由のひとつだ。

「どうだ森番、海の幸もなかなかのものだろう」

早々に酒が回った当主が、赤ら顔で森番に笑いかけた。

人の警戒心を溶かすような笑顔は、出会った頃から変わらない。

出会った頃と違い、今はこの男のことを名前で呼ぶものなどほとんど居なくなったが。

あの頃より白髪の増えたファースは、変わらず森番の友人である。

「悪くないな、ファース」

森番は人間の理の外だ。あくまで善き隣人として、森番はなんのてらいもなく当主の名を呼ぶ。

それが当主にとって貴重なことなのだと気付いたのは、案外最近のことだ。

「そうだろう、森からなかなか出ないお前のために用意したんだぞ」

「あぁ、ここまで集めるのはなかなかに苦労した」

機嫌よく頷く当主に、六男坊が口を挟む。五男坊のダグラスと同時に式を挙げた、ディークだ。

てっきり女が好きなのかと思っていたので、屈強な大男と結婚したのには少々驚いた。

今日も番の匂いを色濃くまとっている。伴侶と仲が良いのなら何よりではある。

少々疲れた面持ちだが、新婚であればこんなものだろう。

この場に顔を出せるのであれば、身体に深刻なダメージがあるわけでもなさそうだ。

どちらかといえば、五男坊のダグラスから異様に濃い番の匂いがしているのが気になる。

子供が生まれてから少し経つとはいえ、ことに挑むのは少し早いんじゃないだろうか。

小柄なあの娘とでは体格差のせいで負担も大きいだろうに。

そこまで考えてから、そういえばこの夫婦は少し変わっていたと思い至った。

ダグラスが受け身側なのであれば、あの少女にも負担は少ないのだろう。

なんにせよ、夫婦仲が良いのならそれに越したことはない。

この手のことは人間同士ではわからないらしいので、森番は何も言わないことにしている。

他種族とうまく付き合う秘訣は、程よく沈黙を守ることだ。

「礼を言う。森にいてはこれは食えんからな」

職場が海の六男坊が手配した肴に、舌鼓をうちながら答えるとディークは誇らしげに笑った。

幼い頃から肩肘を張って生きていた男だったが、伴侶を得て余裕が出たらしい。

自然、森番の目つきも緩む。食卓を囲む男たちの空気も柔らかい。

「はは、さすがのディークも丸くなったか」

「父上！」

ファースのからかいに、ムキになって怒るところはまだまだ若い。

この男の底意地が悪いことは、身内ならちゃんとわかっているだろうに。

「いや、真面目な話。お前も随分いい男になった。どうだ、結婚はいいだろう」

「親父、からかってやるな。かわいそうだろ」

「相変わらず悪趣味だ」

「まぁ、言いたいことはわかる。まさかディークが男と結婚するとは」

「そうだよ。一昨年まではどっかのご令嬢とおつきあいしてなかったか」

「……黙秘する」

一転して腕を組んで顔をしかめる末っ子に、一同が笑う。この家の愛情表現は、少々意地が悪い。

しかし番を得る前であれば顔を真っ赤にして怒っていたことを考えれば、確かに随分と成長した。

「森番、いいだろう結婚というやつは」

当主の矛先がこちらへ向いた。この男の世話焼きは、同い年の狼獣人にまで及ぶ。

会うたびに結婚はまだか、誰それを紹介してやろうかと少々わずらわしいほどだ。

奥方まで「獣耳のついた子供って、とってもかわいいと思うの」と目を輝かせ迫ってくる始末。

狼獣人にとっての番は本能で決まるものだが、そう言っても人間にはいまいち伝わらない。

「番が見つかれば一緒になるし、そうでないなら一人で森を守るだけだ」

自分が森の糧（かて）となれば、他の狼獣人が森番を継ぐ手配になっている。

聖地を守るのに血筋は関係ないのだ。何も問題はない。

芳醇（ほうじゅん）な香りの酒を一気に飲み干し、言葉を吐いた。控えていた使用人がグラスに次を注ぐ。

「そう言ってお前、何十年独り身なんだ。出会いは探すものだぞ」

「お前のところの末っ子は、探してた感じじゃなかったが」

「森番殿、俺を巻き込まないでくれ」

自分の結婚について妙に恥じらう六男坊が、不服を申し立てる。そんな反応が父親や兄連中を楽しませているのは薄々感付いているはずだが、なかなかうまいようにはあしらえないらしい。

「いいじゃないか。家庭がどんなにいいものか教えてさしあげろ、ディーク」

上の兄貴がそんなことを言うものだから、六男坊はますます渋面になる。

既婚者の余裕とやらを備えるには、ディークはまだ若い。

「別に……普通ですよ。もともと生活の大半を一緒に過ごしていましたから。変わりありません」

「なんだつまらん」

「いや。つまり結婚前から仲睦まじかったと言ってるんだ、これは」

「なるほど、のろけか！」

「兄上!!」

六男坊が声を裏返して家族に抗議する。日に焼けた肌でなければ、真っ赤に染まっていただろう。

はしゃぐ兄弟を、六男坊が憮然とした表情で睨む。

「まぁ、そのへんにしてやれ。もう一人いただろう、最近結婚したやつが」

ファースが笑いながら、もう片方の『新婚』を見る。五男坊が酒を飲みながら視線を返した。

こちらは持ち前の胆の太さからか、動じる様子はない。口端に乗る笑みからは余裕すら感じる。

「ダグラス、お前の方はどうだ？」

家庭はいいものだろう、と語りかける父親に笑顔すら見せている。

一方の森番自身は、懐妊祝いの際に見た縄のことを思い出して内心で遠い目をする。

その男に家庭の良さを力説されても、全然響く気がしない。

というか、森番の知っている『一般的な人間家庭』というものから著しく離れている。

嫁に縄で縛られる幸せな家庭論などをかまされた場合、善き隣人としては一体どんな顔をして聞くべきなのか。森番の胸の内など知らぬダグラスが、いつもは厳しい顔を溶かして語り始めた。

目元が赤いのは、したたかに酔っている証だろう。

「まず、帰ると嫁がいてくれるのが嬉しい」

目を瞑って満足げに語りだすダグラスに、周囲の男たちが頷く。六男坊が使用人に視線で合図を送り、ダグラスのために水を用意させている。お前のその甲斐甲斐しさは、なんなんだ。

「そして、可愛い」

それはただの感想じゃないのか、と口に出しかけたが堪えた。酔っ払いに絡まれたくない。

五男坊が機嫌よく語っている周りで、兄たちは面白そうに事の成り行きを見守っている。

「口づけをすると照れてあちこち真っ赤になる。可愛い」

可愛い以外の意見が出てこない。もしやこれをずっと聞いていなければいけないのか。

「ダグラス、可愛いしか言ってないぞ」

「ディークも何か、ラッド君についていないのか」

兄連中もこれは頭の悪いのろけ話しか出ないと踏んだのか、話の矛先を再びディークに向ける。

「……俺は、ないです。なにも」

「なにもってことはないだろう。このあいだチカが下町で寄り添い歩いていたのを見たと」

「なんでそんなとこにアイツがいるんだ！」

「友人がいるらしい」

貴族の妻が、おかしいだろと唸る六男坊に、五男坊が護衛をつけていると返す。

そういう問題ではない気もするが、それぞれの家庭の形がある。

「なんだ、ちゃんと仲がいいじゃないか。兄ちゃん安心したぞ」

からからと笑う長男坊を、ディークが悔しげに睨む。

昔、嬢ちゃんが「ディ……いえ、義弟（おとうと）はツンデレなんですよ」と微笑（ほほえ）んでいたのを思い出す。

「なるほど、これが……」

つんでれ。そんな思いで見ていると、六男坊に睨まれてしまった。

「いやぁ、久しぶりに集まると楽しい」

混迷し始めた場で、空気を読まないファースが口を開く。こいつの場合、あえてだろうが。

「それもこれも、チカちゃんがお前の子を産んでくれたおかげだな」

なにかのイベント事でもなければ、皆集まらんだろうと言う当主に一同が頷く。

たしかにこの一族は、貴族の割に皆妙に忙しそうだ。

「まったくだ。あんなに小さいのに、よく頑張ってくれたよ」

「ずいぶんと大変だったようだが」

男たちが口々にあの嬢ちゃんを褒め始める。たしかにあんなに小さいのが、こんなに大きい男の子供を無事に産むのは難儀だったろう。母子ともに無事の知らせを受けて、自分も安堵した。

「本人もそう言っていた」

一つ頷いて、五男坊が水を呷る。酒に酔うのも早ければ、醒めるのも早い。

「じゃあ、二人目は厳しそうかね」

「考えさせてくれと言っていたな」

さもありなん。

狼獣人ならば双子だろうが三つ子だろうが、何人でも産むところだが人間ではそうもいかない。普通でも一人産めば消耗が激しいのだから、体格差のある二人であればなおのこと。

「そうだろうとも。まだまだ蜜月気分だろうが、無茶を強いるんじゃないぞダグラス」

ファースがダグラスに釘をさす。そうか、やはり男側が縛られたりするのは一般的ではないのか。

自分の常識がただしかったことに、ひとまず安心した。

「チカさんは小さいからな。ダグラスじゃちょっと大変なんじゃないか?」

男だけの話は、徐々に下世話な色を帯びてくる。全員が色好みなのはおそらく父親の遺伝だ。

「大丈夫だろ、五男坊なら」

なにせ、体格でも立場でも圧倒的に差があるくせに縄で縛られている。

どの角度から考えても合意のうえだ。お熱いようでなにより。

「そうだな、ダグラスは優しいからな」

ファースが親馬鹿混じりに言うのを聞きつつ、無言でぐびりと酒を呷った。

世の中には、誤解されたままの方がいいこともある。

「真面目だしなぁ。飽きられないかと兄ちゃん心配だよ」

「そうだ、ダグラス。夫婦円満のコツはな、寝室での振る舞いにあるんだぞ」

ファースが、下世話な笑みを浮かべてダグラスを見る。

子供が何人いようと、こいつのこういうところは変わらない。女好きで助平で、猥談(わいだん)好き。

「例えばな、甘くするのもいいが、たまには少しばかり焦らしてみたりな」

「親父も好きだなぁ」

「心配いらねーって、ダグラスだって前は女たらしだったんだから」

「赤い縄なんかもな、肌に映えていい。ちゃんと専門の店から買うんだぞ」

茶色の、日常使いの縄で縛られてたぞお前の息子。

「参考になる」

「なぁ、森番。伴侶を持つってのはいいだろう？」

当主がしたり顔で森番を見やる。その傍らには何食わぬ顔で笑う五男坊。

人間と狼獣人の間に横たわる深く暗い溝を、森番は意識せずにはいられなかった。

あとがき

初めまして、もしくは毎度ありがとうございます、鳥下ビニールです。

『異世界で奴隷になりましたが～』はお楽しみいただけましたでしょうか。

私はとても楽しかったです。

仕事が嫌すぎて書き始めた小説が、電子書籍になったときはたいそうびっくりしました。

さらに、いまこうして紙になっているのも心底驚いています。

最初に電子書籍の打診をいただいたとき「まぁたぶんドッキリだろう」と思ったものの、「万が一ドッキリでなかった場合」を考えて二つ返事で「やらせてください」と答えたのが遠い昔のようです。

ドッキリじゃなかった。

ありがたいことに、そこから紙書籍化の話までつながりまして、いまこうしてここでご挨拶させていただいている次第です。

ちなみに紙書籍の件に関しては、いまだドッキリを疑っています。

ほんとに？　ほんとにこれ本屋に並ぶんですか？

現物見たら素でびっくりする気がします。

書きたいものは本編に全部詰めちゃったので、ここにおまけ的なものを詰めていこうかと思います。本編で語られなかった、裏設定的なものとか。

例えばチカは、本当は別の大陸で勇者として召喚されてたんですよ。

それで、文字やら言語やらが都合よくわかるようになってるんですね。

座標ミスでこんなことになりましたが。

ほかにも、パン屋の店長は元炭鉱奴隷で、娘のマリーとは血がつながっていないです。

こつこつ貯めたお金で自分を買い取った際に、奴隷仲間の女の子どもを託されました。

人の多い王都に住み、善良な老パン屋のもとで修行を積み、店を継ぎました。

森番の種族は、代々各地の大陸で聖地を守る仕事をしているとか。

ジルドレは平民出身で、家族のために危険手当がたっぷり出るダグラスの隊で働いています。

それから、チカの二度目のユニコーン狩りの理由になった王子さまの病ですが、これは奴隷身分のチカには知らされていませんでしたが、ウィステリアが滅ぼした国の残党が呪(のろ)いをかけてたとかそんな話でした。

ちなみになんですけれども、じつは紙書籍と、先行で発売させていただいていた電子書籍では別の番外編が入っていたりします。もしご興味がありましたら、そちらもチェックしていただけると幸いです（ダイレクトマーケティング）。


それでは、お読みくださり本当にありがとうございました。

またどこかでお会いできましたら幸いです。

登場する全ての人物の幸せを願いたくなる作品に出会えたこと、そしてそんな彼らを描く機会をわたしが頂けたことを、とてもとても幸運に思います。

大変ありがとうございました！

鳥下ビニール先生をはじめ、この作品を通して関わってくださった全ての皆さまに、心からの感謝を！

ダグラスさんちの近所に住みたい人生でした。

2017.2

本書は「ムーンライトノベルズ」(http://mnlt.syosetu.com/top/top/)に
掲載していたものを加筆・改稿したものです。
この作品はフィクションです。実在の人物・団体・事件などにはいっさい関係ありません。

異世界で奴隷になりましたがご主人さまは私に欲情しません

鳥下ビニール

イラスト／**国原**

2017年2月28日　初刷発行
2018年6月15日　第二刷発行

発行人　青柳昌行
発行　株式会社KADOKAWA
〒102-8177　東京都千代田区富士見2-13-3
(ナビダイヤル) 0570-060-555
(URL) http://www.kadokawa.co.jp/
デザイン　AFTERGLOW
印刷所　凸版印刷株式会社

■本書の内容・不良交換についてのお問い合わせ
エンターブレイン カスタマーサポート
電　話▶0570-060-555(土日祝日を除く　12:00〜17:00)
メール▶support@ml.enterbrain.co.jp(書籍名をご明記ください)

ISBN978-4-04-734514-0　C0093　　Printed in Japan
定価はカバーに表示してあります。